夏だけが知っている

喜多嶋 隆

角川文庫
21711

目次

1　それは不意打ちのように

「今日から一緒に暮らす妹だ」

と父が言った。

僕は、目の前にいるその娘を見た。そして〈なんだ、ガキじゃないか……〉と胸の中でつぶやいていた。

淡い期待は、見事にうっちゃられた。

彼女は、中学を卒業したばかり。来月から高校生になるという。まだ中学の制服らしい紺のセーラー服を着て、ボストンバッグを持っていた。

中途半端にのびている髪は、後ろで一つに束ねている。が、ポニー・テールなどというより、竹ボウキだ。

前髪は、眉《まゆ》のところで、パラパラと雑に切られていた。

頬は、陽灼《ひや》けがしみ込んだような薄い褐色。たとえて言えば〈漁村の小娘〉だ。

僕は、かなり、がっかりしていた。

〈一歳違いの妹が、一緒に暮らすことになる〉。そう父に言われたときには、戸惑いながらも、ちょっと期待したものだ。

そうではないか。

よく漫画などにある……。知らない女の子と、一つ屋根の下で暮らすことになるシチュエーション。そんな場合、やってくる彼女は、さらさらの長い髪をした美少女。しかも年のわりにいいプロポーションと決まっている。

間違っても〈漁村の小娘〉ではない。

僕は、ため息まじりに目の前の子を見る。

チビではない。が、白いソックスをはいた足首は、子供っぽく細い。

その子に取りえがあるとすれば、黒目がちで大きな目と、濃いまつ毛だろうか。その目が、僕を見た。恐る恐る、

「あの……はじめまして」と言った。僕は素っ気なく、

「あ、ああ……」と答えた。すぐ目をそらした。この子と、あんな事になるなんて、この時は想像もしていなかったのだ。

はじまりは1カ月前。

一日の釣りを終えた父が、缶ビールを手に僕と向かい合った。

ちなみに、うちは相模《さがみ》湾に面した小さな港で『ゆうなぎ丸』という釣り船屋を営業している。高校1年の僕もその手伝いをしていた。

港は、いわゆる湘南と呼ばれる土地の片隅にある。が、観光地らしいにぎわいは、あまりない。釣りをする人間だけには、親しまれているけれど……。

そんな釣り客たちが帰った夕方の店。

「航一《こういち》、ちょっとややこしい話なんだ」と父が切り出した。

僕は少し身構えた。このところ経営がうまくいってない釣り船屋が潰《つぶ》れるとか……。

ところが、話は意外なものだった。

「お前になんと言われてもいいが、実は、私には隠し子がいたんだ」

僕は、ぽかんとしていた。〈なんだ、それ〉。隠し子……その、もはや死語に近いような言葉を頭の中でリピートしていた。カフカの小説みたいなシュールな展開……。

「どっかで子供をつくってた？」僕は間抜けな質問をしていた。

父は、キリンの缶に口をつけた。

「そう、子供がいたんだ。女の子なんだけど」

「それって、どこで？」

「腰越《こしごえ》だ」

父が言った。鎌倉の腰越はうちからそう遠くない。へえ……と僕はつぶやいていた。とにかく話を聞こう。

「それで？」

「その子の母親は、周囲に父親の素性を明かさず、シングルマザーとして子供を育てていた。親戚《しんせき》との関係もすべて断ち切って、細々と民宿をやっていた。けれど……」

そこで、父はまたキリンの缶に口をつけた。少したるみの出ているノドが動いた。軽いため息と、小さなゲップを同時にした。

「去年、その母親が死んでしまったんだ」

「死んだ。事故か何かで？」

「いや、癌だ。スキルス性というのか、異常に進行の速い癌で、去年の夏に発症して、

11月には亡くなってしまった」

父は一缶目のビールを飲み干した。

「彼女の一人娘は、いま中学3年生だ。つまり、お前の妹ということなんだ」

父は、店の隅に行き、ビールを2缶持ってきた。1缶を僕に渡した。僕がビールを盗み飲みしてるのを、父はもう知っていた。

僕も、冷えたビールに口をつけた。

「ここからはお前に相談だが、その子を養女として引き取ろうと思うんだ」

「引き取る？　この家に」

「ああ、その子には、もう頼る家族がいない。今後、進学しようにも保護者がいないのでは、どうしようもない。私の娘として正式に引き取ろうと思っている」

「……正式な娘として……」

「ああ。だが、これは私だけで決められる事じゃない。お前にも、考えがあるだろう」

本当の事を言えば、意外に、パニックになっていなかった。

その理由1。僕は、この年にしてはシニカルな少年だと言われていた。

一人っ子として育った。兄弟がいないので、子供の頃から、ひとり小説を読み、テレビで洋画を観てきた。そんなことで、変にませた高校生であるのは自分でわかっていた。皮肉もよく言う。やけに醒《さ》めてると言われることも多い。

そして、理由の2。

母は、僕を産んだ時に、運の悪い出血過多で死んでしまった。なので、僕には母に可愛がられた記憶がない。母は、ただ遺影の中の人だった。

そんな理由から、父の告白にも大きく動揺することはなかった。

〈なんて親父だよ！〉などと叫ぶこともなかった。

逆に、〈へえ、この親父がねえ……〉と、やや醒めた目で見ていた。

父は、僕が知る限り、真面目であまり面白味のない人間だった。

趣味は、テレビで観るプロ野球。そして、ビール。好きな横浜の試合を観て、ビールの3缶も飲めば満足している、いわば平凡な人間だった。

そんな父が、とんでもなく大胆な事をしてたなんて……。

しかも、隠し子が一歳年下ということは、もしかして母が妊娠してる隙に、ほかの人と？

人間、わからないものだ。親父、やるもんだ……。僕は、心の中で、そんな皮肉をつぶやいていた。

結局、その子を養女として引き取ることに僕は同意したのだった。

そして、3月の末に、その子がやって来た。


「じゃ、さっそく部屋にいこうか」

父が、彼女に言った。

その夕方、僕が妹と対面したのは、岸壁に面した釣り船屋の店。釣り客がくつろげるようにテーブルと椅子がある。

その店の裏口を出ると、すぐに家がある。モルタル二階建てのひどく古い家だ。建てたのは、釣り船屋を開業した祖父だ。

家に入り、二階へ上がる。そこに二部屋あり、片方は僕の部屋だ。

隣りには、空き部屋があり、そこが妹の部屋になる。かつては、釣り具などが雑然と置かれていた部屋を、この2週間で片付けた。

ニトリの通販で、ベッド、フトン類、洋服箪笥《だんす》、勉強机などを揃えた。ぼろ布のようだったカーテンも、安物だけど新しくした。部屋を整えるのは僕も手伝った。

「自分の部屋だから、自由にしていいよ」

父が言った。彼女はこくりとうなずき、

「ありがとうございます」と小声で言った。

部屋には、すでに宅配便で着いた段ボール箱が、2つ置かれていた。あまり大きくない段ボール箱が2つ。一人の人間の、しかも女の子の引越しにしては、いかにも少ない。

僕は、その段ボール箱を、少し不思議な気持ちで眺めていた。


やっぱり、どんくさいやつだ……。

僕は胸の中でつぶやいていた。

その夜の7時。一階のリビングで出前の晩飯を食べはじめた。が、〈漁村の小娘〉は、やたら食べるのが遅いのだ。五目チャーハンを口に運んでいるけれど、それがのろい。

一人っ子なのは知っている。それにしても、食べるのがのろい。

父も僕も、忙しい家業なので食べるのが速い。僕は、さっさと食べ終わった。手持ちぶさたな事もあり、

「ところで、名前きいてないや」と言った。

「りん、だよ」と父。そばにあったチラシの端に鉛筆で〈凜《りん》〉と書いた。書いたつもりだったが、字を間違えていた。左に、〈氵〉を書いている。

親父、字が違うぜ。そう言おうとした。けれど、本人の凜はそれを見てうなずいている。なぜか、無邪気な笑みを見せている。

凜……。名前負けだね。僕は、内心つぶやいていた。その子には、凜としたところなど、これっぽっちも感じられなかった。

「もう終わりか？」

僕は、椅子から立ち上がりながら凜に言った。凜は、ふとテレビのニュース番組に視線を送っていた。チャーハンは、まだかなり残っている。

凜は、はっと視線を皿に戻した。

「あっ、まだ……」と言った。あわてて、チャーハンの残りを食べはじめた。あわてて食べたので、ノドにつかえさせ、むせている。父が、その背中をさすってやる。

どこまでも、どんくさい娘……。


「あの子に、もう少し優しくしてやれよ」父が言った。

食べ終わった凜は、「ごちそうさま」と小声で言い、自分の部屋に上がっていったところだった。

「一人だけの家族をなくしたばかりで、しかも身寄りがないんだ。どんな気持ちだと思う……」

父が言った。〈はいはい、わかってます〉。僕は胸の中でつぶやく。テーブルの食器を片付けはじめた。


「トイレがどうした」僕は、凜に訊《き》き返していた。

夜の11時半。僕の部屋。小さなノックの音がした。そろそろ寝ようとしていた僕は、ドアを開けた。凜がいた。

「どうした？」

「あの、トイレ……」

「トイレがどうした」

「その、暗くて怖いから、一緒に行ってくれない？」

凜はそう言い、少し頬を赤らめた。

うちのトイレは、外にある。家の裏に、へばりつくようにトイレの個室がある。このトイレ、ずっと昔は、汲《く》み取り式だった。当然、臭うので、家の裏に作られた。それは、とっくに水洗トイレに変わっている。けれど、場所は相変わらず家の裏だ。確かに、家の裏に回っていくところは暗い。

「玄関に懐中電灯があるよ」僕は言った。

「でも……怖いから、一緒に行ってくれない？」消え入るような声で凜が言った。やれやれ……手のかかる妹だ。僕は、ため息。部屋を出た。

一階へ降りる。玄関にある懐中電灯を持った。外に出る。凜がついてくる。

家のわきを通り、裏に回っていく。家の真裏にトイレがある。入り口のわきに明かりのスイッチがある。僕は、スイッチを押した。

凜がトイレに入った。僕は、アクビ。

「オシッコ？　ウンコ？　時間かかるのか？」と訊いた。5秒ほどすると、

「オシッコ……すぐ終わるから、待ってて」と、泣きそうな声が中から聞こえてきた。

僕は確かに彼女をからかった。が、それにはもう1つの理由があった。

さっき晩飯が終わり、凜が二階に上がっていく。階段を上っていくその後ろ姿を僕は何気なく見た。

それは、不意打ちだった。思わず視線が止まっていた。

凜は、体にぴったりした股上《またがみ》の深いジーンズをはいていた。そのヒップに意外な張りがあった。

もちろん、基本、少女らしいスリムな体つきだ。けれど、ガリガリの痩《や》せっぽちではなかった。ヒップには予想しなかった肉づきがあった。

もう15歳だから、当たり前と言えるのだけど……。

二階に上がっていくジーンズの後ろ姿を、僕はつい追い続けていた。

同時に、〈妹の尻《しり》を眺めてどうするんだよ!〉と、もう一人の自分が言っている。

そうなのだ。凜は、血の繋《つな》がった妹。

変な妄想はダメだ。彼女には、いつまでも〈漁村の小娘〉、〈小便くさいガキ〉でいてもらわないと困る……。

そんなことで、いま、〈オシッコ〉とか〈ウンコ〉とか言って、わざとからかったのだ。

やがて、水を流す音。凛がトイレから出てきた。

「ごめんなさい」と言った。暗くてわからないが、たぶん顔を赤くしている。僕らは、玄関の方に歩き始めた。そのとたん、

「あっ」と小さな叫び声！

2　顔面レシーブ

僕は、懐中電灯を手に振り向いた。凜が転んでいた。両手を地面についていた。

「どうした！」

聞くまでもなかった。玄関から裏のトイレまでは、踏み石が敷いてある。凜は、その踏み石につまずいて転んだのだ。四つんばいになっている。そのどんくささには、もう驚かない。

「大丈夫か？」

と訊いた。凜は、よろよろと立ち上がる。どうやら、手を擦りむいたらしい。

「沁《し》みたら言えよ」と僕。擦りむいた凜の手のひらを洗っていた。

〈あの子に、もう少し優しくしてやれよ〉その父の言葉を思い起こしていた。擦りむいた左の手のひらを、まず洗い、消毒薬をつけ、そこに包帯を巻いてやる。そうしながら、

「暗いところが、そんなに怖いのか」と訊いた。

凛は、かすかにうなずいた。しばらくして、

「小学生の時、暗い道で……」ぽつりと言った。

「暗い道で？」

「男の人に抱きつかれて……必死で逃げたんだけど……」とだけ言った。

僕は、うなずいた。まだ華奢《きゃしゃ》なその手に、ゆっくりと包帯を巻いてやる。〈いろいろ大変だったんだな……〉の言葉は、照れくさいので呑《の》み込んだ。

「学校で、なんて呼んだらいいの？」

バスに揺られながら、凛が訊《き》いた。

新学期がはじまろうとしていた。朝の7時40分。僕と凛は、海岸廻りのバスで県立

高校に向かっていた。

「おれのことか……」僕は、少し考える。

「お兄さんじゃちょっと堅苦しいな。お兄ちゃん、でいいよ」と言った。

僕は2年生に進級する。凜は、新入生だ。

彼女に関する裏付けは用意してある。僕らの母が若くして亡くなった。父が2人の子供を育てるのは無理なので、凜は横浜にある父の姉に育ててもらっていた（実際、父の姉が横浜で暮らしている）。

凜も高校生になるので、彼女を父が引き取り、僕らの家で一緒に暮らすことになった。そんな筋書きだ。これは、父と学校の間でも了解がとれている。

「お兄ちゃんか……」ちょっと嬉《うれ》しそうに凜が言った。彼女は、新しい制服を着ていた。紺のブレザー、チェックのスカート、白いブラウスにえんじのリボン。

中学生時代の地味なセーラー服に比べると、だいぶましだ。本人も、嬉しそうにしている。

竹ボウキのようなポニー・テールは相変わらずだけれど……。

バスが揺れると、僕らの肩が触れる。凜からは、石鹸《せっけん》と新しい制服の匂いが漂っていた。僕らの高校が近づいてきた。

「お兄ちゃん、人気あるみたい」凜が言った。

新学期が始まって、2週間が過ぎた頃だった。僕らは並んで下校していた。4月なので、まだ太陽が低い。僕らの影がアスファルトに長く伸びている。

「え？　そうか？」と僕。

僕の苗字《みょうじ》は、中町《なかまち》という。凜は、父が養女にする法的な手続きをして、やはり中町という苗字になっている。中町というのは、わりに珍しい苗字だ。学校では、凜が僕の妹だとすぐ知れ渡ったようだ。

「クラスの女の子が、お兄ちゃんのこと話してた」

「へえ……」

僕は、つぶやいた。自分自身、かっこいいとも何とも思わない。身長は高いが、ごく普通の高校生だろう。

ただ、クラスの仲間とバンドのような事をやっている。ギターが2本とベース。プロ志向などはなく、ただ遊びのバンドだ。

それが、少しポイントを稼いでいるのかもしれない。それだけのことだと、僕は相変わらず醒《さ》めた思いでいた。


やっぱりか……。僕は、つぶやいていた。

火曜の6時限目。凜のクラスは、体育だった。校庭でバレーボールをやっている。

僕は、窓ぎわの席から、何気なくそれを眺めていた。

女子生徒たちが、試合形式でバレーボールをやっていた。凜は、コートの外にいた。

膝《ひざ》たけのジャージ。コートの外で、試合を眺めていた。バレーをやってる子たちは、そこそこ上手《うま》い。凜は、ただ、ぼさっと眺めている。

やっぱり……。凜が運動オンチで、引っ込み思案、その事にはとっくに気づいていた。

僕は、軽くため息。退屈な古文の授業を受け流していた。

「中町君！」

という声。教室の入り口を、体育の青木先生が開けた。

6時限目が終わる、そのチャイムが鳴ったところだった。僕は青木先生を見た。

「妹さんが倒れたの。ちょっと来て」と彼女。

僕は、立ち上がった。青木先生と一緒に廊下を歩きはじめた。

「何が？」と彼女に訊いた。

「バレーボールを顔にぶつけたの」

「顔に？」

「そう、相手が打ったボールが顔に当たっちゃって」

「それで、倒れた？」と僕。青木先生は、うなずいた。

「軽く脳震盪《のうしんとう》を起こしたみたい。いま、保健室で寝てるわ」

「……顔面レシーブ？」

「まあ、そんなところね」と先生。やれやれ……。僕は、先生と並んで廊下を歩いていく。

凜は、保健室のベッドに寝ていた。長袖《ながそで》、膝たけのジャージ。目は、うっすらと開けている。顔が腫《は》れたりはしていない。鼻血も出していない。

「中町さん、大丈夫？」先生が訊くと、凜は小さくうなずいた。目をちゃんと開いた。

「大丈夫みたいね」と先生。２、３分、様子を見ていた。「私は授業の後片づけがあるから、後は任せていいかしら。少しでも変だったら、すぐ病院に連れて行くのよ」

僕は、うなずいた。

「すんません」と言った。

「歩けるか？」僕は訊いた。凜が、うなずいた。

「たぶん」と言った。そして、ゆっくりベッドからおりた。歩きはじめた。けど、ちょっとふらつく。ベッドに片手をついた。

しょうがない……。僕はまた軽いため息。凜の着替えは教室だろう。

「ほら、教室までおぶっていくから」と言った。

凜の教室は、この保健室と同じ一階だった。僕は、保健室のドアを開けて見渡した。

今日は、部活をしない日だ。廊下には誰もいない。

凜をおんぶして、廊下を歩きはじめた。

意外だった。思っていたより、凜は体重があった。背中にその体重と体温を感じる。

そして大きくはない胸のふくらみも……。

僕は、その事をあまり意識しないようにして歩く。

ふと、ぐじゅっという音がした。さらに、ぐじゅ、ぐじゅっと聞こえる。

どうやら、凜が泣いているらしい。しゃくり上げているのがわかった。温かいものが、僕の首筋に落ちてきていた。

「泣くなよ、こんな事で」と僕。

「また、迷惑をかけちゃった……」凜が涙声で言った。

少し困った。こういう時は、どんな言葉をかけてやるのがいいのか……迷っていた。たくさん小説を読んでいるのに、僕のボキャブラリーはとぼしい。

「あのさ……顔でボールを受けるのはやめといた方がいいよ」


「また、アジか……」僕はつぶやいた。夕方の4時半。うちのリビング兼台所だ。台所のシンクには、大きなアジが10匹以上いた。

相模湾の釣りで、定番といえばアジ・サバ釣りだ。

水深70から100メートル。魚探で魚の群れを見つけるのは、そう難しくない。そして仕掛けを下ろせば、たいてい釣れる。

釣り客は、アジやサバを土産として持って帰れる。そんなわけで、アジ・サバの釣り客は、コンスタントにやってくる。釣り船にとって、固定収入になるのだ。

しかも、この釣りには、もう一つのメリットがある。錨《いかり》を下ろし、船を止めて釣りをする。なので、船頭も釣りが出来るのだ。

最近、釣り客は減る一方だ。うちも例外ではない。特に平日はひどい。お客が1人もなく、船を出せない日もある。お客がきても、1人、2人ということも多い。

たとえお客が1人でも、船を出さないわけにはいかない。でも、お客の払う遊漁代は燃料費で消えてしまう。今日もそうだった。お客1人を乗せて、父はアジ・サバ釣りに出た。仕方なく自分でも仕掛けを下ろして晩飯用のアジを釣ってきた。

そんなアジが、いま台所にいた。

「これ、どうするの？」凜が訊《き》いた。

「めんどくさいから、いつも塩焼きだよ」僕は言った。父はいま岸壁で船を洗っている。

「あの……」凜が小声で言った。アジをさばこうとしていた僕は、振り向いた。

「あの、それ、わたしが料理しちゃダメ？」

「料理？」訊くと小さくうなずいた。

「できるのか？」

「たぶん」

僕は、うなずいた。とりあえず、やらせてみることにした。凜は、出刃庖丁《ぼうちょう》を手にした。アジを、さばきはじめた。


「お、いい匂いだな」家に入ってきた父が言った。

ちょうど、料理が終わるところだった。凜が皿に盛って、テーブルに置いた。父は、テーブルについて、箸《はし》を伸ばした。仕事を終え空腹だったのだろう。ひと口食べ、冷蔵庫からビールを出した。

「美味《うま》い……」と言った。本気なのは、わかった。お世辞の言える人ではない。

僕も、立ったまま、箸を伸ばした。ひと口食べ、へえ……とつぶやいていた。確かに食べた事がない美味さだった。

僕は、凜が料理するのをわきで見ていた。三枚におろしたアジを細かく刻んでいた。ミンチのようにした。そこに、刻んだショウガと長ネギを混ぜた。醬油《しょうゆ》も少し入れた。小さなハンバーグのようになった。片側にシソの葉をはりつけ、薄く油を引いたフライパンで焼いた。

　そんな、料理だ。〈サンガ焼き〉という名前は僕も知っていた。けど、食べるのは初めてだった。

　釣り船の船頭なら、魚料理に詳しいと思われているかもしれない。が、現実はこんなものだ。

　父も僕も、凜が出してくれるサンガ焼きを次々と口に入れていた。

　凜が、笑顔を見せている。顔を桃色に上気させ、無邪気な笑顔を見せている。

　彼女が初めて見せる表情だった。やっと、この家に自分の居場所を見つけたということなのだろうか……。

　僕も、彼女に笑顔を返した。また、箸を動かす。

「これは、どこで覚えた」僕が訊いた。凜は、

「お母さんに教わったの」と言った。凜のお母さんが民宿をやっていた事を、僕は思い出した。父は、少しだけ複雑な表情を浮かべていた。

3　板ご飯

「中町君、これ」

と同級生の秀美《ひでみ》が言った。クリップでとじた2、3枚の紙を渡してくれた。

放課後の廊下。彼女がくれたのは、数学のノートの写しだ。僕がさぼった授業の内容について走り書きがしてある。

「ありがとう」

僕は言った。秀美は、勉強ができ、しかも色白で目鼻立ちのくっきりした美人だ。背が高く長い髪は背中までかかっている。

漫画に描かれる〈一つ屋根の下で暮らす〉のは、彼女のような美少女だろう。

秀美は、微笑して僕と向かい合う。

「可愛いわね、リンリンちゃん」

「リンリン？」

「そう、あなたの妹」

「凜か……」僕は、つぶやいていた。リンリンじゃ、パンダじゃないか。

「あいつ、そう呼ばれてるの？」

「みたい」秀美は言った。別に意地悪な口調ではなかった。

「凜は、確かにとろいところがあるよ。でも、悪い子じゃない。いじめられないといいけどな……」

「大丈夫。そんな事させないわ。あなたの妹だもの」

秀美は、自信に満ちた口調で言った。僕に微笑し、じゃ、と言い歩いて行った。


「いいねえ、秀美お嬢」声がした。

振り向くと、洋次《ようじ》がいた。一緒に遊びでバンドをやってる同級生だ。

僕らは、がらんとした教室に入って行った。洋次が、ビートルズの楽譜集を開く。ページの間から、何か取り出した。

「バンド仲間のよしみで、やるよ」と言い、一枚の写真を差し出した。

それは、秀美を撮ったスナップだった。いつ誰が撮ったのか知らないが、体操着の写真だった。

望遠レンズで撮ったらしい。秀美の膝《ひざ》から上が写っていた。夏に撮ったものだ。ぴっちりした半袖《はんそで》のTシャツ、紺のショートパンツ姿だった。

高校生にしては大人っぽい体の線がよくわかる。ウエストが細く、腰の幅が強調されている。

「彼女は、なぜかお前を気に入ってるらしいが、夜は時々借りてるぜ」

「借りてる？」

「そういうこと」と洋次。口の端でにやりとした。そういう事か。マスタベーションのネタにしているらしい。

「ああいう秀才肌の美人は、いいよねえ。眉《まゆ》がくっきりしてるから、あそこの毛もけっこう濃そうだし」

やつが言った。高2の男は、やりたい盛りだ。大人と違い風俗などに行けないので、欲求は高まるばかりと言える。

「ま、その写真で楽しめよ。妹のリンリンに見つからないようにな」と洋次のやつ。

やっぱりリンリンか……。僕は苦笑した。

その時、メールが着信した。凜からのメールだった。

『板ご飯は、サバの味噌煮《みそに》です』

板ご飯……〈晩ご飯〉を間違えて変換したらしい。僕は苦笑したまま、そのメールを眺めていた。


ちょっと退屈……。僕は、読んでいた小説のページを閉じた。

サリンジャーの『ライ麦畑でつかまえて』。秀美が貸してくれたものだった。僕の知性を高めようという気持ちはありがたい。が、いまの僕には少し退屈だ。

僕は、部屋を出た。下におりていく。

土曜だが、天候が悪く釣り船は出せない。関東地方に強い低気圧が停滞している。春から初夏に向かう季節には、よくあることだ。

リビングにおりた。父は、漁協の集まりに行っている。

凜が、部屋の隅にいた。庭に面したガラス扉は、開けてある。外では、春の雨が降っている。

その庭に面したところに凜が座っていた。

膝の上に雑誌を置いて、そのページをめくっていた。

それは、いわゆる少女漫画の月刊誌だった。

凜が、漫画を好きなのは知っていた。漫画誌や単行本を持っているのを見かけた事がある。ときどき、ノートに漫画らしい絵を描いているのも知っていた。

いま、凜はじっと雑誌のページを見つめていた。その横顔が真剣だった。僕がリビングに降りてきたのも気がつかないでページを見つめている。

ふと見れば、凜の頰に涙がつたっている。涙が一筋、頰をつたっている。その涙を拭《ぬぐ》おうともせずに、彼女はページに視線を落としている。また一筋、涙が頰をつたい落ちていく。まだ細《ほ》っそりとした肩が、小刻みに震えていた。竹ボウキのポニー・テールがかすかに揺れていた。

僕は、そっと、その場を立ち去った。

階段を上って自分の部屋に……。そうしながら思っていた。

凜のことを、子供だといって笑うのは簡単だ。高校生になって、少女漫画で泣くかと……。

秀美がアメリカ文学のサリンジャー、そして凜は少女漫画。それを対比して笑い話にするのは、簡単なことだ。

けれど……。少し考えてしまう。

たとえば僕は、何かを読んで涙したことがあるだろうか。

たぶん、ない。

本や映画を、そこそこいいと感じる。でも、涙を流したことはない。そんなことは、気恥ずかしく思える。自分の自意識と気取りが、ブレーキをかけているのだろう。

そんな自分のことを考えると、たとえ少女漫画とはいえ、ひたすら素直に涙している凜のことが、何か、羨《うらや》ましくも思えるのだった。

僕の胸に、複雑な想いがよぎった。部屋の窓を開ける。深呼吸。外では春の雨が降り続いていた。


5月。白ギス釣りのシーズンが始まった。

普通、〈キス釣り〉と呼ばれて人気がある。

まず、魚が小さいので竿《さお》やリールも小さく軽い。子供や女の人でも簡単にあつかえる。水深10から15メートルのところで釣るから、手軽な釣りと言える。

その割に、釣って面白い。魚のかかった小気味いい引きが楽しめる。天ぷらにすればすごく美味《うま》い。

釣り船にとっても、いい釣り物だ。ポイントは、岸から近い。港を出て4、5分で釣り場に着く。つまり、使う燃料が少なくてすむのだ。

ポピュラーな釣りだけれど、腕の差はやはり出る。そのところも人気がある理由だろう。

キス釣りが始まると、僕も船の舵《かじ》を握る。

父は、固定収入のために、いつもの船でアジ・サバ釣りに出る。キス釣りの客が来る土日、日頃は使っていない〈第十ゆうなぎ丸〉のエンジンをかける。僕が、舵を握り海に出るのだ。

その土曜。僕は船を出した。釣り客は5人。水深16メートルから始めた。

だが、なかなか釣れない。まだ水温が低く、魚の活性が低いのだ。なかなか、当たりがない。

結局、一番釣れた客で6匹だった。

となりに店をかまえている釣り船の〈海翔丸《かいしょうまる》〉でも、あまり釣れなかったようだ。船頭のマサルが渋い顔をしている。

「船に乗る?」

僕は凜に訊《き》き返した。翌日の日曜。朝の6時半。船を出す準備をしているところだった。

凜が遠慮がちに〈船に乗っちゃダメ?〉と訊いた。

「釣り、やったことあるのか?」

「腰越で少し」と凜。彼女が生まれ育ったらしい腰越には、大きな港がある。釣り船の数も多く、腕のいい船頭もいるらしい。

「船酔いしないか?」訊くと、首を横に振った。大丈夫という事らしい。

「わかった、乗れよ。竿はその辺にある」

僕は言った。今日もあまり釣れない事が予想される。その場合でも、釣り客にお土産を持たせなければならない。釣り竿《ざお》は、1本でも多く出した方がいいのだ。

凛は、店の隅にある釣り竿を手にした。

「おはよう」と榊原《さかきばら》さんが言った。釣り竿を手に岸壁から船に乗ってきた。

榊原さんは、〈週刊釣りダイジェスト〉という釣り雑誌の編集長だ。自分で釣りをして、その記事を書いている。いわば釣りのプロだ。いま50歳ぐらいだろう。髪は白髪まじり。温厚な人だ。今日は、キス釣りシーズン初めの予備取材ということらしい。

「航ちゃん、調子はどう？」と榊原さん。

「昨日は、キスの喰《く》いが渋かったです」

「まあ、シーズン初めだから仕方ないな」

榊原さんは言った。僕は、うなずきながら、船を離岸させた。今日、一般の釣り客が7人。そして榊原さん。

凛は、船尾にぽつりと座っている。

「やっぱり渋いねぇ」と榊原さんが言った。そして、

「シーズン初めだから、喰いが悪いな」と軽いため息。

釣りを始めて1時間。キスの喰いは良くない。ぽつりぽつりとしか当たりがない。

当たりがあっても針がかかりしないのだ。

さすがの榊原さんも、なかなか釣れない。


やがて昼頃になった。お客たちは、弁当を食べはじめたり……。

「今日はダメかな……」榊原さんが、オニギリを手にして言った。そのとき、

「これなんだ」という声がした。僕らは、そっちを見た。

若い男の釣り客が、バケツを見ている。

僕も榊原さんも、そっちに行く。

プラスチックのバケツに海水がくんである。その中に、キスが20匹ぐらいいた。

近くでは、凜が釣り竿を握っていた。海面を見ている。

「あの、これ、君が釣ったの？」

と若い客が訊いた。凜は、振り向いて、ただ小さくうなずいた。

その釣り客と榊原さんは、思わず顔を見合わせた。午前中、釣れた客でも、せいぜい4匹だ。なのに、1人で20匹も釣るなんて……。

僕と榊原さんも、バケツの中を見ていた。確かに魚はいる。

そのとき、凜がリールを巻き始めた。表情を変えず、小型のスピニングリールを巻

いている。

やがて、キスが上がってきた。20センチ以上ある、中型の白ギスだった。虹色《にじいろ》の魚体が美しい。僕と榊原さんは、顔を見合わせていた。


結局、その日、凜は34匹のキスを釣った。お客の中で一番釣った榊原さんが、12匹だった。凜が釣ったキスは、お土産として客に配る。

「あの子は、何者？」と榊原さん。お客にキスを配っている凜を、不思議そうに見ている。

「いや、僕の妹ですけど」と答えるしかなかった。

「航ちゃん、妹がいたっけ？」と榊原さん。彼はもう5年以上、うちの釣り船とつき合いがある。

「あ、それが事情があって」と僕。母が若くして死んだので、妹は伯母《おば》に預けていて……という例の話をした。

「そうだったのか。しかし、信じられないほど釣りが上手《うま》い子だねえ……」

「まあ、今日のは、まぐれだと思います」とつけ加えた。僕自身、そうとしか思えなかったのだ。

「そうかもしれないが……」と榊原さん。納得していない表情。

その夜、凜は明るい表情をしていた。船に乗って釣りをして、気分が良かったらしい。リビングで出前のラーメンを食べていた。

「海に出たのは、久しぶりか？」と僕。凜が、うなずいた。

「去年の夏から、お母さんが病気になって……」と言った。

「そうだったな。辛《つら》いこと、思いださせちゃったか……」

凜は、首を横に振った。「大丈夫」ぽつりと言い、ラーメンを食べている。


「片桐青輝《かたぎりせいき》？」

僕は、受話器を手に訊き返していた。榊原さんからの電話だった。今度の土曜、釣りキャスターの片桐青輝が、うちの船に乗るという。

4　5月の風に揺れている

「片桐さんが、ぜひ、航ちゃんの妹さんと釣りをしたいと言っててね」

と榊原さん。片桐青輝は、よくテレビの釣り番組や釣り雑誌に出ている、人気の釣りキャスターだ。

「妹の凜と？」

「ああ。先週の事をなんとなく片桐さんに話したんだ。キス釣りがすごく上手な娘さんがいると……。そうしたら、彼がすごく興味を持ってね。ぜひ、妹さんとお手合わせしたいと言ってるんだ」

「手合わせ？」

「そう、ベテラン釣り師と女子高生のキス釣り勝負みたいなページ作りはどうかと言っててね」

「勝負と言っても……先週の凜のあれは、本当にまぐれだと思いますよ。たまたま何かが良くて、ああいう釣果に……」

「私も、あれはまぐれかなとも思う。が、どうも気になるんだ、妹さんのことがね。淡々とあんなに釣る彼女の事が……」と榊原さん。「もし面白い釣り勝負になったら、うちの雑誌に載せようと思ってるんだ」

「雑誌に……」

「ああ。釣り雑誌もマンネリ化が大問題だからね。何か新鮮なものが欲しい。それも正直なところで」

と榊原さん。受話器を持っている僕もうなずいた。魚釣りの四季は、毎年、同じことが繰り返される。

春は、メバル、そして鯛《たい》。

初夏から真夏は、白ギス。

秋が深まるとカワハギ。

などなど……。毎年、同じような魚釣りが誌面を飾っている。マンネリ化は、本音だろう。

「もし、妹さんの事が記事になれば、君の〈ゆうなぎ丸〉にとっても宣伝になると思うし、どうだろう」

榊原さんが言った。

僕は、しばらく考える。

「いちおう、妹に話してみます。でも、ひどく引っ込み思案だから……」

「それは、なんとなくわかるけど、とにかく、話してみてくれないか」榊原さんが言った。

「キス釣りの勝負？」と凜。洗濯物を干しながら言った。

僕の部屋。窓の外。凜は、自分の洗濯物を干していた。

これには理由がある。先週のこと、凜の洗濯物が盗まれた。しかも、ショーツだという。

凜の部屋の外には、桜の木がある。その枝は、窓の近くまで伸びている。そこに登れば、窓の外に干した洗濯物になんとか手が届くだろう。

干してあったショーツが1枚盗まれたらしい。

凛は、しょんぼりと、悲しそうな顔をしていた。もともと、凛が持ってきた衣服は、女の子としてはすごく少ない。そんな中から下着を盗まれたのだから……。

〈下着泥棒かよ〉僕はつぶやいた。女物の下着が盗まれた。そんな被害の噂は、近所でも聞くけれど……。

〈あんな子供っぽいパンツ、盗んでも仕方ないのに……〉凛がつぶやいていた。

そして、そばに木がなく、盗まれる心配のない僕の部屋の窓から手を出し、洗濯物を干している。

「釣りで勝負なんて、なんか……」

と凛。Tシャツを干しながらつぶやいた。予想通りの反応だった。

「いやなら断わるよ」

と僕。凛は、しばらく考えている。

「でも、それが雑誌に載ったら、うちの船の宣伝になる？」

「わからないな。なるかもしれないけど、それはどうでもいいよ」

僕が言った。凛は、干した洗濯物をしばらく眺めている。

「少し考えてもいい？」

「もちろん」

夕陽を浴びて、洗濯物が揺れている。僕は、ベッドに寝転んでそれを見ていた。

凜のTシャツ、タオル、そしてショーツ……。

ショーツは、本人が言うように、幼さを感じさせるものだった。白の無地。大人が身につけるようなビキニ型ではない。なんの飾りもない。前に小さなリボンがついているのだけが、女の子らしかった。

僕は、ミニコンポから流れるS《スティービー》・ワンダーを聴きながら、5月の風に揺れる凜の洗濯物を見ていた。少し色落ちしたTシャツも、タオルも、ショーツも、どこか頼りなげに揺れている。


「あの……釣りの雑誌のこと……やってみていい？」

凜が、バスに揺られながら言った。僕らは、学校に向かうところだった。

僕は、うなずいていた。

「引き受けるにしても、気楽にやればいいよ」と言った。もしかしたら、うちの経済状態があまり良くない事に、凜は気がついているのだろうか……。その企画が、うちの釣り船の宣伝になる事を考えたのだろうか……。


「おはよう！」よく通る声が、岸壁に響いた。

土曜。朝の7時半。快晴。

片桐青輝が、凜と向かい合った。片桐は、40歳の手前。うちの父より少し若そうだ。恰幅《かっぷく》がいい。洒落《しゃれ》たフィッシングウェアに身を包んでいる。ウェアには、契約している釣り具メーカーのロゴが入っている。

一方の凜は、色落ちしたジーンズ、汚れのついたトレーナーという姿だ。竹ボウキのようなポニー・テールは、相変わらず。

「可愛いらしいお嬢さんだね」と片桐。愛想《あいそ》よく言い、凜の肩を軽く叩《たた》いた。凜は、緊張でがちがちになっている。

「よろしくお願いします」と聞こえないような小声で言った。

片桐は、余裕の表情だ。釣りのプロなのだから……。

そばには、片桐が契約している釣り具メーカーの社員らしい若い男。そして、榊原さんも、もちろんいる。


船の前の方には、一般の釣り客が6人。

船の後ろ半分で、片桐や凜が釣りをすることになっている。

釣り客の中には、片桐のことを知っている人もいる。ちらちらと見ている。

みんなが乗り込んだ。僕が舵《かじ》を握る船は離岸し、港を出ていく。快晴、ベタ凪《なぎ》。初夏を感じさせる陽射しを海面が照り返していた。


「じゃ、はじめようか」と榊原さんが言った。

片桐と凜は、3メートルほど離れて腰かけている。それぞれ、釣り竿《ざお》を手にした。

片桐の釣り竿やリールは、メーカーの新作らしい。仕掛けも、見た事がないような凝ったものだった。

凜の竿やリールは、店でお客に貸している古びたもの。仕掛けも、市販のものだ。

二人はエサをつけ、海に入れた。釣りがはじまった。

「喰《く》いが渋いなぁ……」と片桐。「まだ魚の活性が低いんだよ」と言った。そばにいる、釣り具メーカーの社員も、うなずいている。

釣りはじめて30分。まだ誰も釣れていない。

片桐の竿先も動かない。たまに当たりらしいのがあるが、魚はかかっていない。エサだけとられている。

「こりゃ、渋い日になりそうだ」と片桐が言った。そのとき、凜がリールを巻きはじめた。表情を変えずリールを巻いている。

やがて、キスが上がってきた。20センチをこえるいい型のキスだった。

船上で初めてのキスだ。

「お嬢さん、ラッキー」と片桐。凜は、キスを針からはずしながら片桐に小さくおじぎをした。喜んだ表情は見せていない。

その5分後。また凜がリールを巻きはじめた。25センチぐらいのキスが釣れた。

「いい腕だね、お嬢さん」と片桐。まだ、余裕のある口調。

その10分後。また、凜が釣った。

サッカーのスコアーで言えば、3対0だ。

片桐の表情から、笑顔が消えた。釣り具メーカーの社員と、小声で何か話している。

片桐は、竿やリール、仕掛けを交換した。エサをつけ、海に入れた。

その5分後。片桐に当たり。リールを巻く。キスが上がってきた。

「やっぱり、この仕掛けだったんだな」と片桐。メーカーの社員もうなずいている。

キスを持った片桐の写真を撮った。PR用かもしれない。


しかし、5分後。また、凜がキスを釣った。その6分後、片桐が釣った。

魚の活性が上がってきたようだ。

が、凜が有利だ。片桐が1匹釣る間に、凜が2匹釣る。そんな展開が続いていた。


正午になった。凜は、自分で作ったオニギリを出した。僕にも、

「はい、お兄ちゃん」と言って渡してくれた。僕は、それを食べはじめた。凜も釣りを休んでオニギリを食べている。

榊原さんが、これまでの釣果を数えた。

片桐が12匹、凜が26匹。

片桐は、昼飯もとらず釣り竿を握っている。その表情が真剣そのもの。このままでは、プロの面目が潰《つぶ》れてしまう。凜は、もぐもぐとオニギリを食べながら、そんな片桐の様子を見ている。


午後になり、流れが変わった。

片桐が、そこそこ順調に釣る。が、凜のペースが落ちてきた。リールを巻くけれど、魚がかかっていないのが多い。エサをとられている事が多くなった。

二人の釣果が、接近してきた……。

ストップ・フィッシング、つまり釣りの終了は午後3時と決めてあった。

午後2時半。凜がまだ2匹リードしている。

片桐が、懸命にリールを巻いた。キスが上がってきた。あと1匹の差……。

凜が、リールを巻いた。が、魚はかかっていない。

「エサとられちゃった……」とつぶやいた。

2時50分。僕が、「あと10分です」と船中にマイクで言った。

2時55分。片桐の竿先がツツッと動いた。

「きた！」と片桐。素早くリールを巻く。その顔には、汗が流れている。やがて、キスが上がってきた。これで、凜と同じ数になる。片桐が、ほっと肩で息をした。

やがて3時になった。

「はい、終了します」僕はマイクで言った。

「いやあ、引き分けか」と片桐。首の汗をタオルで拭《ふ》きながら、笑顔を見せた。

岸壁に帰ってきたところだった。凜はいま、自分が釣った魚を、釣れなかったお客に配っている。

「きわどい勝負だったね。午前中は、すごくリードされてたから。あの子は、このポイントをよく知ってるんだろうね」

と片桐。

「でも、片桐さんも午後はよかったですよね」とメーカーの社員。

「うん、潮が動いてきたんだな。本来の釣りになったね」片桐が言った。凜は、あまり釣れなかった男の子にキスをあげている。

「え？　あの勝負、凜が勝ってたんですか……」僕は訊《き》き返していた。榊原さんは缶ビール片手に、うなずいた。

「間違いないね」と言った。

5　絶対触感

「でも、キス釣りの勝負は引き分けで……」

僕は、つぶやいた。夕方の店。釣り客も、片桐たちも帰っていった。凜は、風呂場《ふろば》でシャワーを浴びている。

榊原さんと父は、缶ビールを飲みはじめている。

「ところが、そうじゃないんだ」と榊原さん。

「あの引き分けは、凜ちゃんが、そうしたんだ」と言った。

「それって……」僕も父も榊原さんを見た。

「午後になって、凜ちゃんが釣るペースがぐっと落ちたよね。あれは、本人がわざとやったんだよ」

「というと？」と父。

「私は、彼女の手元を注意深く盗み見てた。先週のことがあったから、この子はなぜこんなに釣りが上手《うま》いのか、釣りのジャーナリストとして興味があったものでね」

と榊原さん。ビールで喉《のど》を湿らす。

「午後に入ってから、彼女は、エサのつけ方を変えたんだ。わざと釣れないように、エサの端に釣りバリを刺してた」

「エサの端に？」

僕は、訊き返した。キス釣りには、ジャリメというエサを使う。早い話、細いミミズのようなものだ。

そのジャリメに、釣りバリを縫うように刺していく。ジャリメのほとんどに、針を通し、2、3センチほどはあまらせてぶらぶらにする。

まずその2、3センチにキスが喰《く》いつき、やがて針も口に入って釣れるのだ。

「ところが、凜ちゃんは、ジャリメの端に釣りバリをチョンと刺して海に入れはじめたよ。あれじゃ、魚にエサをとられて、まず釣れない。誰が見ても……」

と榊原さん。

「本人は、手元を隠して素早く仕掛けを海に入れてたけど、私はしっかり盗み見してた」と言った。

「もしそうだとしたら、なぜ、あいつは……」

「これは私の想像だが、彼女は片桐さんを負かすのが嫌だったんじゃないかな？」

「負かすのが嫌……」

「ああ、片桐さんが釣りで飯を食ってるプロだとは、彼女にもわかってるはずだ。そんな片桐さんが、大差で女子高生に負けたとなれば、赤っ恥をかくことになる。だから、途中からは必死だったね」

と榊原さん。父が新しいビールを2缶出してきた。榊原さんにも渡す。

「彼女としては、片桐さんをそんな目に遭わせるのが嫌だったんだと思う。根が優しい子なんだね。彼女の目を見ればわかるけど……」

榊原さんは、2缶目のビールに口をつけた。

「本当かどうか、凜に確かめてみるか」と父。

「それはどうかな」と榊原さん。「彼女は、ただ恥ずかしがるだけだろうね、あの性格だと……。そっとしてあげた方がいいと思うよ」と言った。

「じゃ、もし凜が午前中のままの釣りをしてたら、片桐さんに勝ってた？」

僕が訊いた。榊原さんはうなずく。

「たぶん、片桐さんの倍以上は釣ってただろう」

「しかし、なぜそんな事が……」と父。

「私にも、本当のところはわからない。ただ、彼女にはとんでもない鋭敏さがあるのかもしれないな」

「鋭敏？」

「ああ。たとえば、エサにキスが喰いつくとする。一般の釣り客には、竿先《さお》がククッと大きく動いて、魚がかかったのがわかる。私や片桐さんなら、竿先がほんの1センチ動いたので当たりがわかる。でも、彼女には手に伝わる、あるかなしかのかすかな感触でそれがわかるのかもしれない」

「あるかなしかの……」

「そう。音楽の世界で、天才と言われる演奏者の多くは、絶対音感という特殊な感覚を持っている。凜ちゃんには、たとえば絶対触感というようなものが備わっているのかもしれない」

「絶対触感……」僕がつぶやいた時だった。凜が店に戻ってきた。

まだ濡《ぬ》れてる髪を、ひとつに束ねている。

「おつかれさま。いい取材になったよ」と榊原さん。「これは取材謝礼」と言った。雑誌社の社名が入った封筒を凜に渡した。

「え？」と凜が目を丸くした。口を半開きにしている。

晩飯。今日は出前のドンブリ物だ。

リビングで食べ始めたところで、凜が、榊原さんがくれた封筒を開けた。

1万円札が3枚出てきた。

「これ……」凜は、口をパクパクさせている。予想外の金額だったのだろう。榊原さんの雑誌は、釣り雑誌の中では最大手だ。それほど驚く金額ではない。が、凜にとっては、大事件なのだろう。

「あの……」と凜。封筒を手に父を見た。

「これ、わたしの食費に」と言い、封筒を父に差し出した。父は苦笑。

「凜は、もううちの娘なんだ。そんな気を遣《つか》わなくていい」と言った。ビールをひと口。

「それより、そのお金で、服を買いなさい」と言った。そして、「お母さんは腰越で細々と民宿をやっていた。それなのに、あんな難病にかかり、高額の治療費がかかった事は本人から聞いてるよ。亡くなる前に、彼女が言ってた。家の貯金も底をつきかけている。残された凜がお金に困るのだけが心配だと……」と父。凜は、じっと父を見ている……。凜がうちに来たときの荷物の少なさを、僕も思い出していた。

「そのお金は、服でも靴でも、自分の好きなものに使えばいいよ」と父が言った。

凜は、うつ向いている。やがて小さくうなずいた。

その膝《ひざ》に、涙がぽたぽたと落ちはじめた。

「まったく泣き虫なんだから」と父。凜の頭を軽くなでた。僕を見る。

「近々、買い物に連れて行ってやれよ」と言った。

水曜日は、中間テストの最終日だった。午前中で終わった。

僕と凜は、昼過ぎに高校を出た。電車に乗って、買い物に向かった。

〈凜を買い物に連れて行け〉と父が言ったのには、訳がある。凜ひとりだと、きっと遠慮してあまり買い物をしないだろう。だから、僕がついていけ。そういうことだった。

京浜《けいひん》急行に揺られ、横須賀《よこすか》の街に向かう。

「これまでは、どこで買い物をしてた？」と僕。

「だいたい腰越の商店街で……」と凜。

僕は、胸の中で、うなずいていた。鎌倉の腰越は、昔の面影を残すいい町だ。ただし、洒落《しゃれ》た店は、あまりない。特に、女の子のファッションをあつかう店は少ないはずだ。凜が着ている服が子供っぽく、どこか野暮ったいのは、そのせいかもしれない。

電車は横須賀に近づいていた。

「わあ……」

凜が、思わず小声を出した。

にぎやかな横須賀中央。そこにあるファッションビル。六階にある〈ユニクロ〉に入ったところだった。入ったところで、凜が固まっている。ずらりと並んでいる服、

買い物をしてる大勢の客たちを眺め、

「どうしよう、こんなに服があって……」と言った。

「ユニクロ、初めてか？」訊《き》くと、うなずいた。

「もちろん名前は知ってるけど、来たのは初めて」

凛がそう言っても、僕は驚かなかった。そういう子なのだ……。僕らは、店内を歩きはじめた。

「まず、Tシャツがいるよな。ジーンズも買わなきゃ」と僕。凛の先に立って買い物をはじめた。


「お兄ちゃん、ちょっと……」と凛。僕の服のすそをつかんだ。

「どうした」

「なんか、目が回ってきちゃった」

凛が言った。僕は苦笑。まだ買い物をはじめて15分だ。生まれて初めてのユニクロで、目が回ったらしい。顔が火照っている。やれやれ……。

「わかった。そこに腰かけてろ。適当なやつを選んできてやる」僕は言った。凛を休憩用のベンチに座らせた。

40分後。服の入ったビニール袋を持って、ユニクロを出た。別の階にあるランジェリー・ショップに行く。下着選びだ。

「ここは、つき合うわけにいかないな。自分で下着を選べよ。おれは、上の楽器屋にいる」

と言った。エスカレーターで上がって、楽器屋に……。

楽器屋は好きだ。いろいろなギターを見ているだけで少しわくわくする。

僕は、店内をゆっくり歩く。ふと見れば、マーチンのアコースティック・ギターがあった。とても買える値段ではない。が、店員が、

「弾いてみます？」と愛想よく言ってくれた。マーチンを手にとり、渡してくれた。

僕は椅子に腰かけ、軽く弾く。

D……A……Bm……。E《エリック》・クラプトンの〈Tears In Heaven《ティアーズ・イン・ヘヴン》〉、そのワン・コーラス目だ。マーチンは、さすがに鳴りがいい。

僕はいつしか本気になって弾いていた。曲のイントロから、弾いていた。

ふと気づく。脇に凜が立っていた。下着の買い物がすんだらしい。

「上手なのね」と言った。

「ギターが高級なだけ」と僕。マーチンを店員さんに返した。

「今度、うちで弾いてみて」と凜。僕は、あいまいにうなずいた。ただの自己満足。人に聞かせるほどのものじゃない……。


その日、凜はスケッチブックとパステルのセットも買った。帰る電車のシート、

「絵が好きなんだな」訊くと、かすかにうなずいた。

「お母さんが、絵描きを目指してて……わたしにも、よく教えてくれたから」

「へえ……」と僕。彼女が、漫画のような絵を描いているのは知っていたけれど……。

凜は、大事そうに、スケッチブックとパステルの包みをかかえている。電車が揺れると、僕らの肩が軽く触れた。


「やだ……」凜が、思わず声に出した。

新しい〈週刊釣りダイジェスト〉。そのグラビアページ。凜の写真が大きく載っていたのだ。

6　君が欲しい

「そんなに、顔赤くしなくても……」

僕は言った。凜は、頬を真っ赤に染めて雑誌のページを見ている。

雑誌の真ん中にあるモノクロのグラビアページだった。

そこに、片桐と凜の写真が大きく載っていた。2人、肩を並べ釣ったキスを手にしている。片桐は、いつもの笑顔。凜の方は、無理やり笑顔を作っている。泣き笑いのようだ。

これは、榊原さんが、小型のデジカメで撮った。釣りが終わった船の上で撮ったものだ。

榊原さんはもちろん、

「2人とも笑って」と言った。片桐は笑顔を作るのはお手の物。しかし、凜は、ひどくこわばった表情だ。キスを手に、そんな作り笑いをしてる。

「顔が引きつってる……」凜が、ページを見てつぶやいた。

「でも、いいんじゃない？」と僕。それは、本当だった。凜の、こわばったような笑顔には、素人ならではのリアリティーが感じられたからだ。僕は、記事も読む。

〈あの片桐青輝も驚いた、
釣り船屋の看板娘！〉

という見出し。そして、本文……。

〈……葉山《はやま》真名瀬《しんなせ》漁港の『ゆうなぎ丸』で白ギス釣り対決。あの片桐青輝と、ゆうなぎ丸の看板娘のキス釣り勝負が行われた……〉

などとはじまる。そして勝負の経過が書かれている。

〈……キス釣りシーズン開幕を告げるこの対決、なんと引き分けという結果になった。片桐青輝は勝負を振り返り、「キスの活性が低く、前半は苦労したけど、後半なんとか本来の釣りをすることが出来ましたね。それにしても、彼女の腕には驚くばかりでした。まさに天才少女ですね」とコメントしている。〉

そして、看板娘がまだ高校1年であることも記事に書かれている。

それを読んだ凜はまた、〈やだ……〉と言って、顔を赤くしている。

「まあ、いいじゃないか」と僕。

「これ、うちの船の宣伝になる？」と凜。

「たぶん」と僕。記事には、2人の釣果が書かれている。2人とも39匹。シーズン初めとしてはすごくいい。もちろん釣り船のPRになる。

そのとき、店の電話が鳴った。僕がとる。なじみの釣り客、上田さんだった。

「釣りダイジェスト、見たよ。すごいね。今度の土曜、キス釣りの予約を頼むね」という。僕はもちろんオーケーした。


その1時間後、宅配便がきた。宛先《あてさき》は、〈中町凜様〉となっている。差し出し人は、〈片桐青輝〉だった。

包みから出てきたのは、ま新しい釣り竿《ざお》とリールだった。片桐が契約してるメーカーの最新型らしい。凜は、不思議そうに、新品の竿とリールを見ている。

　僕は、榊原さんに電話してみた。片桐青輝から、凜にプレゼントが届いた。その事を話した。

「なるほど」と榊原さん。「それは、片桐さんからのお礼だね」

「お礼？」

「そう。彼も分かってたと思う。あの勝負、本来なら大差で自分の負けになってたと……」

「へえ……」

「彼だって、釣りのプロだ。あの勝負に負けそうなのは分かったはずだよ。そして、後半、凜ちゃんが手加減してくれた事も」と榊原さん。

「考えてみればわかる。午後になって、確かに魚の活性が上がってきた。そうなれば、凜ちゃんはもっと釣ったはずだ。それで引き分けというのは、彼女が手加減してくれたから……。釣りのプロなら、それは嫌でもわかるさ。片桐さんからの竿とリールは、そのお礼だね」

　と言った。

「なるほど……自分に恥をかかさないでくれた、その事へのお礼……。彼なりに、凜に敬意を払ったんですかね？」

　僕はつぶやいていた。

「そういう事だろう。片桐さんだって、一流のプロだからね」と榊原さん。


「見たぞ、リンリン」という声が教室に響いた。

　同級生の誠だった。こいつの家は逗子《ずし》にあり、学校一の釣り好きだ。ときどき僕の船にも乗る。友達だからと、遊漁代をねぎって乗るのだ。

　やつは、どうやら、〈釣りダイジェスト〉最新号を見たらしい。

「あの片桐青輝と引き分けとは、すごい。しかもこの時期に39匹だと？　船頭のお前の腕がいいとは思えないのにな」

「よけいなお世話だ」

「とにかく、リンリンは青輝が言ってるように、天才的かもしれない。いつもはあんなにトロい子なのに」

　いつもはトロい……。それには僕もうなずいていた。

「凛を表紙に？」

　僕は、思わず訊《き》き返していた。

　夕方近い4時。店に榊原さんが来ていた。凛はいま、岸壁で父の船洗いを手伝っている。

「そう、〈釣りダイジェスト〉次回の表紙、凛ちゃんに出て欲しいんだ」と榊原さん。

「でも、表紙はいつも有名人で……」と僕。

　あそこの表紙を飾っているのは、釣りの世界の有名人。片桐のような人気釣りキャスター、テレビによく出てる美人の釣りタレント、そんなところだ。

「凛は、見ての通りのガキですよ」と僕。榊原さんは微笑し、

「だからいいんだ」と言った。

「確かに、うちが表紙に起用してるのは、釣り界の有名人だ。片桐さんのような釣りキャスター、それにテレビによく出てる釣りタレント……。でも、そんな表紙に編集部はとっくにあきてる。読者たちも同じだろう。だから、雑誌の売り上げも、このところ下降ぎみ、右肩下がりなんだ」

「そこで、凜を？」

と僕。榊原さんは、うなずいた。

「彼女には、そのへんの釣りタレントなどにない新鮮さがある」

「あんな色黒のガキにですか？」

「ああ、それが証拠には、この前の記事は、すごい反響だよ」

と何か取り出した。それは、ハガキの束だった。

「これは、雑誌につけてある愛読者カードだ。感想を送ってくれた読者には抽選で釣り具が当たるというやつだ」

僕は、うなずいた。それは、よく知っている。束になっているハガキを手に取ってみた。いろいろ書いてある。

〈片桐青輝と看板娘の対決、面白かった。あの看板娘は誰？〉

〈ゆうなぎ丸の看板娘、かわいらしい！〉

〈片桐青輝と引き分けとは！　看板娘の正体は？〉

そんな感想が、書かれている。ハガキの束は、厚さにして5センチ以上あるだろう。

「ひとつの記事に、こんなにハガキがきたのは、初めてだよ」と榊原さん。

「企画が当たった……」

「ああ、私の予想以上にね」

と榊原さん。その時、父と凜が、店に戻ってきた。

「凜を、表紙にですか……」父が、つぶやいた。

さっきと同じ話を、榊原さんがしたところだった。父と凜は、ぽかんとして聞いている。父も、僕と同じことを考えているのだろう。こんな色黒の子供っぽい娘を……と。

榊原さんが、店の隅に行く。そこにある雑誌を手にした。

〈週刊釣りダイジェスト〉その4月15日号だった。

うちの店に〈釣りダイジェスト〉はいつも置いてある。ここでくつろぐ釣り客のために……。

「この表紙だが」と榊原さん。

その号の表紙は、きれいにメイクをした若い女性が真鯛《まだい》を手にしている写真だった。

テレビなどによく出てる、いわば釣りタレントだ。その彼女が、30センチほどの真鯛を手に、カメラ目線で、かなり大げさな笑顔を見せている。

「彼女はそこそこ美人だが、この程度の美人ならどこにもいるよ。で、このわざとらしい表紙に、何か新鮮さがあるかな？」

と榊原さん。僕は、かすかに首を横に振った。どこの釣り雑誌も、こんな表紙だけれど……。

「これを続けてはダメなんだ。マンネリ化から抜け出せない」と榊原さん。

「それで凛を？」父が口を開いた。

「そう。彼女には、釣りタレントにないリアリティーというか、独特の存在感がある。それ以上の説明はいらないよね」と榊原さん。凛を見た。

「君のその存在感が欲しい。ぜひ、出てくれないか」と言った。


「お兄ちゃん、どうしよう……」

凛がつぶやいた。僕と凛だけが、店にいた。僕は冷蔵庫から出したビールを飲んでいた。

「凛が決めればいい事だよ」と言った。「バイトのつもりでやってもいいいんじゃないか？」

「バイト……」

と凜。僕はうなずいた。いまどき、高校生がバイトをするのは当たり前。うちの高校の生徒たちも、いろんなバイトをしている。

その時、電話が鳴った。かけてきたのは、釣り客の人だった。キス釣りの予約をしたいという。

「日曜なら大丈夫ですが」と僕。その予約を受けた。

「キス釣りのお客？」凜が訊いた。

「ああ。この前の釣り勝負が、ずいぶん宣伝になったみたいだな」僕はつぶやいた。

予約表に書き込んだ。やがて、

「表紙のこと……引き受けようかな……」

凜が、小声で言った。自分が雑誌に出れば釣り船の宣伝になる。そのことを考えたらしい。

「え、こんなに多勢……」

と凜。消え入りそうな声で言った。土曜の朝6時だ。〈釣りダイジェスト〉の撮影チームが店に来ていた。撮影の準備が始まったところだった。

7　シャッターが切られて

　撮影チームは、7人いた。

　中年のカメラマンと、若い助手が2人。スタイリストの女性。そして、メイクの女性だ。もちろん榊原さんはいる。編集者らしい若い男もいる。

　カメラマンは、機材の準備をしている。助手がレフ板を用意している。

　みな、テキパキと動いている。うちに限らず、釣り船での撮影は、ときどきある。が、こんな本格的なのは初めてだ。

「どうしよう……」凜は、下腹を押さえる。

「ちょっとオシッコ」と小声で僕に言った。店のトイレにあわてて入っていった。よほど緊張してるのだろう。

やがて、凛はトイレから出てきた。

スタイリストの人が、Tシャツを取り出した。〈FISHING DIGEST《フィッシング・ダイジェスト》〉と小さめのロゴが入っている。特注品らしい。色もサイズもいろいろ揃えてあるようだ。

スタイリストは、黄色とピンクのTシャツを凛の胸に当てる。

「彼女、きれいに陽灼《ひや》けしてるから、黄色がいいんじゃないですか？」と榊原さんに言った。榊原さんが、うなずいた。

凛は、またトイレに入った。着ていたユニクロのTシャツを、そのTシャツに着替えて出てきた。

次はメイクだ。榊原さんが、

「ナチュラルに」と指示した。メイクの女性がうなずいた。

いま、凛の前髪は、眉《まゆ》より長くなり目にかかっている。メイクの人は、その前髪を眉のところで自然な感じに切り揃えた。

唇にごく淡いピンクのリップクリームを塗った。顔には何のメイクもしない。

ポニー・テールは、少し伸びている。が、まだ竹ボウキだ。スタイリストさんが、そこに細く青いリボンを巻いた。

「出来上がりよ」と言った。

「オーケー、じゃ行こうか」と榊原さん。

今日も快晴、べた凪《なぎ》だ。もう初夏を感じさせる陽射しが海に反射している。

がちがちに緊張していた凜も、海に出ると、だいぶリラックスしてきた。

船の前半分には、一般の釣り客たちが6人乗っている。船の後ろ半分で撮影をすることになっていた。

やがて、ポイントに着いた。

「じゃ、ごく普通に釣りをしてて」榊原さんが、凜に言った。凜はうなずき、キス釣りをはじめた。

彼女が釣りをしているところを、カメラマンが撮る。

相変わらず、凜はいいペースで釣っている。その姿にレンズを向け、デジタル一眼レフのシャッターが切られる。主に横顔だ。

釣りをはじめて約1時間半。大きなキスが釣れた。28センチというところだろう。かなりの大物と言える。

「よし、表紙のカット！」と榊原さん。

少し逆光なので、助手たちがレフ板をかまえた。

凜は、釣ったキスを持ちカメラを見た。

その顔が緊張してこわばっている。無理やりつくった笑顔……。

カメラのシャッターが続けて切られた。

「もういいよ」榊原さんが凜に言った。凜は、キスを針からはずし、クーラーボックスに入れた。カメラマンが、デジタル一眼を操作。撮った画像を出した。榊原さんが、それを見る。

「オーケー」と言った。凜のそばに行く。

「表紙の写真は、もう撮れたよ。あとは、グラビア用のカットを撮るけど、普通に釣りをしててくれる？」と言った。凜は、少しほっとした表情。

「え、こんなとこ、撮るんですか？」と凜が言った。

正午過ぎ。彼女は、手づくりの昆布のオニギリを食べはじめた。その姿にレンズが向いた。

「気にしない、気にしない」と榊原さん。照れながらオニギリを食べている凜をカメラマンが撮影する……。

午後1時過ぎだった。

凜が船の前にいく。親子連れの釣り客がいる。父親と、小学生の男の子だ。

その男の子が、ほとんど釣れていない。凜は、その子のそばに行く。しばらく見ていた。

「エサのつけ方、教えてあげる」と言った。ジャリメを針に刺す、そのやり方を見せている。カメラマンが、そんな姿を撮っている。

やがて、男の子の竿《さお》先がククッと動いた。

「巻いて！」と凜。男の子がリールを巻く。やがて、20センチほどのキスが上がってきた。

「釣れた……」と男の子。目を見開いている。

「簡単でしょ」凜が言った。父親が笑顔で「ありがとう」と凜に言った。

凜と、キスを持った男の子のカットをカメラマンが撮っている。

そんな撮影をしながらも、その日、凜は36匹のキスを釣った。4匹しか釣れなかった男の子に、10匹以上をあげた。榊原さんが、そんな姿をじっと見ている。

「あ……」とレジの中にいる男性店員が僕らを見てつぶやいた。

うちの近くにあるコンビニ。僕らがよく行く店だ。僕と凜が入って行くと、顔なじみの店員は、

「出てますね」と言った。雑誌のコーナーを目でさした。僕らは、そっちを見た。凜が、

「えっ」と声を出した。

並んでる雑誌たちの真ん中。凜の顔があった。

〈週刊釣りダイジェスト〉は今日発売らしく、目立つ場所に並んでいた。その表紙に凜がいた。左手に釣り竿《ざお》。右手に大きなキス。照れくさそうな笑顔を見せている。その顔のアップ。

〈天才少女、中町凜！〉の大きな文字が表紙にある。

凜が絶句してる……。

その時だった。高校生らしい男の子が、雑誌のコーナーへ行く。

彼は、漫画週刊誌を手にとろうとした。その漫画誌の表紙も、若い女性タレントの

ポートレートだ。夏が近いので露出度の高い水着姿の上半身。

その漫画誌に手を伸ばしかけた彼が、ふと、隣りにある〈釣りダイジェスト〉を見た。

そして、手にとる。表紙の凜をじっと見ている……。中もめくって見ている。

結局、その高校生は〈釣りダイジェスト〉を買っていった。

僕と凜は、その後ろ姿を見ていた。

「あいつ、凜の事が気に入ったらしいな。あの表紙を部屋に飾るのかも」と言ってからかった。

「やだ！」と凜。僕の腕を両手でつかみ、顔を左右に振る。その顔が、真っ赤になっている。

凜は、言うまでもなく引っ込み思案な女の子だ。そんな自分の顔写真が雑誌のカバーになり、コンビニに並んでいたら、こうなるのも当然なのだろう……。

凜があまりに恥ずかしがるので、さっさと〈釣りダイジェスト〉を買って家に帰った。

表紙を開いても中のグラビアは凜の写真だった。カラー4ページにわたって載っている。

釣りをしている真剣な横顔。オニギリを食べている無邪気な笑顔。男の子にエサのつけ方を教えているシーン。そして、釣りのあと、店の前で、使った釣り竿を洗っている場面。などなど……。

表紙以外は、ごく自然な写真だった。凜を紹介する記事も載っている。

僕と父は、そのページを見ていた。凜は、少し離れて見ている。爆発物がそこにあり、おっかなびっくり離れたところから……という感じだった。

「よお、航一」という声。振り向くと、誠がいた。6時限目が終わり、部活、あるいは下校の時間だった。

「これ」と誠。〈釣りダイジェスト〉を手にしている。凜が表紙になっているやつだ。

「この表紙に、リンリンのサインが欲しいんだけど」

誠は言った。僕は、もう少しで吹き出しそうになった。誠は、釣り好きだが、部活は柔道。体がでかく、ごつい。身長180センチ近く。体重は90キロぐらいだ。その誠が、凜のサインをくれとは……。

「笑うんじゃないよ」と誠。

「わかった、わかった」僕は、誠から〈釣りダイジェスト〉を受け取った。

「サイン？」と凜。ひどく驚いている。釣り船の店だ。今日は平日なので、お客はいない。

「サインって、どうすれば……」

「名前書いてやればいいんじゃないか？」僕は言った。サインペンを凜に渡した。

凜は、恐る恐るサインペンを持った。表紙の左隅に〈中町凜〉と書いた。

「サービスで漫画でも描いてやれよ」僕は言った。

「漫画？」

「そう、自分の顔、ときどき描いてるじゃないか？」と僕。凜が、漫画っぽく自分の顔を描いてるのを見たことがある。

彼女は、しばらく考えている。やがてサインペンを持った。名前の下に描きはじめた。

丸っこい輪郭（凜はそこまで丸顔ではないが……）。

パラパラと眉《まゆ》にかかる前髪。眼と口を描き、鼻は描かない。

そして、竹ボウキのようなポニー・テール。

〈ほう……〉僕は、胸の中でつぶやいていた。どこがどうというのではないが、それは凜に似ていた。すごく簡単に描いてるけれど、本人の特徴をとらえていた。

そのとき、店の入り口が開き榊原さんが入ってきた。テーブルにある〈釣りダイジェスト〉を見て笑顔になった。

「もう、サインを求められてるのか」

「いや、釣り好きの同級生がいて……」と僕は説明した。

榊原さんは、凜が表紙に描いた自分の顔のイラストを見ている。

「上手《うま》いな……よく似てる」と言った。榊原さんは、紙袋を持っていた。逗子にある人気のケーキ店。そこの袋だった。

「これは、凜ちゃんへの、ほんのお礼」と榊原さん。

「お礼？」僕が訊《き》いた。

「ああ、凜ちゃんを表紙にした〈釣りダイジェスト〉が売り切れたんだ」

「売り切れ、ですか？」

「そうだ。普通、雑誌は売れ残るものなんだ。刊行した部数の何十パーセントかは売れ残る。場合によっては、50パーセントも売れ残ることもある」

「へえ……」

「うちの〈釣りダイジェスト〉だって、平均すると、25パーセントは売れ残るんだ。それが、凜ちゃんを表紙にした号は、完売。見事に売り切れた。うちの雑誌、はじまって以来だよ。これは、とりあえずのお土産」

と榊原さん。ケーキ店の袋をテーブルに置いた。凜が、それをじっと見ている。

「この店のケーキ、好きなのか？」と僕。

「食べたことない。でも、クラスの友達が言ってたわ。ここのケーキは最高だって……」

「オーケー」と僕。店の隅から、皿とフォークを持ってきた。ケーキの箱を開ける。凜が、覗《のぞ》き込んだ。

「どれでも好きな物を選んだら？……」と榊原さん。

凜は、モンブランを選んだ。皿にとり、フォークを持つ。やがてひと口……。

しみじみとした表情……。

「どうだ、美味《うま》いか？」

訊くと、凜は3回ほど大きくうなずいた。そして、初めて見るような笑顔になった。

僕と榊原さんは、顔を見合わせた。僕は〈子供だな〉というニュアンス、榊原さんは〈可愛いね〉というニュアンスだろうか。

「このケーキでよかったら、何十個でも持ってくるよ」榊原さんが言った。

「中町君！」と秀美。僕の背中に声をかけた。ただならぬ雰囲気だった。

「どうした？……」

「ちょっと、リンリンが！」

8　ミルクチョコレートの肌

「凜がどうした！」

「ちょっと来て」と秀美。僕は、彼女について廊下を小走り。むこうで、人だかりがしている。30人ぐらいの人だかり……。僕と秀美は、その人だかりをかき分けていく。

廊下の壁に、何か貼られている。

それは、〈釣りダイジェスト〉の表紙だった。凜がアップで写っているやつだ。その表紙。凜の眼のまわりがサインペンで、まっ黒く塗られていた。まるでパンダのような、黒いたれ目に……。

それを見て、生徒達がクスクス笑っている。そいつらが、僕に気づく。気まずい雰囲気……。みな、その場から離れていく。

僕は、軽くため息。それを廊下の壁からはがした。

「凜は、これを見た？」秀美に訊いた。彼女は、うなずいた。

「あの子は、いじられやすいタイプなのね」と言った。「雑誌の表紙になったことで妬《ねた》んでる子もいるだろうし……」

僕はうなずいた。

「凜、どこに行ったかな……」

「音楽室の方に走っていくのを見たわ」

「サンキュー」

「これをやったのが誰か、調べておく」と秀美。

「よろしく」と僕。早足で、音楽室の方に歩きはじめた。昼休みの音楽室には、誰もいない。

そのまま廊下を歩いていく。校舎のかなり端、生物室がある。その前の廊下に、水槽がある。あまり大きくない水槽に熱帯魚が泳いでいる。生物部の連中が飼っている熱帯魚だ。

その水槽の前に凜が立っていた。

あたりには誰もいない。凜は、水槽の熱帯魚たちを見ていた。陽射しが、水槽の水に差し込んでいる。青い熱帯魚たちが、ゆっくりと泳いでいる。

凜は、近づいていく僕に気づいた。そして、また、視線を熱帯魚に向けた。

僕らは、水槽の熱帯魚を眺める。

やがて、凜がつぶやいた。

「お魚の世界でも、意地悪されること、あるのかなぁ……」

そうつぶやき、僕の肩に頭をもたれかけた。

「たぶん……あると思うぜ」僕は言った。

「いまは、おれたちが見てるからやらないけど、誰も見てなかったら、意地悪するやつもいるだろうな」

「そっか……」と凜。「やっぱりね……」とつぶやく。僕の肩におでこを押しつけた。

彼女が泣いてるかどうか、わからなかった。僕は、その背中に手を回した。

「あんなの、気にするなよ」と言った。

凜が、小さくうなずいた。ぐすっという声が聞こえた。初夏の陽射しが、彼女の髪に当たっている。かすかに、シャンプーの匂いがしていた。

ソフトクリームのような夏雲が、空に湧き上がっている。

「気をつけて」僕は、釣り客たちに声をかけた。

日曜の朝7時半。岸壁。キス釣りのお客たちが、次々に船に乗り込もうとしていた。

凜も、お客が船に乗り込むのを手伝っている。特に子供に手を貸している。

釣り客は、16人。凜と僕を入れると、船の乗船定員ぎりぎり。つまり、満員だ。

隣りに舫《もや》ってある海翔丸には、5人しか乗っていない。船頭のマサルが、こっちを見て嫌な顔をしている。僕は知らん顔。舫いをといて船を出した。


「あ、当たってるわ」と凜。釣り竿《ざお》を握ってる少女に言った。

10歳ぐらいの少女は、リールを巻きはじめた。やがて、白ギスが上がってきた。彼女は父親にキスを見せ、

「釣れた！」と笑顔を見せた。

次に、凜は女性客の隣りに行く。うまくエサをつけられない彼女のそばに行く。

手にしたボロ布にエサのジャリメをはさむ。ヌルヌルするジャリメを布ではさんで、釣り針を刺した。

「こうすれば簡単でしょ」と言った。女性客はうなずいて、エサのついた仕掛けを海に入れた。3分ほどで、キスが釣れた。

凜は、ひとときも休まず、釣り客たちの世話をしている……。

「あの……」と若い男の釣り客。「一緒に写真、いいですか?」と凜に言った。

船が岸壁に戻ったところだった。釣り客たちが船から岸壁に上がる。

そんな釣り客の1人が、凜に声をかけた。一緒に写真を撮りたいと……。若い男の2人連れだった。

凜は、かなり照れた表情。それでも、うなずいた。

男の1人が、凜と並ぶ。もう1人がスマホを向けて写真を撮った。つぎは、もう1人も凜と並んで写真におさまる。

「サンキュー」と言い、凜と握手をした。〈釣りダイジェスト〉を見てきたお客だろう。

「おつかれさん」僕は凜に言った。

夕方の5時半。やっと釣り船の仕事が終わった。僕や父は船を洗う。凜は、お客に貸した釣り竿を洗う。自分たちも、シャワーを浴びたところだった。

リビングに入ってきた凜に、父が封筒を差し出した。

「今月のお小遣い」と言った。凜は、びっくりした表情をしている。

「驚かなくていい。凜のおかげで、連日、満杯なんだから」父が言った。

この4週間、土日のキス釣りは満員状態が続いている。毎日、お客は16人。遊漁代が1人につき5千円。つまり、1日で8万円もの売り上げになる。

これまであり得なかったことだ。それが、ここ4週間の土日、ずっと続いている。単純計算でも、ひと月の売り上げは60万円をこえる。

理由は、凜だ。あの〈釣りダイジェスト〉の記事や表紙が効いているのだ。

「だから、これは凜のお小遣い。釣り船のバイト代と言ってもいいかな」

父は凜に封筒を渡した。中には、10万円入っているはずだ。それは、父と僕が相談して決めた金額だ。

「それで必要な物を買って、あとは貯金すればいい」と父。

凜は、封筒をじっと見つめている。

「凜だって、将来、大学や短大に進学したくなるかもしれない。そんな時のために、貯金しておくのは、大切な事だよ」

父が言った。凜は、かすかにうなずいた。

「ありがとう……」と小声で言った。彼女が、そのほとんどを貯金するだろうと僕は思っていた。


まずいな……。僕は、胸の中でつぶやいた。

土曜日。午後2時40分。キス釣りを終えて、港に帰ろうとしたところだった。

船体に細かい振動……。たぶん、プロペラに何かが巻きついたのだ。僕は、スピードを落とした。前の方にいた凜も、振動に気づいたらしく、操船席にやってきた。

「ペラ？」と訊《き》いた。

「何か、からんだな」と僕。船のクラッチを中立《ニュートラル》に入れた。このままペラを回し続けると、まずい事になる。

「わたしが潜るわ」凜が言った。もう、操船席にあるシュノーケリングのマスクを手にしている。

凜はマスクをつけ、船べりから海に入った。ペラの方に潜っていく。

30秒もたたず、海面に顔を出した。

「ロープのきれっぱしがからんでる！」と言った。沿岸で船を走らせていると、よくある事だ。僕はうなずき、用意してある大型のナイフを海面の凜に渡した。凜は、それを握ってまた海に潜った。

3、4分ほどで、からんでいたロープは取れたらしい。凜は、船に上がってきた。

「どうした？」僕は訊いた。

凜が、操船席の中でしゃがみこんでいる。

「だって、下着が丸見え……」もじもじとして言った。

そうか……。僕は、うなずいていた。彼女は、Tシャツ、ショートパンツで海に入った。まだ、服はびしょ濡《ぬ》れ。下着が、透けて見えているらしい。確かに、しゃがんでいるそのTシャツの背中、ブラが透けて見えている。

「明日《あした》から、下に水着を着たらいいよ」と僕。しゃがみこんだまま、凜がうなずいた。

翌日の日曜も、釣り客は満員。

7月に入っているのに、梅雨の気配がない。カラ梅雨だとテレビの予報が言っている。

午後3時。キス釣りを終えて、岸壁に帰った。僕は、そのまま岸壁で船を洗う。

凜は、貸し竿《ざお》を洗うため先に帰った。

30分後。船洗いを終えた僕は店に帰った。そこには誰もいない。僕は店を抜け、家に入ろうとした。

そのとき、僕の足は思わず止まっていた。

凜が、家の脇でシャワーを浴びていた。

家の脇のスペースには、水道の蛇口がある。釣り具などを洗うために、蛇口とホースがある。凜は、そこで水を浴びていた。

たぶん、風呂場《ふろば》は父が使っているのだろう。凜は、水着姿で頭から水を浴びていた。脱いだTシャツやショートパンツは近くに置いてある。

彼女は僕に気づいていないようだ。片手でホースを持ち、頭から水を浴びている。

その姿を見た僕は、息苦しさを感じていた。

凜は、競泳用のようなワンピースの水着を身につけていた。水着が、やたらぴっちりしている。その体が、眩《まぶ》しかった。

バストも腰も、そう大きくはない。まだ少女っぽい体型と言える。けれど、手と脚がすんなりとして、均整がとれていた。その腰や太ももには、一種、逞《たくま》しさのようなものを感じさせた。

この5月で、彼女が16歳になった事を僕は思い出していた。

彼女がうちに来て、3カ月以上が過ぎている。竹ボウキだったポニー・テールは、かなり伸びた。その先から、水滴が滴り落ちている。

ミルクチョコレートのような色に陽灼《ひや》けしたすべすべの肌が、水に濡れている。

それを見ている僕は、息苦しく、過呼吸になっているのを感じていた。手が汗ばんでいる。

同時に、〈まずいよ〉と胸の中でつぶやいていた。

妹の水着姿で興奮しては、確かにまずい……。

僕は、彼女の姿から目をそらそうとした。そのとき、凜が僕を見た。

「水着、きゅうくつになっちゃった。もう3年前のだから……。お兄ちゃん、新しいの買うのにつきあってくれる？」と無邪気に言った。僕はただ、

「ああ……」とだけ答えた。脈拍がさらに速くなっていく……。

9　疑似恋愛ってやつさ

「ちょっといい？」と秀美。僕に声をかけてきた。昼休みだった。僕らは、教室から廊下に出た。

「あの犯人がわかったわ」

「犯人？」と僕。

「そう、リンリンちゃんを笑い者にした……」

「ああ、〈釣りダイジェスト〉の凜を、黒く塗ってパンダにしたやつか？」

「そう。彼は1年生よ。リンリンちゃんの隣りのクラス、1年2組の安田って男の子」

「どんなやつ？」

「色白のガリ勉タイプ。ひょろひょろしてるから、すぐわかるわ」

「わかった。サンキュー」


6時限目が終わった。

僕と誠は、1年2組の教室に行った。ざわざわしてる教室に入る。

「安田って、どこにいる」僕は訊《き》いた。生徒たちの視線が1人に向いた。

こいつか……。確かに、ひょろひょろした痩《や》せ型。色が生っ白《ちろ》い。度の強いセルフレームの眼鏡をかけている。全くさえないやつだ。

僕と誠は、そいつの方に行く。気づいた安田は、すでに逃げ腰だった。が、腕を捕まえる。

「ちょっと話をしよう」と僕は言った。一緒にいる誠は、柔道部で体重90キロ。僕は身長175センチで、すごく陽灼《ひや》けしている。安田は、すでに顔がひきつっている。

僕らは、やつを廊下に連れ出した。例の〈釣りダイジェスト〉の表紙を取り出し、

「どういうつもりなんだ」と訊いた。やつは泣き出しそうな顔。

「ごめんなさい」と言った。僕が凜の兄だと知っているようだ。

「なぜ、こんな事をした」と僕。やつは、しばらく下を向いていた。やがて、

「あの……凜さんから聞いてないですか？」

「何を」

「あの、彼女に告白したんですけど、断わられちゃって……」

「凜に告白？」と僕。安田はうなずいた。

「付き合って欲しいって言ったんですけど、断わられちゃって、それで……」

「腹いせに、こんな事したのか……」僕はつぶやいた。安田はうなずき、また、

「ごめんなさい！」と言った。誠が、むかむかした顔をしてる。

「このやろう、その顔を3倍ぐらいに膨らませてやろうか」と言った。安田は、

「やめてください！」と言った。頭をかかえて、その場にしゃがみこんだ。やつを蹴《け》ろうとした誠を、僕は止めた。

「やめとけ。こんなクズを痛めつけて、停学になったりしたらばかばかしい」

「それもそうか」と誠。僕は、

「覚えとけ。また凜にちょっかい出したら、今度は顔が4倍に膨れる事になる」と言った。安田は、しゃがみこんだまま、

「わかってます！」と悲鳴まじりに言った。僕らは、その場を立ち去った。

「へえ、そうだったんだ。リンリンに告白か……」秀美が、つぶやいた。放課後。僕と彼女は、フェンスのそばでテニス部の練習を見ていた。

「凜に告白するとは、物好きな……」僕は苦笑いした。

「あら、そんなことないわよ。リンリン、可愛いじゃない。ぱっと見の派手さはないけど、ちゃんと見れば、可愛いさがわかると思うけどね……。あなたの妹だから褒めるわけじゃなく……」

秀美が言った。僕は、

「そうか？……よくわからん」と、つまらなそうにつぶやいた。それが本音ではないのは、自分でもわかっていた。

「とにかく、犯人を見つけてくれてありがとう」言うと秀美は微笑した。

「どういたしまして。期末試験が終わったら、どっか遊びに行こう」と言った。僕はうなずいていた。

「やっぱり、あの人がやったんだ……」と凜。リールの手入れをしながら言った。

金曜の夕方だった。岸壁に舫《もや》った船の上。僕と凜は、釣り道具の手入れをしていた。明日《あした》の土曜も、キス釣りの予約客で満員だ。僕らは、客に貸す釣り道具の手入れをしていた。

「付き合ってくれって言われても、相手にしなかったんだな……」と僕。

「いくらなんでも、あの人じゃ……」凜は苦笑い。リールの回転部分にCRCを吹きつけている。そうしながら、ふと、

「お兄ちゃんみたいな人なら、別だけど……」

小声でぽつりと言った。僕はまた、どきりとした。凜は、顔を上げず、リールの手入れをしている。夏ミカンの色をした黄昏《たそがれ》の陽が、その幼さの残る横顔を照らしている。僕は、その横顔を見ていた。濃く長いまつ毛を、じっと見つめ続けていた……。

ギターを膝《ひざ》にのせた洋次が、Bmのコードをさらりと弾いた。

「まあ、微妙な悩みだよな」と言った。放課後の教室。僕が、凜とのやりとりを話したところだった。こいつとは、中学からのつき合いだ。洋次も、変にひねた高校生だ。やや醒《さ》めたところも、僕と共通する。そんなわけで、たいていの事は話す相手だった。

「つまり、リンリンにとって、お前は擬似恋愛の対象なんだろうな」

「擬似恋愛か……」

「そういうこと。あの子だって、もちろん恋愛をしたい年頃さ。けど、周りにこれという相手がいない。そこで、とりあえず、そばにいる兄貴のお前に、擬似恋愛してる。そんなところじゃないか」

　と洋次。今度は、Gのコードを弾いた。

「ほら、疑似餌ってあるじゃないか」

「ルアーのことか？」

「そうそう、魚の形してるけど、本物の魚じゃない……。釣り船屋なら、よく知ってるだろう」

「まあな……。しかし、おれはルアーかよ？」

「そんなところじゃないか？」

「ばかやろう」

　僕は吐き捨てた。やつの言った事が当たってる気もした。同時に、違うような気もしていた……。

水曜の午後。

僕と凜は、彼女の水着を買いに逗子に来ていた。逗子海岸に面しているサーフショップだ。ここは、サーフィン用具だけでなく、ビーチウェアや水着もたくさん置いている。その店で、僕らは凜の水着を選んでいた。

凜が試着室に入った。1着目を身につけている。3分ほどして僕は、

「どうかな?」と外から声をかけた。試着室のカーテンが少し開き、凜が顔だけを出した。

「ダメ!」と言った。その顔が、茹《ゆ》でたように真っ赤になっている。

「ダメ?」僕が近づくと、

「ダメダメ! 見ちゃいや!」と凜。首を横に振った。それでわかった。ひどく露出度が高いのだろう。ここの水着は、ハワイやカリフォルニアから輸入したものが多い。

「わかったよ。次だな」

凜は、3着ほどの水着を、試着室に持ち込んでいた。

4分後。凜はまたカーテンの隙間から顔だけ出した。

「どう?」

「これもちょっと……」

「ちょっとって?」

「恥ずかしい」と凜。もじもじと言った。顔が紅潮した。

「どんな……」と僕。

凜がしぶしぶカーテンを開けた。

彼女は、へっぴり腰をした変な恰好《かっこう》で立っている。股間《こかん》を両手で隠している。かなり滑稽《こっけい》な姿だった。

水着は、やはり、かなりのハイレグだった。相当に切れ上がったカットだ。

腰とヒップのあたりはかなり凄《すご》い。腰骨まで大胆に切れ上がっている。大きくはないヒップも、半分ぐらいはみ出ている。

もちろん僕の心拍数は上がっていた。

同時に、へぇ……と思った。水着からはみ出てる凜の肌は、思いがけない乳白色だった。

色黒に見えたのは、やはり陽灼《ひや》けだったらしい。

そんな、陽灼けしていない乳白色のお尻《しり》や腰が、やけに生々しかった。たとえは悪いが、皮をむいたイカの身のような光沢がある肌だ。僕の心拍数は、さらに上がる。

「凜にはちょっと過激かな……」と僕は言った。凜がうなずいた。

僕がそう言った理由は2つある。本人が恥ずかしがるものを身につける必要はない。

そして、もう1つの理由。凜のこんな肌を他人には見せたくない、絶対に……。

結局、だいぶおとなしいデザインの水着を買った。


その夜、ベッドに入っても、僕の頭には凜の水着姿がちらついていた。ハイレグ水着からはみ出ていた乳白色の部分が目を閉じても浮かんでくる。

マスターベーションで発散しようかとも思ったが……。僕は、たいした取り柄のない高校生だけれど、妹の体を想像してそんな事をする男にはなりたくなかった。

結局、朝の5時まで眠《ね》つけなかった。


「すごい噂になってるわよ」と秀美。ストローから口を離して言った。

期末テストが終わった翌日。僕と秀美は、鎌倉にいた。小町通《こまちどお》りのはずれにあるカフェで向かいあっていた。

「すごい噂？」

「そう。あの安田って1年生に釘《くぎ》を刺したでしょう？　リンリンの件で」

僕は、アイスコーヒーを飲みながらうなずいた。

「その時のセリフ……また凜にちょっかい出したら、コンクリート詰めにして相模湾に沈めてやるって脅した事になってるわ」

僕はアイスコーヒーを吹き出しそうになった。

「あのさ、おれや誠はヤクザじゃないよ」と言って苦笑い。秀美も笑った。

「まあ、いいじゃない。そんな噂が拡がれば、リンリンがいじめられる事も減るだろうし……」

と秀美。今日の彼女は、サーモンピンクのタンクトップにベージュのスカート。薄く化粧もしていた。美人の女子大生に見えないこともない。

「航一とは1年のときから同じクラスだけど、デートするのは初めてね」彼女が言った。

「そうだな……」と僕。「でも、なんでおれと？」

シンプルに訊《き》いてみた。秀美がもてるのは誰でも知っている。彼女は、しばらくストローをいじっていた。

「そうねぇ……。航一って、陽灼けして、わんぱくな男の子っぽいけど、実はわりと大人じゃない？」

「大人……」僕は、少し間抜けな声を出していた。

「そう、クールっていうのか、距離感をわかってるっていうのか……」と秀美。「たとえば、女の子と寝たとしても、すぐ〈おれの女〉とか言いそうもない雰囲気……。そこがいいかも」

へえ……と僕はつぶやく。

「じゃ、すぐにそういう態度になるやつ、いるんだ」

「多いわよ。一度寝ると〈おれの女〉みたいな態度になる男……」

秀美は、さらりと言った。という事は、男性経験はかなり豊富……。僕はかなり狼《ろう》狽《ばい》していたが、彼女にさとられないように、冷静を装う。

「航一なら、そんな事なさそう」と秀美。僕の顔を正面から見た。僕は、狼狽したまま思わず視線を外した。クールなふり……。

僕らがいるのは二階の窓際だ。見下ろす小町通り。一人の少女が歩いてくる。Tシャツとショートパンツの姿が凜に似ていた。まさか……。だが、それは人違いだった。

僕は、なぜか少しほっとした。

その夜、秀美の夢を見た。彼女のベッドシーンだ。

10　夜明けの写生

生々しい夢だった。

ベッドで、秀美と男が全裸でからみ合っていた。夢の中の秀美は、（たぶん実際より）大人っぽい体をしている。

正常位で交わっていた。秀美は、髪を振り乱している。男が激しく腰を使う。たぶん、どこかで見たポルノＤＶＤの場面だ。

いつしか、男は自分自身に変わり……気づくと、僕は夢精していた。目覚めると、もう夜明けだった。

やれやれ……と胸の中でつぶやいていた。まだ朝なので、バケツの中の水は少し冷たい。家の脇にある洗い場。僕は、パンツを洗っていた。夢精で汚してしまった自分のパンツを洗っていた。

かっこ悪いよなぁ……同級生で夢精しちゃうなんて……と無言でつぶやく。そのとき、

「どうしたの？　お兄ちゃん」

という声。顔を上げると、凛がいた。洗濯物の入った籠《かご》を持っている。

「どうしたの？　自分でパンツ洗ったりして」と凛。彼女がうちに来て以来、洗濯はすべて凛がやってくれている。

「それが……」僕は、口ごもった。まさか夢精なんて言えない……。

「あ、トイレが間に合わなくてオシッコ漏らした？」と凛。

「え？　そうじゃ……」僕は言葉をにごした。

「じゃ、どうしたの？　やっぱりそうなんでしょう」

凛が言った。そりゃ、夢精より、オシッコ漏らした方がまだましだ。けど、僕は少しむっとした。

「いいじゃないか。自分だって、このまえ漏らしただろう」と言った。

凛が固まった。

「バレーボールを顔にぶつけて保健室にかつぎこまれた時、ちびったんじゃないか？」

つい、言ってしまった。まずい。

何か音がした。僕は顔を上げた。洗濯物の入ったプラスチックの籠が落ちている。洗濯物が散らばっている。凛が走り去る後ろ姿が見えた。

やっちまったか……。僕は、つぶやいていた。

凛が保健室にかつぎ込まれたあのときのこと。紺のジャージの股間《こかん》、少し色が濃くなって見えた。もしかしたら、ちびったのか？　そう思っていた。

どうも、それが的中してしまったらしい。


僕は、洗ったパンツを自分の部屋で干そうとした。

二階に上がる。自分の部屋に入ると、泣き声が聞こえた。隣りの凛の部屋からだ。安普請なので、泣き声が聞こえてしまう。僕は、凛の部屋を小さくノック。

「入っていいか？」と訊いた。そっとドアを開けた。

凛は、床に座りベッドに背中をもたれていた。両手で顔を覆い、泣いていた。僕は、隣りにそっと腰を下ろした。

「ごめん……。泣くなよ」と意味のないひと言。

凜は、両手で顔を覆って、さらに激しく泣きじゃくる。顔を左右に振る。僕は、L《リンダ》・ロンシュタットが歌った〈Cry Like A Rainstorm《クライ・ライク・ア・レインストーム》〉（嵐のように泣く）という曲を思い出していた。そのまんまだった。凜は、

「恥ずかしい……死んじゃいたい……」とせっぱ詰まった声で言った。顔が左右に振れ、ポニー・テールも揺れる。両足もバタバタとさせる。全身で泣いていた。しばらくは何を言っても無駄だろう。


10分ほどすると、泣き声が少し落ち着いてきた。嵐が普通の大雨に……。

僕は、凜の肩に手をかけた。

「脳震盪《のうしんとう》おこしてちびるなんて、よくある事さ。忘れちゃえよ」

と言ったものの、

「やだやだやだ！」

凜はまた、首を横に振り泣きじゃくる。僕は自分の言葉の無力さを感じる。

そりゃ、高1の女の子だからなぁ……と、胸の中でつぶやいていた。

やがて、5分ほどすると、泣き声が少しおさまってきた。大雨が小雨に……。さらに5分……。彼女は、顔からそっと両手を離す。僕の胸に顔を当てた。顔中、涙で濡《ぬ》れている。

まだぐすっぐすっといいながら、鼻声で、

「誰にも言わないで、内緒にしといてくれる？」と言った。

「当たり前じゃないか」

「よかった……」と凜。ほっと息をついた。

「お兄ちゃんには、もういろいろ、みっともない所見られちゃってるし……」と、つぶやいた。

「わたし、ついてない……」凜が、ぽつっとつぶやいた。

「っていうと？」

「小学校2年のとき、ドッジボールやってて、男の子が投げたボールが思い切り下腹に当たっちゃって」

「ちびった？」訊《き》くと、素直にうなずいた。

「ブルマーが濡れて、みんなにばれちゃった。しばらくは、〈ちびりん〉って呼ばれてた……」

僕はうなずいた。〈ちびる〉と名前の〈凜〉を合わせたらしい。その年頃の子供には、意外に残酷なところがある。が、同時に、僕は笑いそうになっていた。ちびりん、か……。


「さっきおれが洗ってたパンツだけど」僕は、口を開いた。

「あれは、オシッコ漏らしたんじゃないんだ」と言った。凜は僕の胸に顔を押しつけたまま、

「オシッコじゃない？」と訊いた。僕は、小さくうなずいた。彼女だけに恥ずかしい思いをさせて、少し可哀そうだと感じていたのだ。

「……あれは、射精といってさ」と僕。

「写生って、スケッチブック持って？」と凜。僕は、こけた。ああ……この子は奥手なんだとつくづく思った。

「またそのうち話すよ」

防波堤を海風が渡っていく。僕と凜の髪が揺れる。

午後の1時過ぎ。港を波から守るコンクリートの防波堤に、僕らは座っていた。

今日、海は穏やかだ。夏の陽射しが、パチパチと海面にはじけていた。

大学のヨット部が練習している。ディンギーの小さく白い帆《セイル》が、いくつも海面を動いている。

今日はひっくり返るヨットもいないので、船外機をつけた救命艇ものんびりパトロールしている。

頭上には青空が広がり、カモメが4、5羽、風に漂っている。見上げると、カモメたちの白い翼が、陽射しをうけて透けている。

僕らは、コロッケパンを食べていた。町内で買ったコロッケパンをかじり、缶の紅茶を飲んでいた。

凜も、笑顔を取り戻していた。

食べ終わると、僕はギターを手にした。ビートルズの楽譜集が開いてある。

〈In My Life《イン・マイ・ライフ》〉のページだった。

「知ってる?」訊くと凜はうなずいた。

「この曲、お母さんが好きだった」と言った。

僕は、うなずいた。ギターを持ちなおす。軽く弾きはじめた。

G……Em……G_7……。そのコードで、軽く口ずさみはじめた。1コーラスが終わる。凜を見て、〈歌ってみな〉と目で言った。

凜は、譜面を見る。曲を口ずさみはじめた。

が、音が微妙にはずれている。ほとんど合っていない。僕は、内心苦笑いしていた。これほど音痴な子は初めてだった。

それでも、凜は、譜面を見て一生懸命に歌っている。僕は苦笑いしながら、ギターでコードを弾く。かなり音程のはずれた〈In My Life〉が風にのっていく。凜のポニー・テールが防波堤を渡る海風に揺れている。


夏休みに入った。

けど、僕らに休みはない。ほぼ毎日、キス釣りの船を出す。〈釣りダイジェスト〉のおかげで、連日、船は満員だ。

ほとんど毎日、凛と記念写真を撮るお客がいる。凛は、まだ笑顔を作るのに慣れない。この子は、永遠に慣れないのかもしれない……。


やがて、森戸《もりと》の花火大会が近づいてきた。僕は、

「浴衣《ゆかた》買ってやろうか?」と凛に言った。凛は、首を横に振る。

「中学生の頃、鎌倉の花火大会で浴衣着たんだけど、あれちょっと不便で……」

「不便?」

「そう、トイレいくときが、ちょっと面倒……」と凛。

「ちびりんのお前が言うと、説得力があるな」僕は言った。

「やだ、お兄ちゃん! またからかって!」と凛。頬を赤くして、僕のTシャツを引っ張った。


花火大会の当日も、キス釣りは営業した。僕らは夕方仕事を終え、シャワーを浴びた。

凛は、いつものTシャツ姿。薄いピンクのリップクリームを塗っている。これは、

釣りダイジェストの撮影で覚えたものだ。

二人で黄昏《たそがれ》の海岸道路をぶらぶらと歩いていく。あたりには、花火の見物人が多い。

ふいに、

「航一」と声をかけられた。振り向く。中学で同級生だった男友達2人がいた。花火見物らしい。やつらは、僕と凜を見た。

そのとき、凜も高校の同級生らしい娘《こ》を見つけた。すぐ近くで、彼女とにぎやかに立ち話をはじめた。

友達の1人、橋本が僕のわき腹を突ついた。友達と話している凜に視線を送り、

「あんな可愛い彼女つくりやがって、このやろう」と言った。にやにやしている。

僕が何か言おうしたとき、最初の花火が打ち上げられた。まわりで歓声がわきあがる。

空を見上げた凜の顔が、花火の色に染まっていた。

「ハゼ対決ですか?」僕は、榊原さんに訊き返した。

「そう、凜ちゃんに、東京湾でハゼ釣り対決をやって欲しいんだ」と榊原さんは言った。

午後5時。釣り船の店。僕と凜は、榊原さんの話を聞いていた。

「でも、ハゼのシーズンって秋じゃないんですか？」

僕は言った。相模湾の釣り船では、ハゼはあまりやらない。ただ、釣り雑誌を見るとハゼは秋の釣り物になっている。特に江戸《えど》前の釣りとして有名だ。

「まあ、そうだね。うちの〈釣りダイジェスト〉でも、ハゼ釣りを載せるのは9月初めだよ。でも、そのためには8月中に取材しておかなきゃならない」と榊原さん。

「そこで、夏休み中で悪いんだが、ぜひ凜ちゃんに出て欲しいんだ」と言った。

「夏休みと言っても、僕ら毎日、キス釣りに出てますけど……」

「でも、木曜は休みだよね」

榊原さんが言った。確かに、夏の間でも、毎週木曜は定休日と漁協で決めていた。

「でも、なぜ凜に？　ハゼ釣りはやったことがないと思うんだけど」

と僕。隣りで凜がうなずいた。

「まあ、キス釣りを少し小型にしたと思ってくれればいいよ。仕掛けとか、エサとかは、似たようなものだし」と榊原さん。なんとなくわかるが……。

「とにかく、凜ちゃんを誌面に登場させろっていうリクエストがたくさん来ててね」

「リクエスト……」

「ああ、そういうメールやハガキが〈釣りダイジェスト〉に毎日来るんだ。うちとしては、嬉《うれ》しい話だけどね。そんなわけで、ぜひ、凜ちゃんに出て欲しい」と榊原さん。

僕と凜は、顔を見合わせた。〈釣りダイジェスト〉のおかげで、うちは連日満員だ。それに、僕も凜も、温厚な榊原さんが好きだ。

「どうかな……。やってみる？」僕は凜に訊《き》いた。凜の眼が、不安そうに僕を見た。

一緒に行ってくれるんだよね……と訊いている。僕はかすかにうなずいた。

しばらくして、彼女も小さくうなずいた。榊原さんが、笑顔になった。

「いやあ、よかった。東海林《しょうじ》さんも喜ぶよ」

「東海林さん？」

「ああ、ハゼ釣り名人でね。東京湾の釣り船では有名な釣り師なんだ」

「その人と凜が勝負を？」

「実は、そうなんだ……」

11　ツインルームで二人きり

「東海林さんっていうのは、釣りキャスターとかじゃなく、普通の釣り師でね」

と榊原さん。

「で、ハゼ釣りが得意？」と僕。

「そう。東海林さんは、もともと天ぷら屋さんの御主人なんだ。店は、東京の下町じゃ有名な老舗《しにせ》で……」と榊原さん。

「それでハゼ釣りを……」僕は、うなずいた。江戸前のハゼは天ぷらのネタになると聞いた事がある。

「そうなんだ。最初は趣味と実益を兼ねた釣りだったんだが、最近じゃ、店は人に任せて、ハゼ釣り師として有名なんだ」

「で、その人が凛と勝負を？」

「ああ、東海林さんと取材の打ち合わせをしてたら、彼の方から凛ちゃんの名前が出てね」

「へえ……」

「これだけ繊細な感覚を持っている子なら、ハゼ釣りをやらせても上手《うま》いはずだ。ぜひ、一緒に釣りをしてみたいと……。東海林さんだけじゃページが持たないと、編集部でも話してたところだった」

榊原さんは言った。僕は、軽くため息。

凛は、他人と勝負をするのがあまり好きではない。

いまも、その表情が硬い。

「勝負と言っても、それは雑誌の誌面づくりのための企画で、釣りの結果はどうでもいいんだ。とにかく、凛ちゃんが、お爺《じい》さんみたいな年の東海林さんとハゼ釣りをする、その取材撮影ができればいいわけで……」と榊原さん。

「さっき言ったように、凛ちゃんを待ってる読者が多いからね。もしオーケーしてくれるなら、取材前日に東京で泊まるために、いいホテルをとるよ」

「ホテル……」

「ああ、ハゼ釣りの船は品川《しながわ》から出るから、品川あたりにある新しいホテルをとるよ」

と榊原さん。

僕は、ちょっと惹《ひ》かれた。

いま、凜には夏休みがない。毎日キス釣りの仕事……。休みの木曜も、たまった洗濯などで潰《つぶ》れてしまう。そんな凜にとって、東京のホテルで一泊するのは、いい気分転換になるかもしれない。そう思った。

結局、僕らはその釣り取材をうけることにした。

「お兄ちゃん、これでいいかなぁ……」着替えた凜が訊いた。

8月後半。水曜の昼過ぎ。これから東京に行くところだった。

この日、キス釣りは、昼で沖上がりにした。家に帰り、シャワーを浴び、着替えた。

凜は、ユニクロで買ったスリムなコットンパンツをはき、横縞《よこじま》のTシャツを着ている。東京に行くので、彼女なりにお洒落《しゃれ》をしていた。

「これでいい？」と凜。僕は、笑顔を見せうなずいた。自分も珍しくポロシャツを着ていた。

1時間後。僕らは、横須賀線で品川に向かっていた。

凜は久しぶりの東京だという。考えてみればわかる。彼女のお母さんが、去年の夏に癌を発症し、それからは大変な一年だったのだ。車窓の風景を眺めて、僕はそんな事を考えていた。

「すごいホテル……」と凜が無邪気な声を上げた。

品川、というより汐留《しおどめ》。再開発された場所にそのホテルはあった。高級な雰囲気の高層ホテルだった。

それを見上げた凜が、〈すごい〉と声を上げたのだ。僕も少し驚いていた。榊原さんが、いいホテルをとると言ってくれたけど、これほど高級なホテルだとは……。

白い制服のボーイが、

「いらっしゃいませ」と言いガラスの扉を開けてくれる。

　僕らは、ロビーに入った。広くゆったりとしたロビー。外人客の姿が多い。凛は、きょろきょろとロビーを見回している。僕らは、受付のカウンターに行く。

「あの、釣りダイジェストの……」と言うと、女性スタッフが微笑し、

「中町様ですね」と言った。

「2508室をご用意してあります」と言い、キーをベージュの制服を身につけたボーイに渡した。彼が、部屋に案内してくれるらしい。

「荷物、お持ちします」彼が凛に言った。

「あ、大丈夫です！」と凛。完全にあがっている。

　エレベーターで、二十五階へ上がった。彼が、部屋のドアを開けてくれる。僕らが部屋に入ると、キーを渡し微笑。

「ごゆっくり」と言った。


「すごい眺め……」と凛。窓から外を見てつぶやいた。

大きくとってある窓。その外に東京の街が広がっていた。ビル、ビル、ビル、そしてベイエリア……。夕方の陽射しが、街を染めている。

「こういう高層ホテル、初めてか？」訊《き》くと凛はうなずいた。

「中学の修学旅行で奈良に行ったけど、泊まったのは三階建ての古いホテルだった」と言った。僕もこういう高層ホテルに泊まるのは初めてだった。が、それは口に出さない。少し見栄《みえ》をはった。

とりあえず、榊原さんに電話をかけた。ホテルにチェックインした事を伝えた。

「部屋はまずまず？」と榊原さん。

「ええ、もちろん」

「そこのレストランは高級だけど、凛ちゃんが緊張するかもしれないな。なんなら、ルームサービスで夕食をとってもいいよ。何でも好きなものを頼んでいいから。明日《あした》の朝は6時半に迎えに行くよ」

榊原さんが言った。

「へえ……」と凛。ダイアルを回してつぶやいた。

ベッド脇のサイドボードにある小さなダイアル。回すと、部屋の照明が無段階で明るくなったり暗くなったりする調光ダイアルだ。凛はそれが珍しいらしく、無邪気な表情で何回も回している。部屋の照明が、明るくなったり、暗くなったり……。

僕は、そんな凛を眺めていた。同時にベッドも見た。

広い部屋には、ツインベッドがあった。考えてみれば、凛と一部屋で泊まるのは初めてだった。

僕は、また心拍数が少し上がるのを感じていた。同時に、〈凛は妹だぞ〉と自分に言い聞かせていた。

凛は、僕と一部屋で泊まるのを意識してないのだろうか……。いまはただ調光ダイアルを回している。

「あ、音楽も流れる」と凛。別のダイアルを回してつぶやいた。部屋に低いボリュームでストリングスの演奏が流れはじめた。

夕食は、榊原さんのアドバイス通り、ルームサービスにした。難しいものは分からないので、ローストビーフのサンドイッチにした。やがて、部屋に食器ののったテーブルが運ばれてきた。

「美味《おい》しい……」凛が、しみじみとつぶやいた。サンドイッチを食べ、

「これの中味って？」と訊いた。

「ローストビーフ」

「へえ……美味しい」

「初めて?」訊くと、凜はうなずいた。

部屋には冷蔵庫があり、いろんな飲み物が入っていた。僕は、缶のレモンサワーをグラスに注ぎ飲みはじめた。凜が、それをじっと見ている。

「飲むか?」

訊くと小さくうなずいた。レモンサワーをグラスに注ぎ凜の前に置いた。彼女は、そっと口をつける。ちびちびとだけど、結局はそこそこ飲んだ。


「夜景、きれい……」

凜が、つぶやいた。

午後8時半。ルームサービスのテーブルは、係の人が片付けた。僕と凜は、窓ぎわに立ち、夜景を眺めていた。

光の粒を散らしたような夜景が広がっていた。

灯台が海に反射する湘南の夜景もいいけれど、たまにはこんな街灯《まちあか》りも悪くない。

僕らは、無言で窓ぎわに佇《たたず》んでいた。昔の映画音楽が低いボリュームで流れていた。

やがて、凜が、頭を僕の肩にあずけた。僕は、何気なくその肩を抱いた。サワーの酔いか？

ふと気づくと、凜の額が僕の頰に触れていた。頰が、彼女の体温を感じていた。

やがて、頰と頰が触れ合った。凜の頰は、温かかった。火照っているようでもあった。

僕の心拍数は、上がっていく。

少し顔の角度を変えれば、唇と唇が触れ合う。僕の頭は、かなり混乱していた。まさか……。

さらに心拍数が上がる。

〈冷静になれ〉僕は自分に言い聞かせた。いま部屋に流れてるストリングスの演奏は、映画〈カサブランカ〉のテーマ曲……。僕は、流れている曲に気持ちを集中しようとした。

そのとき、凜が何かつぶやいた。声が小さくて、正確には聞きとれなかったが、「好き……」と言ったみたいだった。

気がつくと、凜の唇が、僕の唇に触れていた。そっと、だけど、はっきりと唇が押し当てられていた。

思わず、僕も彼女に口づけを返していた。

それは、挨拶《あいさつ》のようなキスではなく、ちゃんとしたキスだった。二人とも少しぎこちなかったけれど……。

凛の唇は、彼女がデザートで食べたティラミスの味がした。

3秒……4秒……5秒……6秒……。

やがて、唇が離れる。

凛は、ふっと大きく息をはいた。僕に預けていた体を離す。ゆっくりと、ベッドに歩く。ベッドに腰をおろし、そして仰向《あおむ》けになった。

12　レモンサワーのせいだと思う

どうするんだ……。もう一人の自分が言っている。

正直言って、驚き、とまどっていた。凜は、どういうつもりでベッドに横たわったのだろう。

僕を誘っているのか。まさか……。

目の前にある窓ガラスに、自分が映っている。ぼさっと立っている間抜けな僕が……。

ゆっくりと視線を動かし、ベッドを見た。凜は、仰向けに横たわっている。その目は、閉じられているようだ。

とりあえず、僕はベッドに歩み寄った。ゆっくりとベッドの脇に行く。

もしかして、眠ってしまった？　僕は、かがみ込む。彼女の顔に、自分の顔を近づけてみた。

かすかな寝息が聞こえた。すーすーという寝息……。

僕は、苦笑した。同時にほっとしてもいた。

凜の頰に、そっと唇をつけた。そのとき、かすかな声で、

「お兄ちゃん……」と言ったのが、聞こえた。寝言らしい。

僕は、凜の寝顔を見つめた。濃くて長いまつ毛。こんがりと陽灼《ひや》けした頰。ほんの少し、唇が開いている。Tシャツが少しめくれて、小さなおヘソが見えている。

あどけない寝顔だった。

その無防備な姿を、僕は、5分ほど眺めていた。やがて、ブランケットを彼女の体にかけてやった。

自分のベッドに入っても、しばらくは寝つけなかった。

さっきのキス。僕らのファーストキス……。あれは、あきらかに凜の方から唇を押し当ててきた。

それは、どういうことなんだろう……。いくら考えても、わからない。とりあえず、

レモンサワーのせいだと思う事にした。彼女が生まれて初めて飲んだかもしれないサワーのせいだと……。

やがて、僕も眠りに落ちていった。

「おはよう、お兄ちゃん」と凜。バスルームから出てきて言った。朝の6時過ぎ。彼女は、顔を洗い、リップクリームをつけていた。

僕と目が合った。そのとき、恥ずかしそうに、ふっと視線をそらした。これまでの凜にはなかったことだ。やはり、昨夜のことは幻ではなかったのだ……。

けれど、僕はつとめて明るく、

「さあ、行こう」と言った。

「よく眠れた？」と榊原さんが訊《き》いた。ホテルのロビー。僕と凜は、榊原さん達と顔を合わせた。近くに取材スタッフがいた。

カメラマンは、この前と同じ人だった。そして、ワゴン車がホテルの前に停まっていた。僕らは、それに乗り込んだ

7、8分走る。車をおりると海の香りがした。運河沿いの岸壁。小型の釣り船が舫《もや》ってある。
近くに、2人が立っていた。白髪のお爺《じい》さんと、中年の人だった。お爺さんは、釣り用のベストを身につけている。榊原さんが、

「こちら、東海林さん」と紹介した。

東海林さんは、白髪を短く刈っている。よく陽灼けしていた。いかにも、ベテランの釣り師……。彼は笑顔を見せ、

「今日は、お手柔らかにね」と凜に言った。凜は、相変わらず、がちがちに緊張している。

「よろしくお願いします」と言いおじぎをした。

東海林さんが、かたわらにいる中年の人を、

「息子で」と紹介した。その人は、

「頑固親父の運転手です」と言って白い歯を見せた。

僕らは、釣り船に乗り込む。船頭さんが、船を離岸させた。

運河のような川から、しばらく行くと穏やかな海に出た。東京湾だろう。夏の陽射しが海面に反射している。頭上に羽田空港を離陸したジャンボジェットが見えた。

海に出ると、凛の表情がやっと落ち着いてきた。

「じゃ、はじめましょうか」

榊原さんが言った。船頭さんが、

「水深7メートルです」と言った。東海林さんは、もう竿《さお》を出し、エサをつけている。凛も、竿を出した。それは、あの片桐さんが送ってくれた竿とリールだった。凛も、ハリにエサをつけはじめた。

仕掛けは、キスとほぼ同じだ。ハリにエサのジャリメを刺す。仕掛けを海底に沈め、当たりを待つのだ。

「お……」と東海林さん。竿をしゃくる。小型のリールを巻く。すぐにハゼが上がってきた。釣りをはじめて、まだ5分ぐらいだ。

さらに7、8分後、また東海林さんが釣った。

東海林さんは、次つぎとハゼを釣る。3匹、4匹、5匹……。

凛は、まだ釣れない。ときどきリールを巻く。けれど、魚はかかっていない。

「エサ、とられちゃった……」とつぶやいている。

「たかがハゼ、されどハゼ……」と東海林さん。竿を握って、余裕のつぶやき。

凜は、一生懸命に釣りをしている。竿を握っている横顔が真剣だ。けれど、エサばかりとられてハゼは釣れない。

「また、エサとられちゃった……」凜が、悲しそうな小声でつぶやく。何もついていない釣りバリが、ふらふらと風に揺れる。榊原さんも、少し心配そうな顔になってきた。


釣りをはじめて3時間。東海林さんは、20匹以上は釣っている。凜は、まだ1匹も釣れていない。釣りは、あと2時間……。凜が、泣きそうな顔で僕を見た。僕のところにやってくる。その眼が、〈どうしよう〉と言っている。

僕は、凜の耳元でそっとささやいた。やがて、凜がうなずいた。

「手釣りか……」と東海林さん。

凜は、もう竿やリールを使っていない。海中から伸びている釣り糸を右手の指先で持っている。そして……1分。

凜が「あ」と言った。その右手が動いた。釣り糸を手でたぐる。やがて、ハゼが上がってきた。

「ほう」と榊原さん。

凜は、釣ったハゼをクーラーに入れる。またエサをつけ、仕掛けを放り込む。ものの2分で、次の当たり。凜が釣り糸を手でたぐるとハゼが、かかっていた。

そのアドバイスをしたのは、確かに僕だ。

見ていて、わかった。東海林さんが使っている竿は、名品と思われる和竿。竹で出来ている。細く、竿先がいかにも敏感そうなハゼ釣り専用の竿だ。

凜が使っている竿もいいものだ。けれど、それはキス釣り用だ。

キスは、15センチから25センチぐらい。けれど、ハゼは、せいぜい10センチ。まるで大きさが違う。エサに喰《く》いついたときの当たりも別物だ。

その微妙なハゼの当たりが、キス釣り用の竿ではわからないはずだ。それで、凜には釣れなかったのだ。

指先は敏感でも、トロいところのある凜には、それが分からなかったらしい。

といって、いまハゼ釣り用の竿はない。そこで、手釣りにするように僕は凜に言ったのだ。

凜は、次つぎハゼを釣り上げていた。カメラマンが、その姿を撮っている。

凜が、ぐんぐん釣果を伸ばしていく。きわどい勝負になってきた……。


あと10分。

東海林さんは、コンスタントに釣り続けている。凜は、かなりのスピードで、ハゼを釣っている。やがて、

「それじゃ、ストップ」と榊原さんが言った。

2人は、釣りをやめた。榊原さんが、お互いのクーラーにあるハゼを数えはじめた。やがて、

「東海林さんが、52匹。凜ちゃんが48匹だね」と言った。きわどい差で、東海林さんの勝ちという事らしい。そのときだった。

「親父、そりゃまずいよ」という声がした。東海林さんの息子だった。

みんなが、彼を見た。

「親父、インチキはまずいよ」と彼は苦笑いを浮かべながら言った。

「インチキ？」と榊原さん。彼は、うなずく。そして何か言おうとした。そのとき、

「申し訳ない！」と東海林さんが言った。「実は、自分が釣ってないハゼが10匹あるんだ」

「釣ってない？」と榊原さん。

「ああ、昨日、船頭さんが釣ったハゼをとっておいてもらって、途中でクーラーに足してしまった」と東海林さん。

「勝負に負けそうになったもので……」と言った。

凜は、ぽかんとした顔をしている。

東海林さんの息子は、苦笑いしたまま、

「まあ、釣り師根性ってやつでね……大目に見てやってください」と言った。さらに、

「親父、ハゼ釣りでは誰にも負けた事がなかったから、高校生の彼女にも絶対に負けたくなかったんでしょう。彼女の腕はわかってたから、あらかじめハゼを用意したらしい。まあ、困った爺《じい》さんだ」

と言って、ゲラゲラと笑った。

榊原さんも、思わず笑い出した。少し気まずかったその場の空気が一変した。

東海林さんは、

「お嬢さん、申し訳ない」と凜に頭を下げた。凜の方が固まっている。どうしていいか分からない、そんな顔をしている。

「まあまあ」と榊原さん。笑いながら東海林さんの肩を叩《たた》いた。

「今度、お店で天プラをおごってもらいますからね」と言い、東海林さんの横腹を突ついた。

「それにしても、手釣りであれほど釣るとは……」と榊原さんが、つぶやいた。釣りと撮影を終え、車で品川駅まで送ってもらうところだった。榊原さんは、凜の顔を見た。

「そもそも、釣りはどこで覚えたの?」

「……腰越で……」

「腰越の船で?」と榊原さん。凜は、うなずく。

「仁徳丸《じんとくまる》って船で……」と言った。

「仁徳か」と榊原さん。「なるほどなあ……」と腕組みをした。

「腰越の仁徳って、漁師さんじゃ……」僕がつぶやいた。

「そう、凄腕《すごうで》の漁師なんだが、取材はやらせてくれないんだよね」と榊原さん。あらためて凛を見た。「そうか……仁徳丸か……」と、つぶやいた。


帰りの横須賀線。凛は、小さなスケッチブックを出し、何か描いている。

「宿題か？」

「そう、夏休みの思い出を描かなきゃ……」

と凛。パステルで描いている。ハゼは、さすがにうまく描けている。そのとなりに、赤茶色で丸っこい変なものが描いてある。

「このタワシみたいなのは？」

「……ローストビーフ」凛がぽつりと言った。自分でも、うまく描けてないと分かるのか、少し顔を赤くした。


家に戻る。キス釣りの船を出す毎日に戻った。

そんな中、ふとしたときに見せる凛の表情が、これまでとは微妙に変わっていた。

僕と目が合うと、ほんの一瞬、恥ずかしそうな表情を見せ、視線をそらす事がある。

それは、あれから……ホテルでキスしてしまったあの日からだ。

凜は、僕と血の繫《つな》がった兄妹《きょうだい》であることをどう思っているのだろう……。バンド仲間の洋次が言うように、擬似恋愛なのか。謎は深まるばかり。

そして夏が過ぎていく……。


9月になった。

相模湾を渡る風が、サラリと乾いて、軽くなってきた。季節は、夏から、初秋に向かっていた。そんな土曜の夕方、榊原さんが店にやってきた。

「はい、これ」と言い、〈釣りダイジェスト〉の最新号をテーブルに置いた。凜のアップが表紙になっていた。釣ったハゼを持って、泣き笑いのようないつもの表情……。

「わ……」と凜。たじろいで、半歩後退。

榊原さんは、またケーキ屋の紙袋を持ってきている。それもテーブルに置いた。

「今号も、売れ行きは絶好調だよ」と言った。

僕は、そのページをめくってみた。巻頭カラーで、この前のハゼ釣りの写真が載っている。凜が中心だが、白髪の東海林さんも写っている。

気がつけば、凜がケーキ屋の紙袋を横目でじっと見ている……。

僕は苦笑い。皿とフォークを出してやる。凜が、箱から取り出したモンブランを食べはじめた。

そのとき、店の入り口が開いた。

入ってきたのは、あの人。ハゼ釣り名人・東海林さんの息子だった。彼は、榊原さんに、

「どうも」と言って片手を上げた。どうやら、ここで待ち合わせしていたらしい。

そして、僕と凜にも「やあ、この前は」と笑顔を見せた。

彼は、ポケットから一枚の名刺をとり出し、僕らの前に置いた。

それは、テレビ局の名刺だった。東京にあるNテレビのロゴ。そして、〈第三制作局　プロデューサー　東海林明《あきら》〉となっていた。

「凜をテレビ番組に？」と僕。凜は、モンブランを口に入れたまま固まった。

13　悲しい……

「べつに、テレビ局の人間だというのを、隠してたわけじゃないんだ」と東海林さん。

凜は、モンブランを喉《のど》につかえさせて、むせている。僕は、水を持ってきてやった。

凜がそれを飲む。やっと、むせているのがおさまった。

東海林さんは、そんな様子を見て微笑している。また、口を開いた。

「あのハゼ釣り親父の影響もあって、私も子供の頃から釣り好きでね。テレビ局に入ってからも、ずっと釣り番組を担当してきたんだ」と言った。

「ただ、最近の釣り番組には、正直うんざりしててね」

と東海林さん。

「番組のスポンサーはだいたい釣り具メーカー。だから、釣り具メーカーと契約してる釣りキャスターや釣りタレントが出演する」

と彼。僕も凜も、うなずいた。

「しかも、番組では必ず釣れる。そりゃそうだ。いいシーズンに、いい釣り場で、釣りキャスターたちが釣りをするわけだから……。釣れなきゃ、釣り具のスポンサーから文句がくる……。当然、釣れなかった収録はオクラ入り。……で、番組の最後は釣りキャスターが魚を持ってニッコリ。ま、予定調和的と言える」

と東海林さん。僕は、ビールを2缶持ってきて、東海林さんと榊原さんの前に置いた。僕にも面白い話だ……。東海林さんは、

「ありがとう」と言いビールに口をつける。

「だが、そういう釣り番組は、もう飽きられてるんだ。その証拠に視聴率は下がる一方。番組が打ち切りになる事もふえた。なので、そんな現状をぶち破るような番組を、作ることにしたんだよ」

と東海林さん。僕らを見た。

「それって？」僕は訊《き》いた。

「釣れるか釣れないか、わからない番組だ」

「でも、それじゃスポンサーが……」と僕。

「その通り。釣れないかもしれない番組じゃ、釣り具メーカーはイエスと言わない。そこで、別のスポンサーを探したよ。スポーツドリンクを出してる食品会社だ。そこなら、釣れる釣れないにこだわらない」

「なるほど……」

「そこで、全く新しい釣り番組を、来月からはじめることが決まってるんだ」

と東海林さん。カバンから企画書のような物を出した。表紙には、〈リアル・フィッシング〉とあった。

「中は読まなくてもいいよ。要するに、これが番組のタイトルで、同時にテーマなんだ」

「リアル？……」

「そう、釣りのリアル。苦労は多い、釣れない事の方が多い、失敗もしょっちゅう、そんなリアルな場面を演出なしに撮るんだ」

と東海林さん。隣りの榊原さんも、

「一種のドキュメンタリーだね。面白いんで、うちの〈釣りダイジェスト〉も相乗りすることにしたよ」

「相乗り？」

「そう、テレビの収録と一緒に写真も撮って、うちの雑誌に掲載することにした」

と榊原さんが言った。

「で、その〈リアル・フィッシング〉に凜を？」僕は訊いた。

「ああ、この企画は春からはじまってて、すでに収録した物が5本あるんだが、凜ちゃんのを、ぜひ第1回にオンエアーしたいんだ」

東海林さんが言った。

「でも、なぜ……」と僕。

「これさ」と東海林さん。そばにある〈釣りダイジェスト〉を手に取った。その表紙。ハゼを持った凜が、泣き笑いのような『どうしよう……』という表情を浮かべている。

「この初々しさに、リアルの原点があると思うんだ。釣りタレントにないリアリティーが……。榊原さんには、もうわかってるはずだけどね」

東海林さんは言った。榊原さんも、うなずいた。話は、どんどん進む……。

「どうしよう、お兄ちゃん」

と凛。缶ジュースを手にして言った。

夕方5時半の港。僕らは、岸壁に腰かけて、港の海面を眺めていた。陽は沈みかけている。雲は、茜色《あかねいろ》に染まって、その色が海面に照り返していた。

「テレビか……」

僕はつぶやいた。もし引き受けるなら、出来るだけ早く返事が欲しいという。

10月初めのオンエアーということは、来週ぐらいに収録しなければならないらしい。

「気がすすまない？」訊くと凛はうなずいた。

「わたし、すぐあがっちゃって、うまく出来ないから……」

「でも、テレビに出たら、人気者になるかも」僕は白い歯を見せた。凛は、首を横に振った。

「人気者になんか、ならなくていい。お兄ちゃんと、この家で暮らして、同じ学校に行ければ、それでいい……」

つぶやくように言った。僕は、缶コーヒーに口をつける。

「大丈夫。もし人気者になっても、この家の暮らしは、何も変わらないさ」

と言った。何事にも引っ込み思案の凛を、もう少しなんとかしたいと思っていた。

「そっか……」と凛。小さく2、3回うなずいた。しばらく無言……。

「じゃ、やってみようかな……」と、つぶやいた。黄昏《たそがれ》の海面で小さなボラが跳ねた。波紋が広がっていく。


テレビの収録日、その朝5時半。

「え、こんなとこ、撮るんですか?」と凜が言った。釣り船屋の前。凜は、しゃがみこんで、アサリの身を剝《む》いていた。

今日釣るのは、カワハギ。肝が美味《おい》しく、秋から冬には人気の魚だ。

カワハギを釣るエサは、アサリの剝き身。凜は、しゃがみ込んでアサリを剝いている。そこにテレビのカメラが向けられる。ディレクターが、

「眠くない?」と訊く。

「眠いです」と凜。小さくアクビをしながら答える。その姿と声も収録している。

「今日は難しいと思うけど……」

僕は、船を出す準備をしながらプロデューサーの東海林さんに言った。

カワハギは、目でエサを探す魚だ。けれど、まだ9月なので水温が高い。海中にプランクトンが多く、水が濁っている。カワハギがエサを見つけづらい状況だ。

「まあ、釣れなくてもいいんだ」と東海林さん。

なるほど、リアルか……。僕は、肩をすくめた。やがて、〈釣りダイジェスト〉の取材班もやってきた。


やはり、難しそうだった。

港を出て5、6分。水深23メートルで釣りをはじめた。

胸元に小さなマイクをつけた凜は、ハリにアサリを刺して海に入れた。ひどく緊張してるのがわかる。

けど、当たりはない。本人は、真剣な表情で竿《さお》を握っている。けれど、何も釣れない。

それでも、カメラは回っている。ディレクターも、ほかのスタッフも、静かに凜を見ている。

ディレクターは、舘《たて》さんという30歳ぐらいの人だ。やがて、舘さんが凜に声をかけた。

「当たり、ない？」その声もマイクが拾っている。

「ダメみたい……」と凜。海面を見つめてぽつりと言った。

予想通り海が濁っている。まず、釣れないだろう。やがて、凜がゆっくりとリールを巻く。ハリについたままのアサリが上がってきた。魚が食った気配は全くない。凜は、

「悲しい……」と、本当に悲しそうな声で言った。また、仕掛けを海に入れた。カメラが回っている。

30分後。凜が、竿先を見ている。竿先が、微妙に動いている。

「きた？」とディレクターの舘さん。凜は、首を横に振った。

「小魚が、アサリを突っついてるみたい……」と言った。

しばらくして、リールを巻いた。もうアサリはなく、ハリだけが上がってきた。小魚にやられたのだ。

「エサとられちゃった、悲しい……」と凜。ベソをかきそうな表情……。

1時間後。竿先が、大きく動いた。凜がリールを巻きはじめた。

「きた?」と舘さん。凜は首を横に振る。

「これ、カワハギじゃない……」と小声で言った。

やがて上がってきたのは、ベラだった。凜は、ベラをハリからはずす。

「ベラさん、いじめちゃってゴメンね」と言い、海に返した。プロデューサーの東海林さんが微笑している。カメラが回って凜をとらえているか、さりげなく確認している。


午後2時過ぎ。

ふいに凜が竿をしゃくった。竿先が細かく上下に震えている。カワハギの引き……。

「きた?」と舘さん。

「これはカワハギだけど……」と凜。リールを巻いている。やがて、カワハギが上がってきた。けど、小さい。12センチぐらい……。凜は、それでも少しほっとした表情。

「小さいけど、カワハギです」と言い、ひどく照れた赤い顔でカメラにカワハギを見せる。カメラが寄ると、カワハギで顔を隠した。

〈釣りダイジェスト〉のカメラマンも、シャッターを切っている。

「これ、小さいから、帰ってもらっていいですか?」と凜。舘さんがうなずく。凜は、

「またね」と言い、カワハギを海に返した。

結局、カワハギはそれ1匹だった。最後、凜はカメラに向かい、こわばった顔。

「ダメでした……ごめんなさい……」と言っておじぎをした。

店に戻っている。

「お疲れさま」と東海林さん。船を洗っている僕に言った。凜は、使った竿を洗いに行った。

「本当にあれでいいんですか？」僕はつい訊《き》いてしまった。東海林さんは、うなずいた。

「カワハギがたくさん釣れた番組なんて、もう何十回となくオンエアーしてるよ。でも、今回のは、すごく面白い。彼女のキャラクター全開でね。〈小さいから、帰ってもらっていいですか？〉は最高だよ」

と東海林さん。急いで編集してオンエアーに間に合わせるという。

「やっぱり、やめとくんだった……」と凜。しょんぼりとした声で言った。のろのろと箸《はし》を使う。

その夜7時。リビング。

僕も父も、アサリご飯を食べていた。今日、魚の食いは最悪で、凜が剝いたアサリが大量に残ってしまった。そこで、凜がアサリを炊き込んだご飯を作ったのだ。アサリを無駄にしないために……。

凜は、食材を捨てるのがひどく嫌いだ。野菜のきれっぱしなども、なんとか料理して食卓に出すのだった。僕は、それを貧乏くさいと思わないけれど……。

いま、凜はアサリご飯を食べながら、

「また、恥かいちゃった……」

頰を赤くして、ぽつりと言った。僕と父は、ただ苦笑して、アサリご飯を口に運ぶ……。

土曜日。夕方の5時半。

「おーい、やるぞ」僕は、部屋にいる凜に声をかけた。凜の出るテレビ番組がはじまるところだった。

「お兄ちゃん、見といて」凜が部屋の中から小声で言った。恥ずかしくて見たくないらしい。
僕と父は、リビングでビールを飲みながらテレビを見はじめた。

14　撮影犯がやってきた

〈リアル・フィッシング〉のタイトル。コマーシャル。

そして、いきなり凜が映った。早朝。店の前。しゃがみこんでアサリを剝《む》いている。

「え、こんなとこ、撮るんですか？」と言う凜を、手持ちのカメラがとらえる。

「眠くない？」とディレクターの舘さんの声。凜は、小さくアクビをして、

「眠いです」と言った。完全にドキュメント番組のスタイルだった。

すぐ、船上のシーンに変わる。港から出ていく船。竿《さお》を持っている凜の横顔。そこに、文字が流れる。

〈中町凜。あの片桐青輝が天才少女と認めた16歳。だが、この日は海が濁り最悪の条件。さて、どうなるか……〉

という文字。

そして船べりで、凜が竿を握っているシーンに……。

「当たり、ない？」と舘さんの声。

「ダメみたい……」と凜。しょんぼりした表情で言う。そういうときの凜は、小学生のような顔になる。リールを巻くが、エサのアサリがそのまま上がってくる。それを見て、

「悲しい……」と凜がつぶやく。その横顔を、カメラがアップでとらえている。

またリールを巻くが、ハリだけが上がってくる。

「エサとられちゃった、悲しい……」と凜。また、いまにも泣きそうな顔のアップ……。リールを巻くが、今度はベラが上がってくる。

「ベラさん、いじめちゃってゴメンね」と言って海に返すシーン。ていねいにとらえている。

やがて、小さなカワハギが釣れた。それをカメラに見せ、

「これ、小さいから、帰ってもらっていいですか？」と凜。「またね」と言ってカワハギを海に返した。

そして、釣りが終わり、凜がカメラを見る。あの泣き笑いのような、もじもじした

表情で、

「ダメでした……ごめんなさい」と言っておじぎをした。

番組のラストは、岸壁。竿を持ち、肩を落として歩く凜の後ろ姿。そこへ、〈本日の釣果は1匹。そんな日もある。また今度。〉という文字が入った。番組が終わった。

日頃はあまり笑わない父が、微笑している。

「こんな釣り番組、初めて見たな」と言いビールを飲んでいる。

しばらくすると、釣り好きの誠からメールが来た。〈見たぞ。リンリン、可愛いかった。「悲しい……」が最高！〉とあり、眼がハートになった絵がついていた。

僕は、思わず苦笑していた。

その夜、7時過ぎ。リビングでは出前の晩飯。

凜は、親子丼を食べはじめた。彼女はまだ、テレビ番組の録画を見ていない。よほど恥ずかしいのだろう。うつむいて黙々と親子丼を食べはじめた。そんな姿に、僕と父は苦笑い……。

そのとき、電話が鳴った。僕がとる。Nテレビの東海林さんだった。

「この前はお疲れさま。オンエアーは見た？」

「ええ」

「まだ正確な数字は出てないけど、視聴率はそこそこいい。それより、オンデマンドのアクセス数がすごいよ」と東海林さん。

オンデマンド……すでに放映した番組でもパソコンなどで見られるシステム……。

「へえ……。それは、よかったって事で？」

「もちろんさ。番組は、まず数字的に成功と言える。狙いが当たった」と東海林さん。

「ところで、凜ちゃんは、漫画家の〈稲村《いなむら》あさき〉さんが好きなのかな？　店に単行本が置いてあったけど」

「〈稲村あさき〉ですか？　好きだと思いますけど」僕は言った。凜がその人の漫画の大ファンで、よく読んでいるのは知っていた。

〈稲村あさき〉と聞いて、箸《はし》を動かす凜の手がぴたりと止まった。

「もしよければ、稲村先生のサインをもらってあげるけど、いま凜ちゃんはいるかな？」

と東海林さん。僕は、凜を見た。

「稲村さんのサイン、欲しいかって。東海林さんが、もらってくれるらしいぜ」と言った。

凛は、一瞬、口を半開きにした。箸を置く。

「え！……ちょっとトイレ！」と言って立ち上がる。トイレの方に小走りで行った。

僕は、また苦笑い。

「よくその人の漫画読んでるから、もちろんサイン欲しいと思いますよ。でも、本人、いまトイレに駆け込んじゃって……。驚いたり緊張したりすると、すぐトイレに行くもんで」東海林さんは、

「彼女らしいね」と笑っている。

そして説明をはじめた。彼は、釣り番組以外にも、人物インタビューの番組を担当しているという。

その仕事で、人気のベテラン漫画家、稲村あさきのインタビューもした事があるらしい。いまも連絡は取り合うという。

「だから、凛ちゃんが稲村先生のファンなら、サインをもらうのはお安い御用で」

東海林さんが言ったとき、凛がトイレから戻ってきた。電話をかわる。

「は、はい……」と東海林さんの話を聞いている。その表情が緊張している。やがて、

「よろしくお願いします」と言った。受話器を持っておじぎをした。そして、

「お兄ちゃんに替わってだって」と言った。僕は、受話器を受け取る。

「凜ちゃんは、いま舞い上がってるだろうから、航一君から伝えてくれないか」と東海林さん。「稲村先生のサインは大丈夫だから、お仕事もよろしくとね」

「……仕事ですか？」

「ああ、うちの番組に来月また出てもらいたい。それと、〈釣りダイジェスト〉の榊原さんからの仕事も忘れないように。雑誌に載せる文章を、2日以内に欲しいそうだ」

「わかりました。本人に伝えます」

　電話が終わっても、凜はぼ～っとしていた。のろのろと親子丼を食べている。視線が宙を泳いでいる。

「あのさ、米粒が顔についてるぜ」僕は、苦笑まじりに言った。

「あ……」と凜。顔を赤くする。僕は、その頰についてるご飯粒を、つまんでとってやる。やれやれ……。

「お兄ちゃん、これでいいかな……」

凛が訊《き》いた。夜10時過ぎ。彼女の部屋。凛は、床に座ってスマートフォンをいじっていた。

〈釣りダイジェスト〉に、この前のカワハギ釣りのレポートを載せる、その文章を書いている。榊原さんにメールで送るらしい。僕は、そのメールを読みはじめた。

〈……カワハギ釣りをやるので、朝の5時に起きました。〉

そんな小学生の日記のような文章だった。いかにも素人っぽい。が、これでいいんだろう。僕は、その文章を読んでいく。やがて、

「あのさ、ここおかしいぜ」と言った。

〈……撮影犯がやってきました。〉

となってる。〈撮影班〉の変換ミスだろう。

撮影犯かよ……と苦笑い。もう、こいつのドジには全く驚かない。

「あ……」と凛。文章を直している。……やがて、うとうとしはじめた。

「ほら、寝ろよ」と僕。凛の体を抱き起こす。抱き上げ、ベッドに寝かせてやる。部屋の電気を消そうとした。

そのとき、凛のスマートフォンが床に落ちているのに気づいた。それを拾う。勉強机に置こうとして、ふと手が止まった。

アプリケーションを表示する前のトップ画面。そこにある画像を思わず見ていた。その画像は、僕を撮ったものだった。

船の上だ。操船席で舵《かじ》を握っている。そこを斜め後ろから撮ったものだった。

いつ撮ったんだろう。毎日のように一緒に海に出ていたのだから、いつでも撮れる写真だろうけど……。

僕は、その画像をしばらく見ていた。やがて、スマートフォンのスイッチをオフにする。彼女の勉強机に置いて部屋を出た。

「ちょっと、音が薄くないか？」と洋次。ギターを持って言った。

火曜の放課後。僕らは、バンドの練習をしていた。11月初めは文化祭。そこで、僕ら3人は演奏をすることになっていた。

といっても、軽音楽部の合間に、せいぜい30分のライブだ。有名曲のカバーが4曲、自分たちのオリジナルが1曲。

オリジナル曲は、勢いで押し切れる。が、皆が知ってる曲のカバーは、そうはいかない。アラが目立つのだ。

いま練習しているのは、E《エルトン》・ジョンの〈Goodbye Yellow Brick Road《グッバイ・イエロー・ブリック・ロード》〉。もちろん名曲だが、僕らがやると音が薄っぺらだ。ギターとベースだけだから仕方ないけれど……。

「せめて、ピアノがあればなぁ……」とベースの翔太郎《しょうたろう》が言った。僕も、うなずいた。

そのときふいに、

「そうだ、グッド・アイデア」と洋次が言った。僕らは、やつを見た。

「秀美だよ」と洋次。

「あ、そうか……」と僕。秀美が子供の頃からピアノをやっているのは、知られていた。いつか、放課後の音楽室でピアノを弾いていたという噂もある。

「でも、彼女、引き受けてくれるかなぁ」と翔太郎。

「そこは、当たって砕けろだよ。頼むぜ」と洋次が僕に言った。

「おれが？」

「そうさ。どういう訳が、秀美はお前を気に入ってるらしい。ここは、お前が交渉するしかないだろう」

「でも……」

「とにかく、話してみろよ。ダメもと、当たって砕けてきてくれ」

「ひとごとだと思って」僕はつぶやいた。


ところが……。

「いいわよ」秀美は、あっさりと言った。昼休みの屋上で、話を切り出した3分後だった。

「4曲でしょ。協力してあげる」と言う。僕は、一応持ってきた譜面《スコア》を秀美に見せた。秀美は、そのコード展開を見ている。

「大丈夫よ。みんな知ってる曲だし」と言った。それでも、文化祭までに何回か練習が必要だろう。

「いいわよ、練習しましょう」と秀美。僕の顔をのぞき込むようにして、「そのかわり、今度また鎌倉でも付き合って」と言った。彼女からは、大人っぽく、女っぽく、いい香りがした。たぶん香水……。僕は、一瞬、この前の夢を思い出していた。ズボンの前が突っ張りそうになった。まずい……。

その3日後だった。放課後、僕らは音楽室にいた。秀美が入って最初の練習だった。秀美は、ピアノの前に座る。

〈Goodbye Yellow Brick Road〉のスコアを広げた。

「じゃ、やってみる」と言った。長くきれいな指を鍵盤《けんばん》に落とした。曲のイントロが流れはじめた。洋次が、

「おお……」と声を上げた。確かに、なんというか、音の厚みが全然違う。

見れば、窓の外に顔が……。音楽室は一階にある。その窓の外。男子生徒が5人、中をのぞいている。どうやら、秀美が僕らと演奏するという噂話は学校中に広まってるらしい。

翌日、放課後。僕は凜の担任に廊下で声をかけられた。

凜の担任は、英語の教師で守部《もりべ》という。

「最近、妹さんに変わったところはないか？」と守部。

「いや、別に……」

「というのも、この1週間ぐらい、妹さん、勉強に身が入ってないみたいでね」

「へえ……」

「授業中も、ぼんやりしてる事が多くて、ほかの先生からも指摘があって……」

「もともと、ぼんやりしたやつですから」と言うと守部は苦笑い。

「まあ、そういう面はあるけど、このところ、それが顕著で……」と守部。試験の答案のようなものを出した。彼が担当してる英語らしい。

凜の答案には、45点がついていた。

「今日やった月例テストなんだけど、妹さん、普通70点以上はとるんだ。こんなのは、初めてだよ」

僕も、その45点の答案を眺めた。

「妹さん、事情が事情だけに、われわれとしても気にはかけてるんだ。これまで学習面では問題はなかった。ところが……」

と守部。その時、廊下の窓ガラスが風に揺れた。台風が近づいているのだ。急いで帰って釣り船の固定をしなければ……。僕は、その事情を守部に言った。

「わかった。妹さんのことで何かあったら、すぐ教えてくれ」と守部は言った。

僕は帰り仕度をしていた。そうしながら、考えていた。

確かに、ここ何日か凜は変だ。家でも、コーヒーに塩を入れてしまったり、目玉焼きを真っ黒に焦がしてしまったり……。いままでの凜は、そこまでトロくなかった。

バスに乗った僕は、もしかしたらと思いはじめていた。

15　恋の嵐

もしかしたら、秀美のことが気になってるのでは……。

このところ、秀美が僕らと一緒に文化祭で演奏する事が大きな噂になっていた。それだけ、秀美は校内で人気があるのだけれど……。

〈なぜ、彼女が航一や洋次たちと一緒に演奏するのか〉

〈これまで、人前でピアノを弾いたことがないのに〉

〈何か事情があるのじゃ〉

そんな話が飛び交っているのは知っていた。しかも、その事情を訊《き》かれた秀美が、〈中町君に頼まれたから〉と友達に言ってしまったらしい。

これまでも、秀美はよく僕に話しかけてくる。休み時間や放課後、一緒に話している僕らの姿は、いろんな生徒に見られている。そこへもってきて、〈中町君に頼まれたから一緒に演奏を……〉は、まずい。

当然のように、〈秀美と航一はあやしい〉という噂が流れているようだ。廊下ですれ違う生徒から、意味ありげな視線を送られる事もある。そんな無責任な噂が、凜の耳に入らない訳はない。

もし、ここ数日、凜がぼんやりしてる原因がそれだったら……。凜の内気な性格からして、その事を僕に訊《き》く事は出来ないだろうし……。そこまで考えたとき、下車するバス停が近づいてきた。

バスを降りると、嵐の前の緊張感が海岸町に張りつめていた。

海から吹く風が、普段とは比べ物にならないぐらい強い。気圧がぐんぐん下がりはじめているのを感じる。10月に来る台風は大きい場合が多いのだ。鉛色の空に、雲が速く流れている。

家に着くと、先に帰っていた凜が着替えて出てくる所だった。

「おれもすぐ行く」と僕。

着替えて、岸壁に小走り。父が乗っている〈第九ゆうなぎ丸〉は、もう頑丈に固定されていた。

僕と凜は、いつも乗っている〈第十ゆうなぎ丸〉をロープで固定しはじめた。普通なら、4本の舫《もや》いロープで固定する。それを、倍の8本のロープで固定して、台風にそなえるのだ。

僕らは、てきぱきと増《ま》し舫いの作業をする……。

そろそろ、終わりかな……。僕は最後の舫いロープを岸壁のビットに結んだ。これで、荒天準備はいいだろう。僕は、凜に振り向いた。

その瞬間だった。岸壁に立っていた凜が、バランスを崩した。突風にあおられて、よろける。そのまま、岸壁から、1メートル下の海面に落ちた！

僕は、あわてなかった。

凜が泳げるのは知っていた。泳げる人間は、落水してもパニックにはなりづらい。

僕は、あまっている舫いロープを海面の凜に向かって投げた。

「つかめ！」と叫んでいた。言われるまでもなく、海面で立ち泳ぎしてる凜がそのロープを両手でつかんだ。

僕は、ゆっくりと凜を引っ張る。浅い方に引っ張っていく。7、8メートルも引っ張れば、船を陸に揚げるスロープだ。

20秒ほどで、そこまで来た。

やがて凜の足がスロープについたようだ。自分で歩いて、しだいに浅い方にやってくる。水が彼女の肩の深さになり、腰の深さになり、膝《ひざ》の深さになり、全身が水から上がった。

凜は、海水にむせながら、よろけた。僕は、その体をささえた。髪が額にへばりついている。全身びしょ濡《ぬ》れだった。

「お兄ちゃん、ごめん!」と凜。

「いいから、とにかく戻ろう。風邪ひく」

海水でびしょ濡れの凜を、家に連れ帰る。父が驚いた顔をしている。

「海に落ちたけど、大丈夫」と僕。

「ちょうど風呂《ふろ》に湯を入れたところだ」と父。

僕は、凜を風呂場の前に連れて行く。

「体を温めろ」

凜はうなずく。脱衣所に入っていった。僕は、ほっとひと息。父が淹《い》れてくれた温かいお茶を飲む。

お茶を飲みながら、考えていた。確かに台風が接近しているので、突風が吹いた。

けれど、あそこで海に落ちた凜は、どこかぼんやりしていた感じだった。やはり、いつもとは様子が違う……。


30分近くした頃だった。風呂場の方から、

「お兄ちゃん」という声が聞こえた。脱衣所の前に行く。

「あの……着るもの、持ってきてくれない？」と凜のか細い声。

そうか。濡れた服は、全部脱いで風呂に入ったわけだから……。

「わかった」僕は言った。二階に上がり、凜の部屋に入った。

洋服箪笥《だんす》を開ける。トレーナーとジーンズをとる。引き出しを開ける。下着を取り出した。それを持って、一階に降りた。脱衣所の前に行く。

「服、持ってきた」と言った。脱衣所の入り口が、少しだけ開いた。体にバスタオルを巻いた凜が顔と上半身の一部を見せた。

いつもは後ろで結んでいる髪が、濡れたまま顔の両側にたれている。肩から胸にか

けて水着の灼《や》けあと……。やけに大人っぽく見えて、いつもと違う凜だった。僕はドキリとした。が、平静を装う。

「ほら」と言い服を渡した。凜は、頬を赤らめ、

「ありがとう」と言った。


凜の洋服簞笥が開けっ放しなのを思い出した。僕は二階に上がり、凜の部屋に入る。洋服簞笥を見た。

急いで服を出したので、簞笥のドアは大きく開いている。

その中が、嫌でも見えた。

奥に白いビニール袋があるのに、僕は気づいた。どうやら、ユニクロのビニール袋だった。不自然なほど、きちんとたたんである。

僕は、何気なくそれを手にした。開けて中を見た。一枚のTシャツが入っていた。それは、よく覚えている。凜と初めて横須賀に行ったときに、僕が選んでやったものだ。

「これ、絶対に似合うよ」と言って……。

薄いブルー。可愛い波のパターンが白でプリントされている。確かに、陽灼けした

凜に似合いそうなTシャツだった。

そのTシャツが、きちんとたたまれてビニール袋に入っていた。

思い返せば、夏の間、凜がこのTシャツを着たのを見たことが無い。それどころか、Tシャツにはまだタグがついている。まだ一度も着ていない……。

僕は、そのTシャツを手にとり、じっと見つめていた。凜は、なぜこのTシャツをまだ着ていないのだろう……。

想像でしかないが……僕が選んでやったものだから、彼女は大切にしまっているのだろうか。タグもとらずに、きちんと畳んだままで……。

彼女にとっては、生まれて初めて異性が選んでくれた服なのかもしれない。だから大切にしまい込んで……。

そう思うと、少し胸がしめつけられた。

僕は、そのTシャツをしばらく見つめていた。そして、きちんと畳んで、ビニール袋に入れた。もとあった場所に戻した。

「直撃かな」父がテレビを見ながら言った。

僕らは、晩飯を終えテレビを見ていた。海に落ちた凜には、少しウィスキーを入れた紅茶を飲ませていた。

テレビでは、さかんに台風情報をやっている。

台風は、あと1時間ほどで東海地方に接近する。そのまま、北に進み、夜中近くには関東に上陸する可能性が高いと予報が伝えている。

僕らは、二階の部屋に上がった。台風の準備は、やるだけやった。あとは被害が出ないように祈るだけだ。

10時。風が強くなってきた。台風がさらに接近してきたらしい。

10時半。ふいに枕元のスタンドが消えた。僕は、窓を少し開けてみた。街灯も消えている。風で電線が切れて、あたり一帯が停電したらしい。海岸の近くでは、よくある事だ。

小さな懐中電灯をつけた。それを天井に向けて置いた。部屋の中が、ぼんやりと明るくなる。

その時、部屋の外で、

「お兄ちゃん、入っていい」凜の小さな声がした。

「ああ」僕は、ベッドの上で言った。

ドアが開いて凜が入ってきた。まっすぐな髪は、肩まで垂れている。ぶかっと大きなシャツを着ている。それが寝間着らしい。

「暗いと怖いのか」訊《き》くと、小さくうなずいた。凜は、僕のベッドに近づいてくる。

「一緒に寝ていい？」とかすれた小声で言った。

「おいで」と僕。凜は、僕の隣りに体を横たえた。

外では、風がさらに強くなっていた。桜の木が風にあおられて鋭い音を立てている。

さらに突風が吹き、家が少し揺れた。

凜が、僕に体を寄せてきた。僕は自然に彼女の体を抱きとめた。凜の顔が、僕の胸に押し当てられた。彼女の髪からは、シャンプーの香りがしていた。

また、ゴーという風の音がした。家が少し揺れる。

「怖い……」と凜。僕に抱きついてきた。二人の頰がくっついた。彼女の頰が熱い。

しばらくすると、凜が僕に訊いた。

「……お兄ちゃん、わたしのこと……」

ささやくような声で凜が言った。僕は、さっき洋服箪笥で見たTシャツを思い起こしていた。そして、

「好きだよ」

はっきりと言った。そっと凜にキスをした。彼女の唇がそれに応《こた》えてくる。

東京の時とは違い、はっきりと意志を持った口づけだった。キスが続き、お互いの息が熱くなる。

抱きしめている凜の細《ほ》っそりした体……。意外にしっかりした胸のふくらみを直接感じる。寝間着の下にブラはつけていないようだった。

その時、ふと海の香りがしたような気がした。凜の体から、潮の香りがしたような……。

気のせいか、さっき彼女が海に落ちたせいなのか、それはわからない。

さっき脱衣場で見た、彼女のむき出しの肩と水着の灼けあとを思い返していた。

気づけば、僕は勃起《ぼっき》していた。それをさとられないよう、少し腰を引いた。不恰好《ぶかっこう》だけれど仕方ない。

やがて、唇が離れる。すると、かすかな泣き声が聞こえた。凜が、僕の胸に顔を押し当て、静かに泣きはじめた。

「……どうした」

訊くと、まだしばらく泣いている。やがて、

「嬉《うれ》しくて……」と、聞き取れないような小声で言った。また、泣き続ける。

わかるような気もした。やはり、僕と秀美との噂に心を痛めていたのだろうか……。

そう思うと、ひどく可哀想な気がした。

「……お兄ちゃん、本当に？」

と凜。涙声で言った。

「ああ、好きだ」

僕は、彼女の体をしっかりと抱きしめて言った。

そして、再びのキス。しっかりとした、口づけ……。

そうしながら、思っていた。血の繫《つな》がった妹を抱きしめキスをしている。これから、僕らはどうなるのだろう……。

安普請の家は風に揺れ、僕の心は、とまどいと罪悪感に揺れていた。

16　生きてて良かった

台風が過ぎた2日後。夕方だった。

凜が、変な声を出した。〈え?〉と〈へ?〉が混ざったような声だった。

Nテレビの東海林さんが来て、凜に、漫画家・稲村あさきのサインを渡したところだった。

それは、ありきたりの色紙ではなかった。B4ぐらいの紙に色をつけて描かれたものだった。

凜の姿が描かれていた。左手に釣り竿《ざお》、右手に小さなカワハギを持っている。その姿を漫画タッチで描いてある。

泣き笑いのような凜の表情が、上手に描かれている。さすがプロの漫画家だ。

そして〈凜ちゃんへ〉と書かれてあり、本人のサインも入っている。それが、簡単なプラスチックの額に収められていた。

凜は、ぼうっとして、それを眺めている。

「これ……ほんとに……」とだけつぶやいた。口を開きっぱなしだ。

「稲村先生、君が出た〈リアル・フィッシング〉を見たんだ。先生、海のそばで育ったから、もともと釣りが好きなんだよ」

と東海林さん。

稲村さんは、子供の頃から稲村ヶ崎《いなむらがさき》に住んでいるという。ペンネームの〈稲村あさき〉は、〈稲村ヶ崎〉をもじったものらしい。

「信じられない……」と凜。その絵を見つめて、

「生きてて良かった……」しみじみとつぶやいた。東海林さんが、思わず白い歯を見せた。

僕も、苦笑しながらうなずいた。実は、家にある稲村さんの漫画を、僕も拾い読みしてみたのだ。

それは、想像してたような少女漫画ではなかった。

物語の舞台は、現代だったり、明治維新だったり、いろいろだけれど、ヒロインの

生き方に共通するものがある。

逆境や周囲からの偏見に耐えて、けなげに頑張っていくヒロインが描かれている。かなり大人っぽい物語だった。

東海林さんのNテレビでも、その漫画を原作としたドラマを制作したことがあるという。

何より、細々と民宿をやっているシングルマザーの母親に育てられた凜にとって、その物語は、勇気をもらえるものなんだろう。

稲村さんの漫画を読んで涙していたのも、うなずける……。僕は、いつか見たそんな凜の姿を思い出していた。彼女にとっては、自分の事のように思えるのかもしれない……。

やがて、東海林さんは、ぼうっと絵を見ている凜に、

「じゃ、次の番組収録、よろしくね」と言った。

つぎは、伊豆《いず》の稲取《いなとり》でヒラメ釣り。収録は、11月前半だという。凜はまだぼうっとしたままなので、東海林さんは僕に話す……。一応の予定を聞いた僕は、隣りにいる凜の肩を叩《たた》いて、

「よかったな、お礼は？」と言った。やっと凜は、気づく。絵を胸に抱えて、

「あ……ありがとうございます」と東海林さんにおじぎをした。

その夜、凜の部屋には遅くまで明かりがついていた。興奮して眠れないのだろう。


「けっこうな観客数だな。武道館なみじゃん」と洋次。ギターの6弦をチューニングしながら笑った。

文化祭の2日目。僕らの演奏がはじまろうとしていた。

音楽室の前の廊下で、僕らはギターやベースのチューニングをしていた。秀美は、まだ来ていない。文化祭の実行委員をしているので、忙しいのだ。

軽音楽部の演奏が終わり、あと5分で、僕らの演奏がはじまる予定だ。

会場の音楽室には、次々と生徒がやってくる。もちろん、みんなの目的は、僕らではなく秀美だ。

そのとき、凜の同級生がやってきた。よく凜と一緒にいる女子生徒が2人。その1人が僕に、

「頑張って」と言った。僕は笑顔を返す。

「あいつは？」と僕。

「リンリンなら、緊張した顔でどっかに走っていっちゃった。あの様子は、トイレじゃない？」彼女は言った。僕は、苦笑いするしかなかった。

やっと秀美がやって来た。

「ごめんごめん。じゃ、やりましょう」と彼女。全く緊張した様子はない。子供の頃から、ピアノの発表会でよく演奏してたと聞いたことがある。

僕らは、音楽室に入った。生徒たちで満員だった。

ごく簡単なPAとマイクがある。秀美は、ピアノの前に座った。洋次がマイクに向かう。

「こんちは。大島《おおしま》秀美と、その他3名です」と言った。その斜にかまえたフレーズは、僕らの年頃ならでは。会場から、笑い声が上がる。

秀美がイントロを弾き、演奏がはじまった。

E・ジョンが1曲、B《ビリー》・ジョエルが2曲、ビートルズが1曲。そして、最後にオリジナル曲。

またたく間に終わった。秀美のピアノでなんとか恰好《かっこう》になったと言えるだろう。みんなの視線も、ほとんど彼女に向いていた。

逆に僕らは楽だったけれど……。

結局、凜の姿は見なかった。あとで聞けば、ひとり音楽室の外で聴いていたという。やはり、僕と秀美が一緒に演奏するのを見たくなかったのだろうか……。

「眠くない？　凜ちゃん」とディレクターの舘さんが訊《き》いた。

「あ、大丈夫です」と凜。バスの外を見ている。その横顔をカメラがとらえている。

午前5時半。ロケ隊のバスは、伊豆の稲取に向かっていた。

夜中の3時半に葉山を出てきた。朝の8時頃には稲取に着き、釣り番組の収録をする強行スケジュールだった。

凜は、明るくなってきた窓の外を見ている。伊豆に行くのは初めてだという。熱心に風景を眺めている。

Nテレビでオンエアーされた前回の〈リアル・フィッシング〉は大好評だったらしい。2週間後には、BSで再放送されたらしい。

プロデューサーの東海林さんによると、その理由はもちろん凜だという。

「予想通り、彼女のキャラクターがうけたんだよ。頼りなさも含めた、無邪気な可愛らしさがね」という。

テレビ局には、〈彼女をまた出して〉というメールがたくさん来ているらしい。なので、今回もカメラはずっと凜を撮っている。

東海林さんに言わせると、

〈これは、これまでのような釣り番組じゃなくて、素朴な一人の少女がたまたま伊豆に行き釣りをする番組なんだ〉

なので、凜が目をこすりながら家を出てくる所からカメラが回っている。

やがて、早朝の光の中、伊豆の海が見えてきた。


稲取の港では、もう釣り船が待機していた。

凜と僕、Nテレビのスタッフ、そして〈釣りダイジェスト〉のスタッフも船に乗り込む。船頭さんが、舫《もや》いをといて船を離岸させた。港を出ていく。澄んだ秋の陽射しが、穏やかな海に反射している。

沖へ出て、釣りがはじまった。生きたイワシをハリにつけ、海底近くで泳がせる。それにヒラメが喰《く》いつくのをえんえんと待つ、そんな釣りだ。大物のヒラメが釣れればラッキーという感じだろう。

釣りはじめて1時間。竿先《さお》がツンッとおじぎをした。凛が、合わせた。リールを巻く。舘さんが、

「大きい？」と訊いた。凛は、首を横に振る。

「ちっちゃい」と言った。上がってきたのは、25センチぐらいのカサゴだった。口が大きくイワシなどにも喰いつく魚だ。トゲトゲのカサゴを、船頭さんがハリからはずす。凛が、

「バイバイ」と言い、海に放した。

昼過ぎ。凛が、居眠りをはじめた。当たりを待っているうちに、うとうとしはじめた。

夜中の3時起き。しかも、バスではずっと風景を見ていた。眠くなって当然だろう。釣り竿は、いわゆる置き竿にしてある。船べりにあるホルダーに固定されている。

ディレクターの舘さんが、プロデューサーの東海林さんを見た。小声で、「起こしますか?」と訊いた。いつヒラメがくるかわからない……。

でも、東海林さんは首を横に振る。かわりに〈カメラを回せ〉と手で指示した。カメラが、居眠りしてる凜をとらえる。

操船席の壁にもたれ、口を少し開いて眠っている凜をアップで撮っている。眠っているときの凜は、特にあどけない……。後ろでまとめた髪が、体の揺れに合わせて上下している。


「きた!」

船頭さんが叫んだ。竿の先が、大きく下に引き込まれている。何か大物がかかった。

凜は、ハッと目を開けた。あわてて竿の方に駆け寄ろうとした。

だが、足を引っかけて前のめりにこけた。

なんとか立ち上がる。竿のところに行く。ホルダーから釣り竿をはずす。リールに手をかけた。竿は丸くしなり、竿先は真下の海面を向いている。

「でかいな」と年配の船頭さんが言った。

凜は、リールを巻きはじめた。ゆっくりとしか巻けない。魚が大きいようだ。

テレビカメラも、〈釣りダイジェスト〉のカメラマンも、リールを巻いている凜をとらえている。

少しずつだけど、釣り糸は巻き取られていく……。

「あと5メートルだな」

と船頭さん。魚を取り込む大きなネットを手にした。

やがて、海面の下に影が……。濃い茶色の影、ヒラメだ。しかも相当に大きい。

凜は、歯をくいしばってリールを巻いている……。

ヒラメが、海面に姿を見せた。70センチぐらいの大物。船頭さんが、ネットですくおうとした。

その瞬間、丸く曲がっていた竿が跳ね上がった。凜が後ろにのけぞる。尻《しり》もちをついた。

ヒラメの口からハリが外れたのだ。

ヒラメは、海中に姿を消した……。

凜は、船べりから、ヒラメの消えた海面を見ている。やがてカメラの方に顔を向け、「ごめんなさい……」と言った。いまにも泣き出しそうな表情をしている。

「ハリがかかりが悪かったんだな。しょうがない」と船頭さん。

凜は、また海面をのぞき込んで、

「悲しい……」とつぶやいた。その横顔を、カメラがとらえている。

午後3時半。釣りを終え、港に帰る。すぐ近くにあるホテルに移動した。かなり立派なスパホテルだ。今夜はここで泊まるという。

「お兄ちゃん、これ、何？」

と凜が訊いた。ホテルの二階に温水プールがあるという。そこで僕らは、水着に着替えて行ってみたのだ。そこで、凜が〈これ、何？〉と訊いた。

それは、プールサイドにあるジャグジーだった。僕も体験したことはないが、存在は知っている。

凜は、そのそばに膝《ひざ》をついて、不思議そうに、吹き出す泡をのぞき込んでいる。

17　陽にやけたスケッチブック

「入ってみようぜ」と僕は言った。ジャグジーの中に、ゆっくりと体を沈めた。体中に泡が吹きつける。なかなか気持ちいい。

臆病《おくびょう》な凜は、少しためらう……。恐る恐る、足先をジャグジーに入れてみた。

やがて、そろそろと、両足を入れ、腰、そして上半身も入れた。まるで湯船に入るように……。僕は苦笑。

「どうだ？」

凜は、うなずいた。ほっと息を吐く。

「くすぐったい。でも、なんだか気持ちいい……」と言った。

やがて、凜はジャグジーの中に全身を沈め、ラッコのようにいろいろ体の向きを変えはじめた。無邪気な笑顔……。ヒラメを逃がして落ち込んでいたのが、だいぶ持ち直してきたようだ。

そのうち、吹きつける泡が、体のどこか敏感なところに当たったのか、

「ひゃっ」と声を上げた。僕がそっちを見ると、「やだっ」と言い、両手で顔を隠した。


「金目鯛《きんめだい》のお造りです」と和服を着た女性。凜の前に皿を置いた。

ホテルの三階にあるダイニング。凜の夕食風景を撮るため、カメラが回っている。大きな皿には、金目鯛の刺身が盛りつけてある。凜は、それをじっと見ている。

「金目鯛、初めて？」とディレクターの舘さんの声。

「あ、はい……」凜はうなずいた。

金目鯛は、伊豆半島の名物だ。湘南の港にはほとんど上がらない。店に並んでいても、とんでもなく高価だ。舘さんが、〈食べて〉というしぐさ。凜は、金目鯛の刺身に箸《はし》をつけた。醬油《しょうゆ》をちょっとつけ、口に入れた。

「美味《おい》しい？」と舘さん。凜は、しみじみとした表情で、

「生きてて良かった……」とつぶやいた。その表情をカメラが撮っている。プロデュ

ーサーの東海林さんが、微笑しうなずいている。


夜9時。

凜は、もう寝ていた。寝不足でヒラメ釣り。そして、夕食を腹一杯食べた。ベッドに寝転がると、もう寝息をたてている。その体に布団をかけてやる。僕は、部屋を出た。まだ寝るには早い。少し散歩でもしようかと思った。

廊下に出たところで、舘さんと顔を合わせた。

「お疲れさま。凜ちゃんは？」

「もう寝てます。さすがに疲れたみたいで」

「そうか……」と舘さん。「上のラウンジで軽く一杯やろうと思うんだけど、ちょっとつき合わない？」

「まあ……。じゃ、軽く」

舘さんと僕は、エレベーターでホテル最上階に上がった。そこはラウンジになっていた。広いガラスの向こうに、夜の海が見える。舘さんはバーボン、僕にはジンジャエールをオーダーしてくれた。また、〈お疲れさま〉とグラスを合わせる。

「ヒラメは残念だったけど」と僕。

「いや、あれでいいんだよ。凜ちゃんの〈悲しい……〉がとれたからね」と舘さん。

バーボンを飲んだ。

「……あいつの〈悲しい〉は、そんなにうけてるんですか」

「ああ、前回のオンエアーへの反応でも、あのひと言についてが一番多かった。しかも、今回は〈生きてて良かった〉がとれたしね」

「……あれも、うける？」

「うけるだろうね。あの、ひりひりと心に触れるような本音のひと言は、プロのタレントさんには言えないものだから……」と舘さん。バーボンのグラスを飲み干した。

やがて、三杯目のバーボンを飲みながら、舘さんがつぶやいた。

「結局、僕らは夢を見たいんだと思う」

「テレビの仕事をしてて、つくづく思うんだけど、旅の番組や釣り番組で、本物のドキュメントを作るのは不可能な夢に近いんだ……」

と舘さん。グラスを手に言った。高校生の僕にも分かるように話しているらしい。

「たとえば、タレントさんがどこかに旅をして、それを自然なドキュメント風に撮ったとする。でも、それは本物のドキュメントじゃない」

「というと……」

「簡単に言えば、タレントさんは、〈自然に見えるような演技〉をしてる。これは、いわゆる文化人でも、釣り番組のキャスターなどでも同じだけどね」

僕は、うなずいた。

「人間、テレビカメラを向けられると、どこか飾ってしまうし、自分を作ってしまうものだから」

「確かに……」

「だが、凜ちゃんは明らかに違う。彼女は、自分を飾ることを知らない。悲しいときは、悲しい……とつぶやき、嬉《うれ》しいと、生きてて良かったと、心の底から言う」

「あいつ、天然ボケだから……」

舘さんは、苦笑い。

「お兄さんから見ればそうかもしれないけど、僕らから見れば、凜ちゃんの存在は夢の入り口なんだよ」

「夢の、入り口……」

「そう。われわれメディアの仕事をしてる者から見て、あそこまで自分を飾らない子には、めったに出会えない。彼女となら本物のドキュメントが撮れるかもしれない……そんな夢の入り口なんだよ」

「……それって、褒めすぎじゃないですか？」

僕は、笑いながら言った。けれど、それは本心ではなかった。凜の事をそんな風に言われて、少し照れていたのだ。

凜が持っている飾り気のなさというか、無邪気さというか、そういうものを一番実感してるのは、僕なのかもしれない。ふと、そう思いながら、ジンジャエールに口をつけた。

見渡す夜の海に、漁船らしい灯《あか》りがいくつか見えていた。


「フィッシング部？」僕は、思わず訊《き》き返した。昼休みの教室。誠が目の前にいた。

「ああ、フィッシング部を作るのさ」と誠。

「だって、お前、柔道部じゃ……」

「あれは、もうダメだ」と誠。「この前の文化祭で、つくづく感じたね」

「っていうと?」

　と訊くと、誠は説明を始めた。文化祭の2日目、柔道部は体育館の隅で試技をやったという。

「おれたちは、一応真面目にやったよ。でも、見てくれたのはたった4人だ」

「4人か……」

「ああ、6人の部員が試技をして観客は4人。一本背負いをやろうが、巴投《ともえな》げをやろうが、見てるのは4人。それも途中でいなくなってた」と誠。僕は苦笑い。

「で、釣りのクラブを?」

「そうさ、絶対に作る。部長はおれがやるとして、副部長は、ぜひリンリンにやって欲しい」

「凜に?」と僕。そういう事か……。また苦笑した。

「でも、あいつ引っ込み思案だからなぁ……」と言った。

　彼女が学校の中で目立ちたくないのは、わかっていた。たまたま、廊下で僕と凜が立ち話をしてる時、僕の同級生が通りかかる。

「テレビ見たよ」と凜に声をかけたりすると、彼女は困ったような顔になり、「あ、ども……」とか、しどろもどろの返事しか出来ない。

「だから、副部長とかやるかなぁ……」

「そこは、兄貴のお前からうまく話してくれよ」

「まあ、話すのはいいけど……部活となると顧問がいるだろう」

「それも考えてある。物理の日高《ひだか》、あいつは釣り好きだ。どこの顧問もやってない。引き受けると思う」

「……まあ、交渉してみな」とだけ僕は言った。


「入るぜ」と僕。開いているドアのところで言った。

夕方。凜の部屋だ。ドアは開けっ放しになっている。無防備な凜は、しょっちゅうドアを開けっ放しにしている。

彼女に、英和辞書を貸していた。それをとりに部屋に入った。凜は部屋にいない。机の上に英和辞書はあった。僕はそれを手にした。

その時、ふと、机に置いてある一冊のスケッチブックに視線がとまった。

薄いクリーム色の表紙のスケッチブック。かなり以前のものらしく、表紙が陽にやけている。細い紐《ひも》で綴《と》じられている。

その存在は、前から気づいていた。机の上で、ときどき見かけていた。

いま、スケッチブックの裏表紙が上になっていた。裏表紙の隅には、小さめのローマ字で、〈Keiko Nagano《ケイコ・ナガノ》〉と書かれていた。

ナガノ・ケイコ……。初めて見る名前だった。

その時、凜が部屋に入ってきた。

「英和、持っていくぜ」と僕。ついでに、「このスケッチブックって?」と口にした。

「あ、それ、お母さんの……」と凜。凜のお母さんが、画家を目指していたのは僕も知っている。お母さんの名前は、長野ケイコ、あるいは永野ケイコらしい。

そのお母さんのスケッチブックは、凜にとって思い出の品なのだろう。が……このスケッチブックがあとあと大きな意味を持つ事を、この時の僕は想像していなかった。

「もうすぐ、お母さんの命日だ……」凜が、しんみりとつぶやいた。

18　スーパースターはこの町にいた

「神社で一周忌か……」と僕は言った。

11月18日。凜のお母さんの命日。僕と凜は、腰越に来ていた。

聞けば、お母さんのお墓はないという。先祖代々のお墓はあるけれど、親から勘当されていたお母さんは、そのお墓に入っていない。お母さんの遺骨は、本人の希望で相模湾に散骨されたという。

「で、この神社か？」と僕。凜は、うなずいた。

「悲しい事とか、たまに嬉しい事とか、何かあるとお母さんと一緒にこの神社に来てた。だから……」と、つぶやいた。

神社は、腰越の町はずれにある。確かに、静かでいい場所だった。境内には大きなイチョウの樹がある。その葉は真っ黄色に色づき、散っていた。まるで雪のように、僕らの上にイチョウの葉が降り注いでいた。

凜は、眼を細め、降り注いでくる黄色い葉をただじっと見上げている。言葉にはしない、あるいは出来ないほど重い何かが、心によぎっているのだろうか……。


「凜ちゃんじゃない」という大きな声が響いた。

腰越の漁港。岸壁に舫《もや》われている漁師船の上に、おばさんがいた。船は、〈第十三仁徳丸〉。凜が釣りを教わったという仁徳丸だ。

凜は、声をかけてきたおばさんに、おじぎをした。

「元気にしてた？」

とおばさん。凜は、またおじぎをした。

「あんた、凜ちゃんだよ」

おばさんが言うと、操船室の陰から中年男が姿を見せた。四十代だろう。がっしりとした体格。醬油《しょうゆ》で煮込んだように陽灼《ひや》けしている。眉《まゆ》が直線的で濃い。凜を見ると、「おう」とだけ言った。かすかに笑顔を見せた。おばさんが、

「凜ちゃん、雑誌やテレビで見てるよ」と言った。凜は、ひどく照れた表情になった。

おばさんと凜は、しばらく話をしている。ダンナらしい漁師さんは、無言でいる。口数の少ない人らしかった。少し目を細めて凜を見ている……。

その目つきが鋭い。凄腕《すごうで》の漁師という噂もうなずける雰囲気だ。この人に釣りを教わったから、凜には特別に鋭敏な感覚が身についたのだろうか……。

やがて、軽トラックが走ってきて、すぐ近くで止まった。トラックには、店名が描かれていた。鎌倉にある一流料亭の店名だった。

一人の男が、トラックから降りてきた。発泡スチロールの、いわゆるトロ箱を持っている。仁徳丸に歩いてくる。漁師さんに、

「こんちは、どう？」と訊《き》いた。それだけのやりとりでわかる間柄らしい。

仁徳丸の漁師さんが、船の生簀《いけす》から真鯛《まだい》をすくい上げた。2キロほどの真鯛。僕でも、いいものだとわかる鯛だった。料亭の人と漁師さんは、何かやりとりをしている。値段の交渉だろうか……。

「じゃ」と凜が言い、おばさんにおじぎをした。

「またね、凜ちゃん」とおばさん。笑顔で手を振った。

僕らは、腰越の岸壁を歩きはじめた。

「あれが、釣りを教わった仁徳さんか」と僕。凜は、うなずいた。

「わたしに釣りを教えてくれたタダシさんと奥さん」とつぶやいた。その表情が、いつになく複雑なのに僕は気づいた。

なんだろう……。僕の胸に、疑問符が消え残った。

僕は、少しうつむいて歩く凜の横顔を眺めていた……。


「ここ、昔からお母さんとよく来たお店」と凜。一軒の店の前で言った。

江《え》ノ電《でん》が路面電車のように走る腰越の町。その中にある食堂だった。〈腰越ラーメン〉という暖簾《のれん》が出ている。

夕方の5時半。そろそろ腹が減ってきたところだった。横開きの入り口を開け、僕らは入る。カウンターの中にいたオヤジさんが、

「よお……凜ちゃんじゃないか！　久しぶり！」と少し大げさな声を上げた。50歳ぐらいだろう。小太りで、陽気そうな人だった。

僕らに水の入ったコップを持ってくる。

「元気だったかい？」とオヤジさん。「テレビ見てるよ」と凜に言い、僕の方を見た。

「この子、小さい時からおとなしい娘でねぇ、それがテレビに出るなんて、町内のみんな驚いてるよ」

と言った。どうやらおしゃべりな人らしい。また僕をちらりと見て、

「ボーイフレンドかい？」と凛に訊いた。凛は、少し頬を染め、

「お兄ちゃん」と言った。オヤジさんは、うなずく。

「そうか、そうだったよなぁ……。いまは、葉山の真名瀬か……」と、うなずきながらつぶやいた。

凛とお母さんが、昔からよく来てた店という事は、事情はよく知っているようだ。凛のお母さんが、シングルマザーとして一人娘を育てた。そして、お母さんが急死し、凛は養女として真名瀬にあるうちに来た、その事情はほとんど知っているのだろう。

「ケイコさんが亡くなってもう一年か、早いねぇ……」とオヤジさん。カウンターの中で言った。僕らは、ワンタン麵《めん》を食べていた。

僕は、顔を上げた。ふと、壁に貼ってある色紙と写真に気づいた。

ごく平凡な色紙。〈腰越ラーメンさんへ〉とあり、誰の物かわからないサインが走

り書きしてある。

その色紙の脇に、一枚の写真が飾られていた。この店の前で撮った写真だ。かなり以前のものらしく、少し色褪《いろあ》せしている。

店の暖簾の前で、オヤジさんと若い男が並んでいた。二十代の後半に見える、背の高い男……。見覚えがある。Hというプロ野球の選手だった。誰でも知っている有名なホームラン・バッター。球界のスーパースターとも言える。

選手を引退したいまは、選手の頃から所属している名門チームの監督をしている。うちの父親がプロ野球好きで、スポーツ紙をとっているので、僕にも基礎知識はある。

オヤジさんとHの写真は、少し自慢げに額に入れてある。僕は、Hの名をあげ、

「この店に来たんだ」と言った。

「来たも何も、この町に2週間ぐらいいたのさ」

「へえ……」

「彼も、この頃、選手としてのスランプやらいろいろあって、追いかけてくるマスコミから逃げ出したくなったみたいでね」

とオヤジさん。僕は、なんとなくうなずいた。有名人がマスコミから姿を隠すには、

何もない平凡なこの町は良かったのかもしれない……。ふと、そんな事を思った。凜は、顔を上げず無言でワンタン麵を食べている。

ガタガタと車輪の音がする。僕らは、腰越から江ノ電に乗っていた。家に帰ろうとしていた。

季節がら、江ノ電はすいていた。そんな電車の中、凜は口数が少なかった。もともとあまり喋《しゃべ》らない子なのに、さらに口数が少なかった。

腰越に来て、辛《つら》い事を思い出してしまったのだろうか。あるいは、腰越で生まれ育った日々には、心の中にしまっておきたい何かがあるのだろうか……。

「凜を、テレビ・コマーシャルに？」

僕は思わず訊き返していた。となりの凜は、口を半開きにしている。

午後2時。うちの近くにあるファミレスに、僕らはいた。店には明るい陽射しが入っている。

僕らとテーブルで向かい合ってるのは、2人。1人は、Nテレビ・プロデューサーの東海林さん。

もう1人は、初めて会う人だった。

山崎という中年の人で、大手町《おおてまち》にある広告代理店の名刺を出した。紺のスーツを着て、きちんとネクタイを締めている。

「突然の話で驚いたかもしれませんが」と山崎という人。「凜さんをぜひコマーシャルにという話が持ち上がっていて」と言った。

東海林さんのNテレビでやっている番組〈リアル・フィッシング〉。

そのスポンサーである大手食品会社の名前をあげた。

「来年の3月、そこから新しいスポーツドリンクが出ることになって……」

と山崎さん。

「その新発売コマーシャルに、凜ちゃんを起用したいって話なんだ」と東海林さん。

「スポンサーが、〈リアル・フィッシング〉の凜ちゃんを、すごく気に入っちゃっててね」と言った。

伊豆で収録したヒラメ釣りの番組は、10日ほど前にオンエアーされた。

ヒラメには逃げられた凜が〈悲しい……〉とつぶやき、金目鯛《きんめだい》の刺身を口にして

〈生きてて良かった……〉と言う番組だ。

凜本人は、恥ずかしがって、まだ録画を見ていない。

特に、金目鯛を食べて〈生きてて良かった……〉と言ったのが恥ずかしいらしい。

本人に言わせると、〈貧乏だったのがバレちゃうから〉だという。

「それはともかく、番組の視聴率はすごく良かったし、スポンサーが、凜ちゃんの〈悲しい……〉と〈生きてて良かった……〉の言葉を気に入ったらしくてね」と東海林さん。「ぜひ、その言葉をメインにしたコマーシャルを制作したいというんだ」

「そうなんです」

と山崎さんが、説明しはじめた。

スポーツドリンクのCMというと、若いタレントが元気に飛んだり跳ねたりというのが定番だという。確かに……。

「でも、そういうCMはもうマンネリだし、完全に飽きられています」と山崎さん。

「今回のスポンサーである大手の食品会社も、タレントさんの飛んだり跳ねたりは不要だと言ってます」

「……で、凜を？」

僕は訊《き》いた。山崎さんは、うなずいた。

「うちの広告代理店でそのスポンサーのCMを制作しはじめて6年になるけど、これほどスポンサーが乗り気なのは珍しいんです」と言った。東海林さんが、少し苦笑い。

「気難しい宣伝部長だけど、仕事はすごくできる人でね……。凜ちゃんに注目したのは、さすがだよ」と言った。

山崎さんが、カバンから何か取り出した。

「ご本人の了解をとる前に失礼かと思いますが、とりあえず簡単なCMの企画を作ったもので……」

と言った。一枚の紙を、テーブルに置いた。漫画に似た絵が何コマかあり、説明文がついている。どうやらコマーシャルの絵コンテという物らしい。


〈栈橋から釣り糸をたれている凜ちゃん〉

〈真剣な横顔……〉

〈釣《つ》り竿《ざお》をしゃくり上げる〉

〈けれど、魚はかからず、釣り針だけが上がってくる。失敗……〉

〈ガッカリした表情〉

〈悲しい……とつぶやく凜ちゃん〉

〈カット変わって、スポーツドリンクを飲む凛ちゃん〉
〈飲み終わり、ほっと一息〉
〈生きてて良かった……とつぶやく〉
〈新製品の商品カット〉

となっていた。

19　イワシが目にしみる

「釣り番組のセリフそのまんまなんですが、宣伝部長はこれでいいと言ってます」と山崎さん。

「15秒の、いわゆるスポットCMが中心になるから、これぐらいシンプルでいいんだろうな」東海林さんがつぶやく。

「新製品のスポーツドリンクを飲んで、〈生きてて良かった……〉と言うのは、CMとして効果的だと思います」山崎さんが言い、東海林さんが微笑した。

「しかも、凜ちゃんは演技なんかしなくて、地のままでいいし」

凜は、ひたすら固まっている。テーブルの上のコンテを、恐る恐る見ている。

東海林さんが苦笑い。

「まあ、凜ちゃんがこういう話に消極的なのは、わかってるよ。でも、これを読んでくれないか？」

と、一枚の紙を取り出した。

「うちのテレビ局にきたメールをプリントアウトしたものだよ」と言い凜に差し出した。

凜は、それを読みはじめた。僕は、山崎さんを見た。

「もし仮に凜がそのCMに出るとしたら、いつどこで撮るんですか？」と訊いた。

「春先から夏にかけてオンエアーするので、明るい海の映像が欲しいですね。だから、沖縄あたりで撮れればと」

「沖縄、ですか……」

「ええ。スケジュールですが、3月中旬ぐらいからオンエアーとなると、1月中には撮影したいです。凜ちゃんには学校があるから、もし可能ならお正月休みはどうかと考えてるんですが」

と山崎さんは言った。

ってきた。

「イワシ、かかってるぜ」僕は凜に言った。

「あ……」ぼさっとしてた凜は、あわてて釣り竿を立てた。海面から、イワシが上がってきた。

夕方の4時過ぎ。僕らは、港の岸壁で釣りをしていた。イワシの群れが回遊してきていたので、それを釣っていた。

12月にしては、風もなく暖かい夕方だった。僕らは、晩飯の足しにするため、イワシを釣っていた。

釣れた銀色のイワシが宙に舞い、小さなナイフのように陽射しに光る……。

しかし、凜はうわの空だ。イワシがかかったのにも気づかない。さっき東海林さんがくれたプリントアウト、その事が気になっているようだ。

僕がその事を言うと、凜はパーカーのポケットからその紙を取り出した。僕に渡した。

Nテレビにきたメールをプリントアウトしたものだった。僕は、それを読みはじめた。

〈群馬県に住んでいる中学2年生です〉

とあり、女の子の名前が書かれていた。仮名かもしれないが……。

〈私はいま学校でいじめにあっています。同級生にえんえん無視され続けたり、下校のときに靴を隠されて仕方なく上履きで帰る事になったり……もう耐えられません。死にたいと思った事も何回かあります〉

〈でも、この前、父さんが見てた釣り番組を私も見ました。中町凜ちゃんの出てる番組です〉

〈凜ちゃんがヒラメを逃がして、悲しい……とつぶやいたとき、私も思わずうなずいてました。私の心も悲しさで痛いです〉

〈でも、そのあと、凜ちゃんが、生きてて良かった……と言ったとき、どきっとしました。なんだかドキドキしてます。そうだよね、やっぱ、生きるって大切なんだなぁと思いました……〉

〈目の前がパッと開けたみたいで……。たぶん、これからの私は、もう死のうとか考えないような気がします。つらい事も多いけど、なんとか生きていこうと思います〉

〈つまらない話を書いて、ごめんなさい。でも、あの番組をやってくれたテレビ局と凜ちゃんにお礼を言いたくてメールしました〉

僕は、それを3回読み返した。

メールの下に、ボールペンの走り書きがある。

〈こうやって勇気をもらった子たちが何十人、何百人といるかもしれないよ。もしCMに出れば、さらに何十倍もの人を勇気づけられるんじゃないかな？……Nテレビ・東海林〉

と書いてある。僕は、その紙をじっと見ていた。凜も、横目でそれを見て、

「このメールくれた子、まるで小学生の頃のわたし……」とつぶやいた。

薄青い煙が、黄昏《たそがれ》の中に漂っていく。

僕らは、岸壁の隅に七輪を置いて、イワシを焼いていた。

凜はうわの空だったけれど、片口イワシは40匹ほど釣れた。いま、それを焼き網に

のせて焼いていた。

焼けたイワシは、まるかじり。この時期は脂がのって美味《うま》い。

黄昏の岸壁にはひと気がない。僕は、缶のチューハイをちびちびと飲んでいた。

「小学生の頃、いじめられた？」

僕は、訊《き》いた。凜は、イワシを焼きながらうなずいた。

「わたし、何やっても下手だし、家は貧乏だし……2年生のとき、ドッジボールをお腹にぶつけられて、ちびっちゃったし……。それから、しょっちゅう〈ちびりん〉って言われてて……」

凜は、ぼそぼそと話す。割り箸《ばし》で、焼き網のイワシをひっくり返した。

「3年生になった春だったわ。教室で自分のイスに腰かけたら、ベチョッて……」

「ベチョ？」

「誰かが水の入ったビニール袋をイスに置いたの。わたしはそれをお尻《しり》で潰《つぶ》しちゃって……」

「びしょ濡《ぬ》れか」

「そう……。はいてたジーンズも下着のパンツも濡れちゃって……みんなは〈リンがまたちびった〉って大笑いして」

「ひどいな。それで？」

「トイレに駆け込んで、体操着のジャージにはき替えたけど、みじめで、涙がとまらなかった……。30分ぐらいトイレから出られなくて……」

凛は言った。イワシの脂が炭に落ちて煙が上がった。凛は、左手で目尻をぬぐった。煙が目にしみたのかと思った。けれど、違うようだ。凛の目に涙があふれ出るのがわかった。

やがて、しゃくり上げはじめた。そのときの事を思い出してしまったらしい。頰が涙で濡れていく……。

僕が、かわりにイワシを焼きはじめた。

5分ほどすると、凛は泣きやんだ。

僕は、缶チューハイを凛に差し出した。彼女はうなずき、ほんのひと口飲んだ。


「その日の夕暮れだった……。港の岸壁を歩きながら、死のうと思ってたわ」

「腰越の港か」訊くと、うなずいた。

「悲しくて、情けなくて、海に飛び込んで死のうと思ってた……。その時、仁徳丸のタダシさんが声をかけてきて……。もう暗くなりかけてたけど、船に何か用事があって、偶然、岸壁にいたわたしを見つけたらしくて……」

「へえ……」

「タダシさんは、昔から、お母さんの民宿にお魚を届けてくれてて、わたしを赤ん坊の頃から知ってたの」

と凜。また、缶チューハイを、ほんのひと口。

「タダシさんに見つかっちゃったんで、そのときは海に飛び込むのをあきらめたわ。そのかわり、タダシさんと何となく話しはじめて……」

「で、釣りを教わることに？」

凜が、ゆっくりとうなずいた。

「学校で嫌なことがあったと白状したら、釣りでもすれば気晴らしになるんじゃないかって言われて、結局、釣りを教わる事になったの」

僕は、胸の中でうなずいた。ついこの前、腰越の港で仁徳丸の夫婦と会ったとき、凜は少し複雑な表情をしていた。

その理由が、少しわかったような気がした。仁徳丸で釣りを教わったのには、そんな事情が隠されていたとは……。

予想してはいたけれど、腰越で育った凜の少女時代は、かなり辛《つら》い事が多い日々だったらしい。

僕は、それをあらためて実感していた。焼けたイワシをかじると、少しほろ苦い味がした。


「コマーシャルの話、ちょっと考えてみようかな……」

凜が、つぶやいた。その手に、あのメールのプリントアウトがある。

いじめで死のうと思った女子中学生からNテレビにきたメール……。凜の釣り番組に勇気づけられて死ぬのをやめた、そんな子からのメッセージだ。

さらに、〈もしCMに出れば、さらに何十倍もの人を勇気づけられるんじゃ……〉という東海林さんの走り書き。

凜に、なんとかCMに出て欲しい……。そんな、大人たちの思いや狙いはわかる。

それはそれとして、凜がCMに出るのは悪くないと僕は感じていた。

その理由の一つは、凜本人の事だ。

彼女がうちの娘になって、もう9ヵ月。少しは変わったと思う。けれど、16歳の娘としては、まだまだ引っ込み思案で、気弱過ぎる。

もう少し、なんとかなればなぁ……と感じる。そのためには、CMなどに出るのは悪くない。

そして、もう一つの理由は、メールしてきた子のような存在だ。

いじめなどで悩んでいる子はすごく多いだろう。そんな子たちに、凜の〈生きてて良かった〉の言葉が届けば、そこに大きな意味がある。

やたら醒《さ》めてクールな青少年と言われる僕でさえ、それぐらいは感じる。


「あの、〈生きてて良かった〉だけどさ」僕は口を開いた。

「もしかしたら、小学生のとき死んでたかもしれないから、あの言葉が出るのか……」

凜は、うなずいた。また、割り箸でイワシを網にのせている。港はもう夕暮れ。七輪では、炭が赤々と燃えている。

「あのとき仁徳丸のタダシさんと会わなければ、海に飛び込んで死んでたかもしれない」

静かな声で、彼女は言った。

「それを考えると、どんな小さな事でも、生きてて良かったって思えて……」

と、つぶやいた。そのとき、1匹のイワシが割り箸からポロリと落ちた。焼き網の隙間から、炭の中に落ちてしまった。

「あっ」と凜。「イワシさん、ごめんなさい」と言った。

相変わらずのドジ……。僕は苦笑していた。口を半開きにして七輪をのぞき込んでいる凜。その、あどけなさの残る横顔を、炭火の明かりが照らしていた。


「お前が、曲を書く?」と洋次。ギターを手に驚いた顔。放課後の教室だ。僕は、両手をズボンのポケットに入れてうなずいた。

「ああ……たぶん、書いてみるよ」

20 極暖

「どういう風の吹き回しかな、中町君」と洋次。やつが〈中町君〉と呼ぶのは、ひとをからかってるときだ。が、僕は知らん顔。

「とにかく、曲を書いてみる気になった。それだけさ」

これまで、うちのオリジナル曲は洋次が書いていた。といっても、たいした物じゃない。その辺の曲を真似したのが見え見えで安っぽい。

なので、僕も曲を書いてみようとした事はある。もちろん、ラブ・ソングだ。でも、ダメだった。ふわふわとした、意味も実感もない言葉だけが、浮かんでは消える……。その理由は、いまならわかる。

僕自身が、ちゃんとした恋愛をした事がなかったのだ。

恋愛には、フィジカルとメンタルの両面があると思う。レコード盤のA面とB面のように……。

フィジカル面は、もちろん肉体的な事だ。相手を抱きしめたい、キスしたい、相手の裸を見たい、そして出来るならセックスしたい……。

僕ら十代の男が、女の子を好きだと言うとき、多くの部分がこれだろう。やりたいざかりの年頃だから、仕方ないのだが……。

そして、もう一つはメンタル面。

たとえば、相手に何かしてやりたい……。

相手を守ってやりたい……。

そんな思いやりかもしれない。〈恋愛〉という二文字の中の〈愛〉に似て……。

いま、僕の近くに二人の女子高生がいる。秀美と凜だ。

秀美の事は、入学した頃から気になっていた。ほかの男子生徒がそうであるように……。

秀美は言うまでもなく大人っぽい美人でプロポーションもいい。

セックスアピールも感じる。それは、彼女の夢を見て夢精したのだから、認めるしかない。

けれど……と思う。

秀美に対して、何かしてやりたいと思うか？　さて、どうだろう……。

たぶん、秀美は完璧《かんぺき》すぎるのだ。頭の良さも美しさも、すべてを備えている。自信にみちた存在……。彼女にしてやれる事など、何も見つからないような気がする。

それに対して、凜は……。

彼女もその年なりの女らしさを感じさせるが、ドジで、ガキで、引っ込み思案で、泣き虫だ。

でも、そんな彼女には、してやれる事が沢山あるような気がする。

たとえば、ディズニーランドに行きたいと言えば、喜んで連れて行くだろう。何か食べたいと言えば、レストランに連れて行ってやるだろう。

心から彼女を笑顔にしてやりたいと思う。それは妹だから？　いや、たぶん違う……。僕の中で、凜はもう完全に一人の異性になっているのだ。

そして……女の子に対して、こんな想いを持ったのは、初めてだ。

もしかしたら、これが〈恋愛〉というものでは……。

僕の、あまり出来の良くない脳ミソでわかるのは、そこまでだ。

ついこの前、岸壁でイワシを焼いていたときの事……。

イワシを炭の中に落としてしまい、口を半開きにして七輪を覗《のぞ》き込んでいた凜。その炭火に照らされたあどけない横顔を、僕はじっと見つめていた。見たこともないほどドジな娘だが、限りなく可愛いと感じていた。

とにかく、そんな凜に対する恋愛感情は、自然でリアルなラブ・ソングの歌詞になりそうな気がする……。

相変わらず皮肉な表情でいる洋次に、〈お前にはわからないかもしれないが、まあ、やってみるさ〉と僕は内心でつぶやいていた。


「稲村あさきさんが、凜を取材？」

受話器を握って僕は訊《き》き返していた。12月の18日。夕方だ。

「ああ、そうなんだ」とNテレビの東海林さん。「正月の沖縄ロケから帰ってからでいいけどね」と言った。

凛は、テレビCMに出る事をすでに了承していた。

僕らは、1月4日から3日間の沖縄ロケに行く事になっていた。

「稲村先生は、もうすぐ新連載をはじめるみたいなんだ。その舞台を相模湾の釣り船屋にしようと思ってるらしくてね」

と東海林さん。台所で晩飯を作っていた凛の手が、ピタリと止まっている。

僕は、凛に電話を替わった。彼女は、ものの30秒ほど東海林さんと話していた。ふいに、

「ごめん、トイレ！」

叫ぶなり、走りはじめた。僕は苦笑。また電話を替わった。

「稲村先生、釣りは好きでも、釣り船屋については詳しくない。そこで、凛ちゃんを取材したいらしい……」と東海林さんが説明する。

「で、凛ちゃんは、まだ戻ってこない？」

「もしかしたら、トイレで気絶してるかも」

と僕。東海林さんは、電話の向こうで笑っている。

「じゃ、航一君から話しておいてくれないか。沖縄ロケから帰ってしばらくしたら、

取材よろしくって」

電話は終わった。気がつけば、火にかけてあるオデンがぐらぐらと煮立っている。

僕はあわてて火を弱くした。

凛は、本当にトイレで気絶してるのかもしれない。

「中町君、これ」と秀美。その包みを僕に差し出した。

12月22日。金曜日。昼休みの廊下だ。

秀美が差し出したのは、平べったい包み。どうやらCDらしかった。そのラッピングは赤と緑のクリスマス・カラーだ。今年のクリスマス・イブは、日曜になる。もし学校でプレゼントを渡すとしたら、金曜の今日しかない。

「これ……」と僕。

「ささやかなクリスマス・プレゼントよ。ボズ・スキャッグスのCD」秀美は、さらりと言った。

「今度は、このCDの中の曲をやろう」と秀美。一瞬美しく微笑し、歩き去っていった。

「見たぞ、中町君。いいねえ」後ろから洋次の声がした。

「別に」と僕。「文化祭で一緒に演奏したから……そういう事だよ」

「じゃ、一緒にやったおれには、何のプレゼントもないってのは、どういうことかな？」と洋次。僕は、やつを無視する。

それより、心配なのは噂だ。秀美がCDをくれたのは、生徒たちがぞろぞろ通る昼休みの廊下だ。

〈秀美が航一にクリスマス・プレゼントを渡した〉そんな噂が、校内を駆け巡るのは目に見えている。

当然、それは凜の耳にも入るだろう。それが心配だった。

6時限目が終わった。僕は、凜の教室に行ってみた。ちょうど凜と仲のいい子が教室から出てきた。

「あいつ、いる？」

「リンリンなら、もう帰った。なんか、かなりの勢いで出ていったわよ」と彼女。

僕は、うなずいた。

もしかしたら、凜は何か買いに行ったのかもしれない。ぼさっとした凜の事だから、僕にクリスマス・プレゼントを渡す事など頭になかったのかもしれない。

が、秀美が僕にCDをプレゼントしたと聞いて、どきっとしたかもしれない。そして、何かプレゼントを探しに……。その可能性はあるだろう。


予想は、当たった。

日曜日。クリスマス・イブの夜。僕と凜は、うちから歩いて5、6分の店に行った。地元の人気店で、ピザが美味《うま》い。

気取った店だと凜が緊張するので、カジュアルな店に行ったのだ。

のんびりと食事をしていると、近くの席にカップル客がいた。その女性が、彼にプレゼントを渡していた。彼がラッピングを開けると、洒落《しやれ》たマフラーが出てきた。

凜が、その光景をじっと見ている……。

やがて、僕は、小さな包みをテーブルに置いた。

「ちょっとしたクリスマス・プレゼント」と言った。

それは、小型の化粧ポーチだった。旅行などにちょうどいい大きさのポーチ。トロピカルな柄の可愛い物だ。

「ほら、もうすぐ沖縄だから」と僕。凜は笑顔になり、小さな声で「ありがとう……」と言った。

「あの……」と凜。ふと立ち止まった。

店を出て、海沿いの道を歩きはじめたところだった。彼女は、ユニクロの包みを持っている。それがクリスマス・プレゼントらしいのは、わかっている。けれど、凜は店でそれを出さなかった。

「あの……」と、また言った。

「それ、クリスマス・プレゼントじゃないのか？」本人が言いづらそうなので、僕の方から口に出した。

「そうなんだけど……」

「だけど？」

僕は、訊いた。凜は何も言わず、その包みを僕に渡した。

開けてみる。出てきたのは、ユニクロのヒートテック。極暖下着だった。冬の海で釣り船の仕事をする僕のための物だろう。が、

「わたし、センスない……」

凜は、消え入りそうな声で言った。僕の胸におでこを押し当てた。涙ぐんでいるのかもしれない。

僕は、ふと思い起こしていた。

さっきの店にいたカップル。彼女が彼にプレゼントしたすごく洒落たマフラー。それを、凜はじっと見つめていた。そのとき、はっと気づいたのかもしれない。

クリスマス・プレゼントには、ああいう物が似合う。〈極暖下着〉は、かなり違うかもしれない。その事に気づいたのだろう……。が、僕は凜の体をそっと抱きしめた。

「ありがとう」と言った。

「がっかりしてない？」凜が言った。僕は首を横に振った。

「プレゼントって、センスなんかじゃなくて、気持ちだよ」そして、「嬉《うれ》しいよ」と言った。

それは、嘘ではなかった。凜が、一所懸命に考え、自分の小遣いで買ってきたものなのだから……。僕の心は、文字通りの極暖になっていた。

ふと、凜が顔をあげた。やはり涙ぐんでいるのが、暗い中でもわかる。

「よかった……」彼女がつぶやいた。

気がつけば、雪になっていた。夕方から急に気温が下がってきたが、やはり雪が降りはじめていた。

ひと気のない、海に面したバス通り。粉雪が舞い落ちている。凜の濃いまつ毛に粉雪がついている。僕は、指先でそれをぬぐってやった。そして、僕らは短いキスをした。凜の唇は、ピザにのっていたバジルの葉の匂いがした。


その夜10時半。僕は、凜の部屋の前を通った。ドアが半開きで、凜の姿が見えた。

凜は、床にぺたんと座っている。僕がプレゼントしたポーチを手にしていた。

その中に、ヘアブラシとリップクリームを入れる。いまの彼女には、それしか入れる物がないらしい。それでも、嬉しそうにポーチの中を覗《のぞ》き込んでいる……。その横顔を僕はじっと見ていた。

外では雪が降り続いている……。今年も終わろうとしていた。そして、もうすぐ沖縄だ。

21　一発勝負

「どうした？」僕は凜に訊《き》いた。彼女は、かなり硬い表情をしている。

1月4日。朝の8時。羽田空港の出発ロビーだ。

この元旦《がんたん》は、家族3人でなごやかに過ごした。凜が正月料理を作ってくれた。父はご機嫌で、ビールを相当に飲んでいた。

2日と3日は、早くも釣り船の営業をした。そして4日の朝、沖縄ロケのため僕らは羽田空港に来ていた。

ロケ隊は、僕ら以外に15人ほど。顔を知っているのは、広告代理店の山崎さんだけだ。彼は、僕らのそばにいて何かと面倒を見てくれている。

ロケ隊の殆《ほとん》どが男のスタッフ。あと、スタイリストとメイクの女性がいる。

みな、いわゆるカタカナ職業らしくないのが意外だった。若い男が多いせいか、スポーツチームの遠征のようだ。撮影機材が入っているらしいジュラルミンのケースを、那覇《なは》行きの搭乗カウンターに預けている。

慣れた動作で、てきぱきと機材ケースをチェックインしていくスタッフ達は、かっこ良かった。

CMのスタッフだけでなく、スチールカメラマンとアシスタントもいる。この新発売キャンペーンは、ポスターなどでも展開されるらしい。

だが、凜は何か硬い表情。

「初めての飛行機が怖いのか」

僕は訊いた。凜は無言。どうやら当たりらしい……。僕が知る限り、凜が旅行したのは修学旅行の奈良だけだ。

僕も飛行機は初めてだ。が、凜ほど緊張はしていない。僕は、山崎さんに近づく。

「凜のやつ、緊張するとトイレが近くなるから、トイレに近いシートをとってくれませんか」と小声で言った。山崎さんが、微笑し、

「Nテレビの東海林さんに聞いてるよ」と言った。搭乗カウンターに歩いて行った。

那覇行きは、定刻通りに離陸。

予想以上のジェットエンジン音。飛行機が滑走路を疾走しはじめると、背中がシートに押しつけられる。凜は、引きつったような表情。隣りのシートにいる僕の片腕を両手でぎゅっとつかんでいる……。

離陸し、水平飛行に移ると、ほっと息を吐いた。


「あ、富士山……」と凜。飛行機の窓から外を見て言った。斜め下に富士山が見えている。

いまさら富士山……。僕は、胸の中でつぶやいていた。うちの前の防波堤。そこからは、相模湾の向こうにいつも富士山が見える。

が、飛行機から見下ろす富士山は、よほど珍しいのだろう。凜は、窓ガラスに額をつけるようにしていた。

僕は苦笑い。凜と出会った頃なら、〈いまさら富士山かよ、このガキが〉と馬鹿にしていたかもしれない。が、いまはただ微笑して見ている。彼女と暮らしはじめて、僕は少し大人になったのだろうか……。

「稲村さんの漫画、いつから読んでるんだ」僕は訊いた。

離陸して30分が過ぎたところだった。凜は、飛行機のシートで稲村あさきの単行本をめくっていた。僕の方を見ると、

「子供の頃……小学校3年ぐらいから」

「自分で買って？」訊くと、首を横に振った。

「家にあった。お母さんが読んでたの」

「へえ……。お母さんが」僕はつぶやいた。稲村あさきの作品は、シングルマザーとして娘を育てているお母さんにとって、勇気づけられるストーリーだったのかもしれない。

やがて、女性のCAが、機内にジュースを配りはじめた。凜の前にも紙のカップを置いた。

が、凜はそれに口をつけない。

「飲んでも大丈夫だぜ。トイレ、すぐそこだから」僕は言った。

「やだ！」と凜。頬を赤くした。

「あったかい……」凜がつぶやいた。那覇空港。その到着ロビーを出たところだった。やはり沖縄だ。関東とはまるで気温が違う。頬をなでる風が暖かく柔らかい。何か花の匂いがする。僕は、着ていたヨットパーカーを脱いだ。Tシャツだけで充分だ。ロビーを出るとロケバスが待っていた。30人は乗れそうな大型のバスだった。スタッフが、撮影機材をてきぱきとバスに積み込んでいく。

空港から走って約20分。ホテルに着いた。海に面した、白く大きなリゾートホテル。ヤシの樹に囲まれている。

撮影スタッフは、そのままロケハンに行くという。僕と凜、スタイリストの女性などは、ホテルの部屋にチェックインした。

僕らの部屋は十二階。トロピカルなインテリアのツインルームだ。テーブルには蘭の花が飾られている。ベランダの向こうには、沖縄の海が広がっていた。

凜は裸足《はだし》でベランダに出た。そして、

「わ……」とだけ口に出した。

僕らにとって、見た事のないブルーが、ヤシの葉の向こうに広がっている。手前は、ペパーミント色、その向こうは澄んだ藍色《あいいろ》だ。凜は、かすかに口を開いたまま、青い水平線をじっと見つめている。

やがて、スタイリストの女性が部屋にやってきた。明日《あした》、撮影で凜が着る服を持ってきたようだ。体に合っているかどうかの確認をはじめた。


「明日はよろしく」と山崎さんがロケ隊のみんなに言った。

夕方の6時半。ホテルのダイニング。ロケ隊全員が集まっていた。ビールなど飲みながらの夕食……。

コマーシャルのディレクターは、野田さんという。まだ三十代の人だった。陽灼《ひや》けした顔は、優しそうだった。

「よろしくね」と笑顔で言い、凜の肩を軽く叩《たた》いた。まったく気取っていない。

明日、天気予報は快晴。午前中は凜が釣りをするシーンを撮る。午後からは、商品のスポーツドリンクを飲むシーンを撮る予定だという。

打ち合わせをしているスタッフ達が、あまり専門用語を使わないのに僕は気づいた。それはたぶん、凜を緊張させないためだろう……。

「じゃ、そろそろいこうか」

ディレクターの野田さんが、スタッフに声をかけた。

午前10時半。ホテルからロケバスで30分ほど走ったところにあるビーチだ。小さなビーチだが、海は青く、人の姿は殆《ほとん》どない。

去年の12月中旬、凜がCMに出る意思を伝えた。その2日後には、山崎さんと野田さんたちが沖縄に飛んだ。このビーチを見つけておいたという。

「3日間のロケだから、宮古島《みやこじま》などの離島に行くのはスケジュール的に無理だ。そこで、沖縄本島で一番いいビーチを探したんだ」

と山崎さん。ごく淡々と言った。

ビーチには、木造りの桟橋がある。いまそこに、凜が腰かけている。洗いざらした感じの白い半袖《はんそで》シャツ。青いショートパンツ。真っ白いテニスシューズ。髪は、後ろで束ねている。メイクは殆どしていない。

そして、凜は釣《つ》り竿《ざお》を持っていた。短くシンプルな釣り竿。小さなリールがついている。桟橋の1メートル下は海だ。

そんな凜を2台のカメラがとらえている。それぞれ、モニターがあり、撮っている映像が確認できるようになっていた。

カメラの1台は、広い映像を撮っている。海、空、桟橋、そして凜の姿……。

もう1台は、画面一杯に凜の姿をとらえている。

「じゃ、釣り、はじめてくれる？」

ディレクターの野田さんが優しく凜に言った。もう、2台のカメラが回りはじめている。スチールカメラのレンズも凜に向けられる。

凜は、うなずく。ハリにエサをつけ、海に入れた。

5分ほどして、魚がかかった。大きさは20センチぐらい。ハギ科の魚だと思う。が、沖縄らしく派手な原色をしている。釣った凜は、嬉《うれ》しそうな顔。魚をハリからはずす。

「またね、バイバイ」と言って海に返した。
5、6分に1回ぐらい釣れる。魚は、全くすれていないようだ。凜は、釣りに熱中しはじめた。カメラが回っているのも忘れているように……。
その4匹目、彼女は魚をばらした。海面から上がってきた魚が、ハリからはずれてしまった。

凜は、〈あ、失敗した……〉という表情。口は半開き。魚が逃げた海面をじっと見ている。

腕組みをしてモニター画面を見ていたディレクターの野田さんが、かすかにうなずいた。このシーンを撮りたかったのだろう。


結局、凜が魚を逃がしたところは3カット撮れた。それで充分らしい。そして、昼休み。

凜は、エアコンの効いたロケバスの中で、スタイリストの人などとサンドイッチを食べている。僕は、

「あいつの声は、録《と》らないんですか？」と山崎さんに訊《き》いた。2台のカメラは回っているけれど、同時録音のスタッフはいない。山崎さんは、うなずく。

「凜ちゃんに演技をさせるのは無理だとわかってるから、同録はしないと決めてあったんだ」と言った。そして、

「凜ちゃんの声は、Nテレビから借りる事になっててね」と説明する。

この前、伊豆の稲取で収録した〈リアル・フィッシング〉。そこでは、凜がヒラメを逃がして〈悲しい……〉とつぶやき、さらに金目鯛《きんめだい》を口にして、〈生きてて良かっ

た……〉とつぶやく場面が撮れている。

「あれは同録だったから、凛ちゃんのつぶやきが、ちゃんと録れている。その音源を、Nテレビさんから借りる事になってるんだ」

と山崎さん。今日撮った映像に、その音声をつけるのだという。

たとえば、魚に逃げられた凛が海面を見つめている横顔。そこに、「悲しい……」という凛本人のつぶやきをかぶせる……。

「CM用語では、〈音声をオフから入れる〉と言うんだけどね。今回は、その方が効果的だと思う」

そばにいたディレクターの野田さんが、さりげなく言った。

僕は、かなり心を動かされていた。1本のCMを制作するために、すべてがきちんと計画され、用意され、目的に向かっている。彼らはプロだから当たり前といえばそうなのだけれど……。

それに比べて、高校生の僕らは……。何か、斜にかまえて、少しいい加減であることがかっこいいように思ったりしている。そんな自分達が、ただ幼稚なだけのように思えてきたのだった。いままで考えた事もなかったが……。

僕はふと、このロケに来て良かったと思っていた。抜けるように碧《あお》い沖縄の空を見上げていた。

〈一発勝負〉

そう書いた紙を、ディレクターの野田さんが手にした。カメラマン達に見せる。カメラマン達が、うなずいた。

午後2時過ぎ。気温は、最高に上がっていた。

凛は、桟橋に座っている。

2台のカメラが、凛の胸から上をとらえている。1台のカメラは、斜め横顔を。もう1台は、ほぼ正面から凛のアップを狙っている。

スチールのカメラも、正面から凛にレンズを向けている。

3人のスタッフが、レフ板を持っていた。太陽は、真上にある。その反射光を凛の顔に当てる。その準備には、そこそこ時間がかかる。

凛は、暑そうだ。スタイリストの女性が、日傘を凛の上にさしかけていた。それでも凛はかなり汗をかいている。が、彼女は基本的に我慢強い子だ。汗をかきながらも、じっと待っている。

メイクの女性が野田さんに、
「汗ふきます？」と小声で訊いた。野田さんは、かすかに首を横に振った。そして、
「いこうか！」と言った。スタッフ達の表情が引き締まった。

22　銀の光に包まれて

若いアシスタントが、クーラーボックスから、新製品のスポーツドリンクを1本とり出した。それを凜に渡した。

もう、2台のカメラが回りはじめている。

凜は、やっと飲み物をもらってほっとした顔。事前の打ち合わせ通り、スポーツドリンクを口に運ぶ。ゴクゴクと飲んだ。

カメラは回り続ける……。

そして、凜は、ふ〜と息をついた。

その瞬間を、スチールカメラが連写している。

冷たいスポーツドリンクを飲んでほっとした凜の表情。3秒……4秒……5秒……。

「カット！」

野田さんの声が響いた。張りつめていた現場の緊張感が破れた。

「お疲れさん」と野田さんが凜に笑いかけた。


「ほんとに、一発勝負なんですね」僕は、野田さんに言った。彼はうなずく。

「タレントさんなら、多少わざとらしくても、同じ表情を何回もする。でも、凜ちゃんにそれをやらせるのは無理だろうし、そういう企画でもない。だから一発勝負は、最初から決めてあったよ。一発勝負だからリアリティーも出るわけだし」

と言った。

「そして、彼女がつぶやいたあの〈生きてて良かった〉は、ロケに来る前に計ったら3・5秒だった。だから、あれだけカメラを回せば充分なんだよ」

野田さんは、優しく説明してくれた。凜がつぶやいた言葉の秒数まで事前に計っておくとは……プロだ……。僕の心はまた少し震えていた。現場では、スタッフ達がてきぱきと機材の片付けをはじめている。

「わぁ……」凜が、つぶやいた。

夜の8時半だった。僕らは、ホテルの庭を歩いていた。ふと、立ち止まった。海に月明かりが反射していた。満月に近い月が、正面にある。その光が、海面を照らしていた。凪《な》いだ海面は、銀色の板のようだ。

僕らは、その光景をじっと見ていた。少しなま暖かく湿度のある風が、頰をなでる。沖縄のアグー豚を使った夕食のとき、トロピカルドリンクのマイタイを飲んだ。そのせいで少し火照っている頰を、柔らかく湿った海風が撫《な》でていく……。


やがて、部屋に戻った。

「ちょっと汗ばんだから、シャワー浴びてくる」と凜。バスルームに入っていった。僕は、ベランダに面したガラスの前に立ち、外を眺めた。海面には相変わらず月明かりが反射していた。

僕は、ベッドのところに行った。ベッドサイドにある照明は、パイナップルの形をしている。その明かりを少しだけ落とした。

その方が、銀色の月明かりを照り返している海がよく見える。僕はあきもせずにその光景を眺めていた。海に反射した銀色の光が、部屋の中にも差し込んでいた。

となりに凜が来た。

体にバスタオルを巻いている。凜は、僕の肩に頭をあずけた。その髪からはシャンプーの香りがしていた。

ふと、僕は彼女の肩を抱いていた。

顔と顔が近づく……。短いキス、そして長いキス……。お互いの息が熱をおびていく。

どちらともなく、ベッドに倒れ込んだ。

倒れ込んだとき、凜が体に巻いていたバスタオルがはだけた。

シーツの上で、熱いキスが続く……。

気づけば、凜の上半身がさらけ出されていた。陽灼《ひや》けした体に、白っぽい競泳用の水着をつけているような感じだった。

肩や腕は、ほっそりと華奢《きゃしゃ》で、いかにも少女のものだった。そのせいか、バストはやや大きく見える。

僕の手は、彼女のバストに触れようとしていた。恥ずかしい話、もう抑えがきかなくなっていた。痛いほど勃起《ぼっき》している。

僕の指先が、アズキのように小さい凜の乳首に触れた。

彼女の体が、びくっと震えた。が、僕の指から逃れようとはしなかった。

僕は、石鹸《せっけん》の香りがするその小さな乳首にそっと口づけをした。

「あ……」凜はかすかな声を漏らしたけれど、それは甘く切ない声だった。拒否されてはいない。

僕は、左右の乳首にそっと口づけをし続ける……。

凜の口からは、「あっ」と「はっ」が混ざったような声が漏れていた。

アズキ大の乳首が、少しずつ硬さをましていった。

凜の顔は、紅潮している。呼吸が荒くなり、両手がシーツをつかんでいる。

僕は、彼女のおヘソから下を覆っているバスタオルに手をかけた。

そっと、タオルをめくりかけた。嫌がるか……そう思ったが、彼女はなんの抵抗もしなかった。

僕はバスタオルをとり去った。何も身につけていない彼女の体、そのすべてが目に入った。

凜は、「ひゃっ」と小さく声を上げる。両手で顔を覆った。

「嫌？」僕は、われながら間抜けな言葉を口にしていた。この馬鹿。もし嫌なら、彼女はいくらでも拒否出来るのだ。

凛は、両手で顔を覆って何も言わない。

さて、どうする。僕は、兵を率いるナポレオンのように考えていた。このまま侵攻すべきかどうか……。

だが、そんなつまらない思考より本能の方が正直だった。

僕の右手は、彼女の下半身に伸びていく。彼女らしく頼りなく淡いアンダーヘアーにそっと触れ、その奥へ……。やがて、最も敏感なところに触れた。

凛の全身が、びくっと震えた。背中がのけぞった。

そこで、僕はまた、〈嫌か？〉と間抜けな言葉を口にしようとしていた。

そのとき、頭の中でバンド仲間の洋次の声が聞こえていた。〈中町君、そこは躊躇《ちゅうちょ》してる場合じゃないでしょう〉という声が……。その通り。彼女は反応しているのだから。

僕の指は、敏感なそこに触れ続ける。そっと、優しく……。

凛の全身は汗で濡《ぬ》れている。体から、シナモンのようないい香りが漂いはじめていた。

彼女の太ももが細かく震えている。やがて、

「ダメ……」と、せっぱつまった声……。僕は、指の動きを止める。

「嫌？」と訊《き》いた。

「嫌じゃないけど……でも……」

「でも？」

「このままもっと気持ち良くなったら、ちびっちゃいそう」

凛は、消え入りそうな声で言うと、両手で覆っている顔を左右に振った。

「こうしてて、ちびった事あるのか？」

「わかんない、初めてだから。……でも、ちびってシーツびしょびしょにしたら、ホテルの人に悪い……」

凛が言った。僕は、苦笑いするしかなかった。

彼女のそこから、ゆっくりと指を撤退させた。彼女が顔から両手を離す。僕の胸に顔を押しつけた。頰がまだ熱い。僕はその頰にキスをした。


15分後。

僕は、ベッドに横たわって天井を見ていた。凛は、裸のまま、僕の胸に頰をあずけている。うとうとしはじめている。

僕の心は、ある種の満足感で満たされていた。


こんな僕にも、女性経験はある。

相手は、同じ年。中学の同級生だった。体の発達のいい子で、性体験は豊富だった。頭も悪くない……。いまは横須賀の高校に通っている。

あれは、高校1年の夏。彼女とモーテルに行った。薄暗い部屋で、あっというまに終わった。お互い、一瞬の快楽、あるいは発散のためのセックスという感じだった。

その後、ベッドでぽつりぽつりと話していた。僕が、明かりをつけようとすると、彼女は僕の手を制止した。

裸を見られるのが嫌だという。いまさっきセックスしたばかりなのに……。僕がつぶやくと、

「それは違うのよ」と彼女が言った。

「あれをやってる時は、お互いに必死でハアハアしてるわけじゃない。滑稽《こっけい》なのは、お互いさまよ。とくに薄暗いところでやってたら、あんまり恥ずかしくないわ」と彼

女。

「でも、あまり暗くないところで裸を見られるのは恥ずかしいの」と言った。

「そういうものかな……」と僕。

「そういうものよ、たいていの女の子が」と彼女。「だから、あまり暗くないところで裸をさらけ出してくれたら、その相手は完全に心を許している、あなたに惚《ほ》れてると思っていいんじゃない？」彼女は、きっぱりと言った。

僕は、その事を思い出していた。

いまさっき、凜は、ひどく恥ずかしがったが結局はすべてを見せてくれた。それは、完全に心を許しているという事なのだろう。

あのとき、バスタオルだけ体に巻いて、僕の胸に寄り添ってきた。それには少し驚いた。

が、凜ももう16歳の娘なのだ。学者のフロイトによると、人の性欲は生まれた時からあるとか……。17歳の僕に性欲があるように、16歳の凜にもあって当然だろう。

とにかく、凜は僕にすべてをさらけ出してくれた。そのことで、僕の心は一瞬満たされていた。

同時に、〈彼女は妹〉という事実が、棘《とげ》のようにチクチクと僕の心を刺している。

幸せと、同じぐらいの罪悪感……。

相変わらず、凜は僕の胸に頬をあずけている。やがて、リズミカルな彼女の寝息が聞こえはじめた。銀色の月明かりが、部屋に差し込んでいた。

「あ、これ可愛い」凜が無邪気な声を上げた。パイナップルを描いた店の看板に、スマートフォンを向けてシャッターを切った。

午前11時だ。僕らは、スタイリストさんなどと一緒に、いわば沖縄観光をしていた。帰りの飛行機は、午後2時40分に離陸の予定。それまでは、自由時間だった。

凜は、帰ったら絵日記を描かなければならない。〈週刊釣りダイジェスト〉に載せるのだ。〈凜ちゃん日記〉として、沖縄滞在記を描くことになっていた。なので、スマートフォンで色々な風景や物を撮っていた。

凜は、お土産も買った。仲のいい同級生2人には、琉球《りゅうきゅう》ガラスのグラス。父には、〈北谷長老《ちゃたんちょうろう》〉という泡盛を買った。

「自分の土産は、忘れたんじゃないか？」

離陸した飛行機の中で、僕は訊いた。

「あ……」と凜。間抜けな声を出した。

「でも……いい」と凜。「楽しかった思い出があるから……」とだけつぶやいた。僕の顔は見ず、頬を少し赤く染めた。じっと窓の外の雲海を見ている。


「もうすぐ、稲村さんが来るぜ」僕は声をかけた。

2月中旬。土曜の朝だ。稲村あさきさんが、漫画の取材で来ることになっている。

凜は、相変わらず緊張してトイレに入っている。

やがて、トイレから戻ってきた。ちょうどタクシーが店の前に停まった。編集者らしい男の人、そして稲村さんらしい中年女性がおりてきた。

「凜です」と僕が紹介した。稲村さんが凜に笑顔を見せる。

「はじめまして」と言った。優しそうな人だった。40歳ぐらいだろうか。セルフレームの眼鏡をかけている。今日は船に乗る予定なので、ダウンパーカーを着て、毛糸の帽子をかぶっている。

「あ、あの……」と凜。言葉が上手《うま》く出てこないようだ。稲村さんは、相変わらず笑顔。

「よろしくね」と言った。編集者らしい30歳ぐらいの人も笑顔を見せる。

「よろしくお願いします。まあ、日頃やってる事をそのまま見せてもらえれば……」

「気をつけてください」と僕。稲村さん達が船に乗り込むところだった。凜が2人に手を貸している。

幸い、晴天で凪《なぎ》。2月にしては、暖かい日だった。

稲村さんと編集者が乗り込むと、僕と凜は船の舫《もや》いをといた。編集者の人が、もう小型のデジカメでそんな場面を撮っている。資料として必要なのだろう。

船は、ゆっくりと離岸。港を出ていく。

23 STAY GOLD

「そろそろポイントです」僕は、操船席で言った。魚探を見ながら、船をゆっくりと進める。

今日は、カワハギ釣りをする事になっている。水深14メートル。砂地で、所どころに岩礁があるのが、ポイントだ。いままさに、そんなポイントの様子が魚探に映っていた。

岡さんという編集者が、僕のわきにいる。説明をききながら、魚探の画面を写真に撮っている。

凜は、アサリをむいている。さっきは、緊張してトイレに入っていた。エサのアサリは、まだ用意が出来てない。凜は、船の上で、少しあせってアサリをむいていた。

稲村さんが、興味深そうにその姿を見ている。岡さんが、凜にカメラを向けた。

「あ、またエサをとられちゃったわ」

稲村さんが言った。釣りをはじて2時間。稲村さんにも、編集者の岡さんにも、カワハギは釣れていない。

もともと難しい釣りなのだ。

カワハギは、おちょぼ口で、エサのアサリを突つき、吸い取る。その当たりは、ごく小さく、わかりづらいのだ。気がつかないうちにアサリをとられている事が殆《ほとん》どだ。

「ねえ、お手本を見せてくれない？」稲村さんが、凜に言った。魚が釣れない取材では、まずいのかもしれない。

凜は、小さくうなずく。竿《さお》を手にした。アサリをハリにつけ海に入れた。

3分後。凜が、竿を立てた。きびきびとリールを巻く。20センチほどのカワハギが上がってきた。稲村さんも、岡さんも、かなり驚いた顔をしている。

「不思議……」

僕のそばで稲村さんがつぶやいた。

凜が、釣りはじめて1時間。もう、10匹以上のカワハギを釣り上げていた。

カワハギがアサリを突つきはじめても、竿先が動くわけではない。でも、凜にはそれがわかるようだ。竿を軽くしゃくりリールを巻けばカワハギが上がって来る。はたから見れば手品のようかもしれない。

「彼女、海の中の様子が見えてるの？」稲村さんが訊《き》いた。

「もしかしたら」僕は微笑した。

「さすが腰越育ちね」稲村さんが言った。僕は、一瞬聞き流した。が、ふと胸の中でつぶやいた。なぜ……。凜が腰越で育った事を、稲村さんはなぜ知っているのだろう。

Nテレビの東海林さんから聞いたのだろうか……。

「これは……」と編集者の岡さんがつぶやいた。

午後6時半。釣り船屋の店。みんなで、テーブルを囲んでいた。父は漁協の飲み会に行っている。

僕らは、釣ったカワハギを、肝あえにした。ぷっくりとした薄桃色の肝をすりつぶす。カワハギの白身にそれをのせ、醬油《しょうゆ》を少しつけ口に入れる。この季節ならではの味だ。

初めてこれを口にしたらしい岡さんは、絶句している。稲村さんも微笑しながら、ウォッカのオン・ザ・ロックを飲んでいる。ウォッカは、稲村さんが手土産に持ってきたものだ。

「先に帰っていいわよ。私は自分でタクシーを呼ぶから、気にしないで。道がすいてる夜なら20分で帰れるわ」と稲村さんが岡さんに言った。夜の9時過ぎになっていた。岡さんは、これから東京の自宅まで帰るという。

「じゃ、そうさせてもらいます」と岡さん。礼儀正しく僕らにお礼を言い帰っていった。

店の隅には、小さな台所がある。いま、凜がそこでカワハギの肝あえを作っていた。稲村さんが、その凜の横顔をひたすらじっと見ている。何か、その表情が、陽気に飲んでいたさっきまでと違っている。

稲村さんは、バッグからハンカチを出した。それを目尻《めじり》に当てた。見れば、涙がにじんでいる。やがて、料理をしている凛を見て、

「あなた、こんなに大きくなったのね……」とつぶやいた。凛が、手を止めて振り向いた。

稲村さんはバッグから一枚の葉書を出した。

それは、年賀状だった。上半分にカラー写真が印刷されている年賀状。若い女性が、しゃがんでいて、そばには小さな女の子が立っている。女の子は、2、3歳だろうか。赤いセーターを着ている。

凛も、テーブルのところにやってきた。その年賀状を見て、目を見開く。

「これ……わたしとお母さん……」とつぶやいた。

稲村さんが、うなずく。目尻にハンカチを当てたまま、うなずく。

「そう、13年前に、あなたのお母さんから来た年賀状」とつぶやいた。

僕も思わずそれを見た。お母さんはオフホワイトのセーターを着ている。細面で整った顔立ちの人だった。

そして、となりにいる女の子は、確かに凛だった。黒目がちの瞳《ひとみ》と無邪気な笑顔に、

はっきりと面影がある。

年賀状の下の方には、腰越の住所。そして、〈永野圭子《ながのけいこ》〉〈凜〉と印刷されている。

写真と名前の間に、ボールペンで書いた文字。

〈凜も3歳になりました。〉と書いてある。

凜は、じっとそれを見ている……。

「あなたのお母さんと私は、七里《しちり》ヶ浜《がはま》の高校で、同級生だったの」稲村さんが言った。

僕の中で、パズルのピースが1つはまった。

沖縄に向かう飛行機の中。凜が言った。

〈稲村さんの漫画を初めて読んだのは、小学3年の頃。漫画は、お母さんが読んでいた〉と……。

それは、偶然ではなかったのだ。

お母さんと稲村さんは、七里ヶ浜の高校の同級生だったという。七里ヶ浜といえば、腰越と稲村ヶ崎の間だ……。

そして、凜が持っているお母さんのスケッチブック。あれに書かれていた名前、〈Keiko Nagano〉は、〈永野圭子〉だった。

凜が、新しいウォッカのオン・ザ・ロックを稲村さんの前に置いた。

「ありがとう」と稲村さん。グラスに口をつけた。ゆっくりと話しはじめた。

「あなたのお母さん圭子と私は、高校の美術部にいたの。圭子は画家になる夢を持っていて、私は漫画家を目指していたわ。よく2人で七里ヶ浜の海を眺めて、夢の話をしたわ」

と言いウォッカをひと口。

「先にチャンスがきたのは、私だった。高校3年のとき、漫画の新人賞で佳作に選ばれ、それでベテラン漫画家のアシスタントになれたの」

凜は、じっと稲村さんを見ている。

「私は、アシスタントをしてた先生に編集者を紹介してもらい、19歳で少女漫画家としてデビューしたわ。圭子は、高校を卒業すると美術大学に進んだわ。知ってるでしょうけど」

凜が小さくうなずいた。

「圭子は大変な道を選んだの。彼女のお爺《じい》さんもお父さんも銀行家、そういう家系で、家庭は厳格だった。だから、画家になる事なんかまず許してくれなかった。で、圭子は高校の頃からバイトをしては美大に行く学費を貯めていたわ。これも、お母さんから聞いてる？」

また凜がうなずいた。

「圭子は、親の猛反対に逆らって美大に進んだ。そして、大学1年のときに、ついに家を飛び出してしまった」

波の音が、やけによく聞こえる。

「その頃、私は新人漫画家として、寝る暇もなく、死にものぐるいで仕事をしてた。圭子の事は気になってたけど、正直言って自分の事だけで精一杯だった……。私と圭子は、手紙でやり取りするぐらいだったわ」

と稲村さん。ウォッカを飲み干した。かなり強いようだ。凜が新しいオン・ザ・ロックを作った。

「やがて、圭子が美大を中退したという手紙が来たわ。たぶん学費が続かなかったんだと思う。美大はやめても、絵は続けるとも手紙に書いてあったわ。私の方は、いわゆる人気漫画家として世間に認められはじめていた。でも……」

彼女は、そこで言葉を切った。グラスを見つめている。

「……でも、私は、圭子に対して引け目のようなものを感じはじめてた、いまだから話せるけど」

「……引け目、ですか……」

凜が口を開いた。稲村さんは、うなずく。

「私は、ある意味、要領が良かったの。アシスタントをしてた漫画家の先生に出版社を紹介してもらって、デビューした。その頃、ラブコメ的な漫画が下火になってるのに気づき、いまのようなタッチの作風で書きはじめたわ」

「でも、やはり、才能がなければ……」

と凜。稲村さんは微笑した。

「そこそこの才能がある人間は沢山いるわ。その中で生き残るには、世の中の風を読むとか、そういう知恵が必要なの。でも、圭子はそんな事を全く気にしなかった。ひたすら自分が描きたい絵を描いてた。不器用とも要領が悪いとも言えるけど、ピュアそのものだったわ」

凜が稲村さんの横顔をじっと見ている。

「私は確かに売れっ子になった。でも、とことんピュアに生きてる圭子が、眩《まぶ》しくもあって……内心、引け目のようなものを感じてた。だから、手紙を書く間隔もあきがちになってしまったの」

稲村さんは、オン・ザ・ロックのグラスを空けた。僕は隅にある小型のCDプレーヤーをONにした。

「圭子が細々と民宿をやりながら絵を描いてることも、妊娠したことも、知ってたわ。その頃は、やっとパソコンのメールを使いはじめてたし……」

「やりとりは、かなり？」と凜。

「あなたが生まれる頃には、私も仕事が落ち着いてきたから、そこそこやりとりはあったわ。会う機会はなかったけど……。なんで、なんで会わなかったんだろう……」

うめくような声で言った。

「……去年、テレビ局の東海林さんからあなたの話を聞いた時は驚いた」

凜が、稲村さんを見た。

「腰越育ち、凜という名前と年齢ですぐにわかったわ。しかも、東海林さんから聞くあなたの事が……」

と稲村さん。そこで言葉を詰まらせた。何か、感情があふれ出て、言葉にならないようだった。

「あなたのエピソードが……あんまり圭子を思い出させるから……あんまり圭子に似てるから……」

やっと言葉にすると、稲村さんはゆっくりと立ち上がった。凛の体を、そっと抱きしめていた。その頬は涙で濡《ぬ》れていた。

凛は、稲村さんの肩に額を押しつけた。稲村さんが、凛の頭を撫《な》でて、

「よかった……あなたに会えて」と言った。

「いまだから話せるけど、あなたを妊娠したとき、圭子は迷ってたの。産むかどうか……。産んでも経済的に育てられるかどうか、ひどく迷ってた。でも、勇気をふるって産んだのね、彼女らしいけど……」

凛の頭を撫でながら、稲村さんはつぶやいた。

「こんな可愛い子に育ったんだもの。産んでくれて本当に良かった。圭子の勇気に感謝する……」

と稲村さん。凛の肩が、小刻みに震えている。

「お母さんも、稲村さんの漫画に勇気づけられてたと思う……」

それだけを、涙声で言った。

「そうだと嬉《うれ》しい……。もう会いたくても会えないけど……」

稲村さんは、凛の体を抱きしめ、声を絞り出すように言った。

僕は、ふと思い描いていた。25年ほど前の七里ヶ浜。海を眺めて、将来の夢を語り

合っている2人の女子高生……。そのときには、どんな風が2人に吹いていたのだろうか。どんな陽射しが2人を包んでいたのだろうか……。優しい光と風であって欲しい。僕は無言で、そんな事を思っていた。

店の隅にあるCDプレーヤーからは、S・ワンダーの〈Stay Gold《スティ・ゴールド》〉が静かに流れていた。〈あの輝いた日々〉を、スティービーがゆったりと歌っている。

「わたし、生まれてこなかったかもしれないんだ……」

凜が、海を眺めてつぶやいた。

稲村さんが乗ったタクシーを見送ったあと、僕らは、店の前で夜の海を見ていた。お母さんが、凜を産むかどうか迷った……。その事は、今夜初めて知ったらしい。

海からの風が吹いて、凜の髪を揺らした。

「要領の良くないお母さんだったから、わたしを産んだのかな……」

僕には、かける言葉が見つからない。要領が良くないって、けして悪いことじゃないんだけど……。そう胸の中でつぶやいていた。並んで海を眺めていた凜が、僕の肩にそっと頭をあずけた。

「でも、やっぱり……生きてて良かった」

しんみりとつぶやいた。

僕はうなずき、その細い肩を抱いた。海風の中に、かすかな春の匂いがしていた。

24　浜　弁

「リンリン、またやらかしたぜ」誠が言った。

水曜の昼休み。弁当を食べていた僕は、顔を上げた。誠が手にしているのは、〈週刊釣りダイジェスト〉。その最新号らしい。今朝、コンビニで買ってきたという。

誠が、ページをめくる。雑誌の真ん中辺。〈凜ちゃん日記〉がある。

見開きカラー。凜が描いたイラストと本人の描き文字で構成されている。今回は〈沖縄編〉。釣りの場面、食べ物、飲み物などがカラーイラストで描かれている。

誠が、その一カ所を指さした。グラスに入った飲み物のイラスト。そのわきにある凜の手描き文字……。

〈シーサーを丸ごと絞ったジュース！〉

僕はじっとそれを見た。

「あのさ、沖縄のシーサーって、獅子《しし》みたいな魔除《まよ》けの像だろう？」と誠。僕はうなずき、

「あのドジ……」とつぶやいた。

「獅子を丸ごと絞っちゃ、まずいんじゃないの？」と誠。

「ああ」と僕。

凜は、〈シークァーサーを丸ごと絞った〉と書くつもりで、〈シーサー〉と書いてしまったのだ。沖縄から帰る日、あちこちを観光した。凜は、獅子のようなシーサーの像もたくさん見た。そして、シークァーサーを絞ったジュースも飲んだのだ。それで……。

相変わらずの間抜け。僕は、苦笑いするしかなかった。

「これ、本人に見せたのか？」と誠に訊《き》いた。

「同級生なんかに指摘される前にと思って、さっき廊下で見せたよ」

「そしたら？」

「ただ、口をパクパクしてた」

僕は、素早く弁当を食い終わる。立ち上がる。

「でも、リンリン可愛いな。好きだぜ！」という誠の声を背中に、教室を出る。一階にある凜の教室に行ってみた。凜の友達を見つけた。

「あいつは？」

「リンリンなら、浜弁じゃない？」と彼女。

凜はよく学校の前の砂浜で弁当を食べる。同級生からは、〈リンリンの浜弁〉と呼ばれているらしい。

僕は、校門を出た。国道134号を渡ると、逗子海岸だ。凜は、道路から砂浜におりる石段に腰かけて弁当を食べていた。ぽつんと寂しそうな後ろ姿……。

弁当のおかずは、僕のと同じサバの塩焼きだ。かなり大きな切り身の塩焼きが、弁当の真ん中にある。サバは、父が釣ってきたものだ。いまの時期、サバは脂がのって美味《うま》い……。

だが、サバの塩焼きとタクアンが入ったその弁当は、女子高生らしくないとは言える。

そんな彼女の弁当は、同級生たちからは、〈おっさん弁当〉と呼ばれているようだ。

それが恥ずかしいのか、こういう弁当のとき、凜は教室で食べない。友達の言う

〈浜弁〉をしている。

近づいていく僕に凜は気づいた。僕は、そのとなりに腰かけた。

「シーサーのこと、聞いた？」と凜から訊いてきた。僕は、うなずき、

「誠が見せてくれた」と言った。

「全国的に恥かいちゃった……」凜が、うつ向いてぽつりと言った。黙々と箸《はし》を使う。やがて、

「あ……」とつぶやいた。やはり気持ちが動揺しているのか、口に入れかけたタクアンを一切れ、ぽろりと地面に落とした。

「えっ」凜が小さな声を上げた。

学校の帰り。逗子駅前の横浜銀行に寄った。凜はATMで自分の預金通帳に記帳した。そして、驚いた声を上げたのだ。

「広告代理店から、25万円も入ってる……」とつぶやいた。僕は、通帳を見た。それは、25万円ではなく、250万円だった……。

ゼロが1つ多い。が、凜にとっては、見たこともない数字なのだろう。僕が、

「それ、250万だぜ」と言うと、口を開けっぱなし、目を見開いて通帳を見ている。

広告代理店から、CMの出演料……。それにしても、金額が大き過ぎる気もした。

僕は、山崎さんに電話してみた。彼が出ると、その事を訊いた。

「250万って、なんかの間違いじゃ……」

「いや、間違いなんかじゃなく、凛ちゃんの出演料だよ」と山崎さん。僕も、さすがに言葉につまった。

「人気タレントさんなんかに比べればずいぶん安いけど、その金額は妥当なんだよ」

と山崎さん。さらりと説明してくれる。今回のCMの制作費は、約3000万円だという。

「だから、凛ちゃんの出演料は、1割弱。まあ、そんなところだね」

と山崎さん。

「もうすぐCMのオンエアーがはじまるけど、3月中旬から初夏までCMをテレビで流す費用、つまり媒体費はたぶん4億円を超えるだろうね。あまり実感のない数字かもしれないから、聞き流してくれればいいけど」

「はあ……」としか言葉が出なかった。同時に感じていた。好きとか嫌いとかではなく、実際そこにある〈プロの仕事〉というものの空気感を感じていた。

潮風が、ひと気のない一色《いっしき》海岸を渡っていく。

僕と凜は、一色海岸の砂浜を歩いていた。

僕らは、バスを乗り過ごしたのだ。家の近くのバス停で降りるはずが、終点の〈葉山一色〉まで来てしまった。葉山御用邸のところだ。僕らは仕方なく、家までは歩いて帰ろうとしていた。ゆっくり歩いても、せいぜい15分だ……。


僕はバスで居眠りをしてしまい、凜は何かぼんやりと考え事をしていたようだ。

とにかく、誰もいない一色海岸の砂浜を歩いていた。もう夕方が近い。太陽が低く、僕らの影が砂浜に長く伸びている。風は、もう冷たくない。春を感じさせる潮風だった。風の中に、かすかにワカメの香りがしている。

ふと、凜が足を止めた。片手で銀行の預金通帳を胸に抱きしめている。そして、砂浜にしゃがんでしまった。背中を丸め、片手を顔に当てた。

「……あの時このお金があれば、お母さんをもっといい病院に入れられたのに……」

とつぶやいた。片手で顔を覆う。両膝《りょうひざ》が砂浜についている。肩が絶え間なく震え、指の間から涙が落ちはじめた。

　ぽたっ、ぽたっと落ちる涙が砂浜に落ちてしみこんでいく。

　そういう事だったのか。それで、バスの中で、ぼんやりと考え事をしてたらしい。

　僕は、その肩に触れた。

「気持ちはわかるけど、お母さんの余命を伸ばすのは難しかったんじゃないか？」

　それは、父に聞いた事だ。お母さんが発症したスキルス性の癌は、ひどく進行が速く、入院したときはどんな医師でも手のほどこしようが無かったようだと……。

「そうだとしても……でも……たとえ1日でも、長く生きて欲しかった……。もし別の病院だったら……」涙声で凜が言った。

　10分ほどで、凜は泣きやんだ。ゆっくりと立ち上がった。僕の胸に額を押しつけた。僕は、彼女の体を受け止めた。まだ、肩が震えている。

「ごめんなさい」と凜。「わたし、馬鹿……。いまさら、こんな事を言っても、どうしようもないのに……」

　僕は、首を横に振った。

「そんな言葉を聞いて、お母さんも喜んでると思うぜ」と言った。凜は、そっと顔を上げた。涙でうるんだ瞳《ひとみ》で僕を見た。

「……そうかな……」

「そうさ」

僕は、うなずきながら言った。凜を抱きしめ、そっとキスをした。柔らかな初春の潮風が僕らを包んでいた。頭上では、4、5羽のカモメが風に漂っている。白い翼が、夕方の陽をうけてレモン色に染まっている。そのチイチイという鳴き声が、かすかに聞こえていた。


「三振か……」ビールのグラスを手に父が言った。

夜の7時過ぎ。一階のリビング。テレビを観ながら3人で晩飯を食べていた。今日のオカズは、凜がさくさくに揚げたアジフライだ。

テレビでは、父の好きな野球中継をやっていた。4月の開幕をひかえたオープン戦。父が応援している横浜のバッターは三振。1回表の攻撃が終わった。そこで、コマーシャルが入る。流れてきたのは、凜が出ているスポーツドリンクのCMだった。

初めて見るが、すぐにそれとわかった。

青い海と空。桟橋に腰かけているポニー・テールの女の子。手には釣《つ》り竿《ざお》。かすかな波音……。

凜本人も気づいた。アジフライを食べようとした手が止まった。

凜の姿が、画面一杯に入る。

リールを巻くけれど、魚をばらしてしまう。

魚が逃げていった海面をのぞきこむ凜の横顔。少し口を開いている。

そこに、「悲しい……」のつぶやき。

やがて、汗をかいて、スポーツドリンクを飲んでいる凜。ゴクゴク飲んで、ほっと一息。その顔のアップ。

「生きてて良かった……」のつぶやきが流れる。

氷水に入っているスポーツドリンクの商品カット。

〈チャージ〉という商品名が画面に。そして〈新発売〉の男性ナレーション。

そんなＣＭだった。

「なかなかいいじゃないか」と父が言った。僕もそう思った。派手ではなく、奇をてらった訳でもないが、すごく気になるCMに感じられた。

が、凜はアジフライを箸《はし》にはさんだまま、じっと固まっている。その顔が、茹《ゆ》でたエビのように赤い……。

野球中継の中で、凜のCMは3回も流れた。


「銀座だ……」凜がつぶやいた。

春休みの木曜。午前11時。銀座通りを僕らは歩いていた。

凜は、銀座に来たのが初めてだという。中学時代、東京には友達と2回来た事があるらしい。渋谷と原宿には行ったが、銀座は来た事がないらしい。

高級ブランド店や老舗《しにせ》のデパートが並ぶ大通りを、凜はきょろきょろと見回している。

僕らは、銀座にあるM食品の本社に向かっていた。あのスポーツドリンク〈チャージ〉を発売してる会社だ。なんでも、新発売した〈チャージ〉は、すごく売れているという。なので、僕らはその本社に招かれていた。

「はぁ……」と凜。ビルを見上げてつぶやいた。M食品の本社ビルは想像以上に立派だった。

僕らは、そのロビーに入った。ガラスばりの広く洒落《しゃれ》たロビーに、受付がある。きれいな受付の女性が2人いる。そっちに歩きはじめたとき、凜が息を呑《の》んだ。

見れば、受付のわきに、大きなポスターが飾られている。それは、凜のアップを使ったポスターだ。

駅に貼るサイズの大きく横長のポスター。

凜が〈チャージ〉を飲んで、ほっとした顔のアップ。そのわきに〈生きてて良かった。〉の文字が明朝体で大きくレイアウトされている。

左隅に、〈チャージ〉の商品写真と〈新発売〉の文字。そんな、ポスターだ。

それにしても大きい。

凜はたじろいで、一歩二歩、後退した……。その肩を、後ろから誰かがポンと叩《たた》いた。

25　腕時計を、父に

広告代理店の山崎さんだった。Nテレビの東海林さんもいる。

「凜ちゃん、お疲れ様」と東海林さんが笑顔を見せた。

「これは、来週から全国の駅で展開されるB倍判のポスターだよ。気にいった？」と山崎さん。凜は、ただ固まっている。東海林さんと山崎さんは、微笑している。

「さあ、宣伝部長がお待ちかねだ」

エレベーターで七階に上がった。廊下を歩きはじめる。

スーツを着た社員たちとすれ違う。その人たちが、みな凜を見ていた。

制服姿の女子高生が珍しいのかと思った。けど、違うようだ。みな、凜の顔を知っ

ているらしい。向こうから来た2人の若い女性社員が、

「あ、凜ちゃんだ！」と言い、小走りでやって来る。「凜ちゃん、あのCM、最高！」

と言って凜の手を握った。凜は、

「あ、はい……」と言い、あせった顔をしている。そのとき、

「さすがの人気だね」という声がした。

一人の男性が微笑して立っていた。50歳ぐらいだろうか。濃紺のスーツに、渋いネクタイ。髪には少し白いものが見える。

「宣伝部長の高木です。凜ちゃん、いや中町凜さんとお兄さん、よく来てくれたね」

そう言って、ドアが開いている部屋に迎え入れた。

宣伝部長室なのだろうか。打ち合わせができる大きなテーブルがある。ここの壁にも、凜のポスターが貼られている。


「2倍以上ですか……」と山崎さん。宣伝部長の高木さんは、うなずく。

「われわれも驚いてるんだが、〈チャージ〉は新発売から20日間で想定の2倍を超える売れ行きだよ。すでに増産態勢に入っている。うちの新製品で、過去にこんな事はなかった」と言った。

「スポーツドリンクは、商品の差別化が難しい。成分も味も似たり寄ったりだからね……。だから、これだけ売れてるという事は、CMの効果にほかならない」

高木部長は言って笑顔を見せた。そして、広告代理店の山崎さんに、

「この勢いを加速させるために、CMのオンエアー本数を大幅に増やすことが、今朝の会議で決まったよ。よろしく」と言った。

そして、凛を見た。

「この大ヒットの主役は、まぎれもなく、君だよ。本当にありがとう」と言った。笑顔で凛と握手をかわす。

女性社員がバラの花束を持ってきた。高木部長が、それを凛に渡した。そこにいた宣伝部員らしい7、8人から拍手が上がる。凛は、顔を紅潮させて花束を手にした。かなり上がっている。

「そして、これはほんの気持ち」と高木部長。封筒を凛に渡した。

「デパートの商品券だよ。せっかく銀座に来たんだから、好きなものを買っていきなさい」と優しく言った。

宣伝部の人たちが、凛と記念写真を撮った。

そして、僕らはM食品のビルを出た。山崎さんと東海林さんが、銀座三丁目にある洒落たイタリアン・レストランに連れて行ってくれた。

そこで、パスタの昼ご飯……。それがすんで、デザートを待っているとき、凛のスマートフォンに何か着信した。

「ごめんなさい」と言いながら、凛が画面にタッチ。口を開いて、「あちゃ……」とつぶやいた。

隣りにいた僕も、画面を見た。それは誠から来た画像だった。手作りのポスターのようなものだ。〈週刊釣りダイジェスト〉の表紙になった凛の顔写真を切り抜いて、白い台紙に貼ってある。そのわきに、

〈フィッシング部に来てね!〉〈部員募集中!〉

と手描きの文字がある。

「どうしたの?」と東海林さん。

「あの、同級生に釣り好きで、しかも物好きなやつがいて、釣り部を作ろうと……」

と僕。

「ほう」と東海林さん。凛が手にしてるスマートフォンの画面をのぞき込んだ。

「釣りを部活動にか……。面白いと言えば面白い」

「でも……」と凜。照れくさそうにつぶやいた。

「親父に時計を？」僕は訊《き》き返した。

東海林さん、山崎さんと別れたところだった。凜が、〈お父さんに腕時計を買ってあげたい〉と言ったのだ。父は、確かに安物の時計をしていた。しかも、船を舫《もや》ったり修理したりする荒っぽい仕事なので、安物の腕時計はすぐに壊れてしまうのだ。

凜がもらった封筒には、〈商品券十万円〉と書いてあるらしい。それで親父の時計を……。

結局、デパートで時計を買った。スイス製タグ・ホイヤーの防水ウオッチ。それを買うと、10万円はほとんどなくなってしまった。帰りの横須賀線。凜は、僕の肩に頭をあずけて眠っている。腕時計の入ったバッグを大事そうに抱えたまま……。凜の肩がのっている僕の肩は、暖かかった。

「凜が、これを？……」と父。さすがに驚いている。家に帰り、腕時計を渡したところだ。

事情を聞きながら、父は包みを開ける。凜は、二階の部屋に上がっている。照れくさいのだろう。

新しい防水ウオッチを手にした父は、無言……。言葉を見失っているのかもしれない。さり気なくむこうを向いたその肩が、かすかに震えているようにも見えた。むこうを向いたまま、

「そろそろ、キス釣りだな……」とだけ、ぼそっと言った。

窓の外では、桜の花が散っている。凜と僕は、もうすぐ2年と3年に進級する。季節は、春から初夏に向かっていた……。


「まただぜ」と誠。テレビを見ながら僕に言った。

夜の9時過ぎ。逗子にある誠の家。〈フィッシング部の件で相談がある〉というので、僕は仕方なく来ていた。

テレビでは、サッカーをやっている。Jリーグの試合が終わったところだった。決勝ゴールを決めた選手がインタビューを受けている。そのインタビューの締めに、

「生きてて良かったです」と言った。僕は、ほうっと思った。

誠は、「まただぜ」とつぶやく。

「リンリンの〈生きてて良かった〉と〈悲しい……〉は、世の中で流行《はや》りはじめてるみたいだな」

と誠。試合で何か失敗したスポーツ選手が、インタビューで〈悲しい……〉とつぶやき、決勝点をあげたりした選手が〈生きてて良かった〉と言う。それは、このところ流行しているという。

確かに、〈チャージ〉のCMはひんぱんに流れている。1日に何回も見ることがある。ポスターも、各駅に貼られている。けれど、「そうか？」と僕は、つぶやいた。が……誠の言う事は正しかった。

その2日後。朝の7時過ぎ。僕らは、リビングで朝食を食べていた。そのとき、何気なくつけているテレビに、
〈スポーツ界を席巻《せっけん》する流行語！〉
〈悲しい……〉

〈生きてて良かった〉

の文字が、映し出された。朝のニュース番組だ。女性アナウンサーが話しはじめる。

「最近のスポーツ中継を見てて、みなさん何か気づきませんか？　そう、流行ってるんです、あのフレーズ。〈悲しい……〉と、〈生きてて良かった〉」とアナウンサー。

味噌汁《みそしる》を口に運ぶ凜の手が、止まっている。女性アナウンサーは笑顔のまま、

「この言葉、あのテレビCMのフレーズなんですねぇ」と言った。そして、凜が出ている〈チャージ〉のCMが流れはじめた。

ひどい照れ屋の凜も、このCMが流れるのには、さすがに慣れてきていた。CMはしょっちゅう流れる。そのたびにテレビの前から逃げ出していたらきりがない。CMが流れはじめると目を伏せてはいるが……。

テレビでは、アナウンサーがまだ凜のCMについてしゃべっている……。


「どうなるんだろう……」と凜が不安そうにつぶやいた。バスで学校に向かっているところだ。

「あまり深刻に考えるなよ。凜が口にした言葉が、たまたま世の中で流行ってる。そ

れだけの事さ」と僕。誰もみな、凜がつぶやいた〈悲しい……〉と〈生きてて良かった〉の意味や重さはわかってはいない。が、それは仕方ないだろう。ただ、それが流行語になりはじめているだけだ。

「気にするなよ」と僕。凜がうなずいた。だが、小さな熱帯性低気圧が、あっという間に台風に発達するように、反響はどんどん大きくなっていった。

2日後。夕方のニュースショー。男性アナウンサーが、また凜のCMを取り上げた。

まず、スポーツ中継の映像が映る。プロ野球パ・リーグ。チャンスで三振してしまった選手が、試合後のインタビューで、

「悲しいっす」と言った。

そして、サッカーのJリーグ。きわどいシュートを防ぎ、試合に勝ったゴールキーパーが、インタビューで、

「生きてて良かった……」と苦笑い。

凜は、父が釣ってきたサバを料理していた。テレビでは、また〈チャージ〉のCMが流れ、

「いまスポーツ界で大流行しているフレーズ、もちろんこのCMから発信されたものです。それについて、スポンサーのM食品に訊いてみました」

とアナウンサー。画面にスーツ姿の女性が映る。〈M食品・広報担当の田中聡子《さとこ》さん〉の文字。

「このフレーズは、コピーライターが作ったのではなく、CMに出演してる中町凜さんのつぶやきなんです」

と言った。

「なるほど。では、この中町凜さんとは、どんなお嬢さんなのか、番組がちょっと調べてみました。……凜さんは、神奈川県在住でいま16歳。釣りが得意な女子高生だということです。M食品広報部によると、今回のCMでは、たまたま魚を釣り落としたカットが使われたそうで……」とアナウンサー。

僕は、チャンネルを変えた。

こちらでは、凜のアップが映っていた。〈週刊釣りダイジェスト〉の表紙だった。

「〈悲しい……〉と〈生きてて良かった〉のフレーズで話題の中町凜ちゃん、あの釣り名人・片桐青輝さんも認める天才的な釣り少女という事ですが、この沸騰する人気にもかかわらず、今のところ芸能活動などの予定はないそうです」

と女性アナウンサー。男性アナウンサーが、

「ほんと、素朴というか、飾らないというか、可憐《かれん》な女の子ですよね。実は、私もこのCMで癒《いや》されてます」

と言った。凜は、そんなテレビの音声を背中で聞きながら、黙々とサバの味噌煮《みそに》を作っている。たぶん、顔は真っ赤だ……。

凜のスマートフォンが鳴ったのは、夕食が終わろうとしてる時だった。

26　一緒にお風呂に入りたい

「稲村さんだ」と凜。電話に出る。

「あ、今晩は」と言い、5分ほど話していた。やがて電話は終わる。

「稲村先生が、明日《あした》来るって」と凜。また箸《はし》を使いながら話しはじめた。うちで取材した稲村あさきさんの新連載が、いよいよはじまるという。明日、その見本を持ってやって来るという。

「楽しみだな」僕が言うと、凜は嬉《うれ》しそうにうなずいた。

　夕食を終え、凜が洗い物をはじめたとき、僕のスマートフォンが鳴った。稲村さんの担当編集者、岡さんだった。「この前はありがとう。稲村先生から電話がいったと思うけど、明日、そちらに伺う事になってね」と岡さん。「ところで、凛ちゃんは何が好きかな？」

「食べものですか？」

「そう」

「アジ、サバ、イワシですかね。でも、あいつ雑食だからなんでも食べますよ」

岡さんの笑い声。

「それはともかく、ほらケーキとかクッキーとかさ」という。どうやら、手土産の事らしい。僕は、逗子にある凛の好きなケーキ屋を教えた。「ありがとう」と岡さん。

「稲村先生、凛ちゃんにすごく感謝してってね」

「……そうなんですか」

「ああ……。先生、実はちょっとしたスランプだったんだけど、今回の新連載は、すごくいいんだよ。また明日話すけどね」

「そういえば……」と凛がつぶやいた。洗った食器を拭《ふ》いている。「この2、3年、稲村さんの漫画、昔のほど、じ〜んとこないかなぁ……」とだけ言った。

翌日は土曜だった。僕と凜は、釣り船の営業。沖の水深16メートルでキス釣りをした。お客は満員。釣りを終えて下船するとき、お客の全員が、凜と並んで写真を撮っていく……。

「凜ちゃん、久しぶり」と稲村さん。凜の手を握った。夕方の5時半だった。
この前取材に来た後も、稲村さんから凜への電話はよくあったようだ。釣り船に関するディティールの事で色々と話していたという。が、顔を合わせるのは久しぶりらしい。

「おかげさまで、連載はじまるわ」と雑誌をテーブルに置いた。月刊の漫画誌だった。表紙に大きく、
〈稲村あさき新連載！〉〈鈴《りん》の海〉と印刷されている。
凜は、少し恐る恐るという感じでページをめくる。僕もとなりで眺める。
漫画は、釣り船屋の早朝からはじまる。ヒロインらしい女の子が、しゃがんでアサリを剝《む》いている。髪を束ね、アクビをしながら……。そのヒロインの雰囲気は凜によく似ていた。

「私、ここしばらく仕事にのれなくてね」と稲村さん。白ワインを口にして言った。釣り船の店で、さっき釣ってきたキスとメゴチを天ぷらにして食べているところだった。

稲村さんは、この2、3年、戦国時代を舞台にした作品を描いていたという。

「設定は派手なんだけど、いまひとつ、ヒロインの子に感情移入出来なくて……。なんか、手先だけで描いてる感じだったの」

と稲村さん。となりにいる岡さんが、

「先生、連載をやめるやめるっていうもので、編集部でも困ってたんですよ。いちおう単行本を3巻出して終わったんですが……」と言って頭をかいた。

「でも、そこで運良く、あなたの事を知ったの」と稲村さん。凜を見る。

「Nテレビの東海林さんからあなたの話を聞いて、これだ！　と思ったわ」と言った。

編集者の岡さんがいるからか、凜の出生に関する事は口にしなかった。凜は、ただ頬を赤らめている。岡さんが天ぷらに箸をのばしながら、

「今度の作品は、先生にとっても新境地ですが、これはヒットすると思います。何より、作者の熱い思いがページにあふれてますから」

と言った。

そのとき、店の電話が鳴った。

電話は、留守電にしてある。このところ、凜に対する取材・インタビューの依頼が、ひっきりなしに来るからだ。僕が吹き込んだ応答メッセージが流れる。〈釣り船ゆうなぎ丸です。釣り船の予約の方はお名前と電話番号をよろしく〉

それが終わると、相手の声。

「こちらサンデー・スポーツですが、中町凜さんへの取材の件でお電話しました。またかけなおします」と録音されていた。今日だけで、もう3件目だ。

「あなたも大変ね。大騒ぎになっちゃって」と稲村さん。微笑しながら凜を見た。凜はただ、困ったような表情をしている。

「でも、世の中を明るくしてると思えばいいんじゃない？　あの灯台みたいに」稲村さんが言った。窓の向こうには、裕次郎《ゆうじろう》灯台が3秒ごとに光っている。

「灯台みたいに……」と凜。稲村さんは、うなずいた。そこで、岡さんが口を開いた。

「そうそう、今日ここに来る横須賀線で、女子中学生らしい2人がぼくの隣りにいたんですよ。何かテストの答案みたいなものを手にしてて」

と言った。ワインをひと口。

「どうもテストの結果が良くなかったらしくて……で、その子が〈悲しい……〉って口にして。それでも、表情はそれほど暗くなくて……」

「たぶん、〈悲しい……〉って言ってしまう事で、少し救われるんだと思うわ」稲村さんが言った。

「そうなんですよ。何か嫌な事があっても、〈悲しい〉と口に出してしまうと、それでかなり気が楽になるみたいで……。だから、凜ちゃんの言葉がこんなに流行してるのかなと思うんです……」と岡さん。稲村さんが、うなずいた。凜に微笑し、

「だから、あなたは世の中を明るくしてる灯台かも……」とつぶやいた。


「なんか……」と凜がぽつりと口にした。

稲村さんたちが乗ったタクシーを見送ったところだった。僕らは、店の外で海風に吹かれていた。

「なんか、褒められたみたい……」と凜。「いままで、昼行灯《ひるあんどん》って言われた事はあるけど、灯台なんて言われたの、初めて……」

僕は、さすがに笑ってしまった。

同時に思っていた。辛《つら》い事が多かった凜の少女時代。彼女も、あえて〈悲しい……〉と言ってしまう事で、少しは悲しさや辛さをやり過ごせたのだろうか……。

僕の胸は、少し苦しくなった。そっと凜の肩を抱いた。凜が、僕の胸に頭を預けた。

彼女の髪からはリンスの香りがしている。６００メートル先では、裕次郎灯台が、ウインクするようにまたたいている。


「もうすぐ誕生日だな」僕は凜に言った。来週の木曜日で、彼女は17歳になる。

「何が欲しい？　どこか、行きたいところは？」

と訊《き》いた。凜は、しばらく考えている。やがて、

「あるんだけど、ちょっと恥ずかしい……。あとで、メールする」

と言った。一緒に暮らしているのに、わざわざメール……。何が恥ずかしいのか……。珍しくブランド品でも欲しいのだろうか。

半日たって、二階にいる僕に、一階にいる凜からメールが来た。

〈一緒にお風呂《ふろ》に入りたい〉というメール。冷や汗をかいた笑顔の絵がついている。僕は、スマートフォンを落としそうになった。

凜の誕生日、父はたまたま漁協の仲間と一泊で箱根に行く事になっていた。僕には〈どこでも凜の好きな店に連れて行ってやれよ〉と言っていた。

けれど、一緒に風呂とは……。僕の心拍数は急激に上がっていた。

この家を作った祖父が風呂好きだったので、確かにうちの風呂場は広い。全面タイル張り。湯船では、全身が伸ばせる。洗い場もかなり広い。それにしても、一緒に風呂とは……。〈あいつ何考えてるんだ〉とつぶやく。が、気がつくと、〈いいよ〉とメールを返信していた。指が勝手にメールを打ったのだと思いたかった……。

「美味《おい》しい……」と凜。トロの握り寿司《ずし》を食べて、しみじみとつぶやいた。

誕生日の夜7時だ。凜のおかげで、釣り船は相変わらずの盛況。僕は、近くの寿司屋から特上の握りを出前させた。いくら相模湾の釣り船屋でも、マグロのトロは手に入らない。ウニもイクラも……。そんな握り寿司を口にし、スパークリング・ワインを少し飲んでいた。

もう、5月の中旬。もう初夏の気温で、冷えたワインが美味《うま》い。僕らは、何気ない言葉をかわしながら、寿司を食べる……。


1時間後。

「先に入ってるぜ」と僕は言った。脱衣所で服を脱ぎ、風呂場に入った。ここは、ドライな物言いがいいと思えた。

風呂の洗い場には、薄いスポンジのマットが敷かれている。2年前に父がここで滑って転んだので、マットを敷いたのだ。

僕が、湯船に入って5分後。凜が脱衣所に入ってきた気配……。

僕は、脱衣所の方に背中を向けている。けれど、凜が服を脱いでいるらしい物音が聞こえた。やがて、

「やっぱり、恥ずかしい……」と消え入るような声が聞こえた。

「なんだ、背中流してくれるんじゃないのか?」僕は、とりあえず言ってみた。

「あの……明かり消していい?」と凜。

「いいぜ」僕は言った。確かにここまで明るい風呂場では恥ずかしいだろう。

凛がスイッチを操作したらしく、風呂場の明かりが消えた。

それでも、あまり暗くはない。今夜は満月。その月明かりが、曇りガラスの窓から風呂場に射し込んでいた。

凛がそっと風呂場に入ってきた……。

僕は、振り向かずにいた。凛は、湯船に入ってきた。僕のとなりに滑り込む。肩と肩が触れ合う。

やがて、僕は彼女の肩を抱いた。僕らの頰が密着した。

ごく自然に口づけをしていた。唇が軽く触れ合う。やがて、ちゃんとしたキス。4秒、5秒、6秒……。

唇が離れると凛は、

「はぁ」と息をついた。その顔が、すでに紅潮していた。そして、また唇を合わせる……。10秒、20秒……。

僕の体も熱くなってきている。このままだと、のぼせてしまいそうだ。

凛にもそれがわかったのか、僕らは唇を合わせたまま、湯船の中で立ち上がる。湯船を出た。

僕は、洗い場のスポンジマットに凛を横たえた。凛は、仰向《あおむ》けになる。まだ、その両脚は閉じられている。

僕の指が彼女の小さな乳首に触れた。凜は、

「きゃ」とかすかな声を上げた。両手で自分の顔を覆った。

僕は、凜の乳首に口づけをする。左右の乳首にそっとキスをする。凜の呼吸が少し荒くなっていく。アズキ大の乳首が、硬くなっていく……。

やがて僕は、上半身を起こした。月明かりの中で、凜の体を見た。

ウエストは、少女らしく細くくびれている。そのせいで、腰の幅がやや強調されている。きれいな体だった。

僕の右手は、平らですべすべしたその下腹部を撫《な》でる。ややもやとしたアンダーヘアー。その奥の敏感なところへ……。

27　フィッシング甲子園

指先が、最も敏感なところにそっと触れた。さっき食べたイクラの粒のように小さなそこに触れた。

「ひっ」という声が凜の口から漏れた。全身が震えた。

僕は、初体験で教わったように、そっと優しく、彼女のイクラに触れていく。

凜の呼吸が、さらに荒くなっていく。

「く……」という押し殺したような声が、連続して聞こえる。

彼女の両脚が少し開いてきた。敏感なそこは湿り、イクラはほんの少し膨らんだような感触が指先に伝わってくる。

「気持ちいい？」つい訊いていた。凜は、かすかにうなずいたようだ。もう、両手で顔を覆ってはいない。両腕は体のわき。顔は紅潮し、唇が少し開いている。

いま交わってしまう事は可能だろう。が、僕はそこまで行かないと決めていた。何より、彼女は血の繋《つな》がった妹。まして妊娠でもさせてしまったら、取り返しがつかない。

僕はまた、凜のそこに触れはじめた。

彼女の呼吸はさらに荒くなり、下半身が小刻みに震えはじめた。

「もう、ダメっ」凜は、あえぎながら口ばしった。

くくっと、絞り出すような声……。彼女の全身は汗で濡《ぬ》れ、シナモンのようないい香りが立ちのぼりはじめた。呼吸が激しくなる。やがて、

「お兄ちゃん、好き!」と小さく叫んだ。

凜の背中はのけぞり、全身が痙攣《けいれん》するように震え続けた。


凜は、目を閉じ、ぐったりと横たわっている。〈達した〉あるいは〈昇りつめた〉という事なのだろうか……。

凜は目を閉じたままだ。僕は、その頰に触れた。が、反応はない。胸はゆっくりと上下しているので、呼吸しているのはわかる。

どうやら彼女は気を失ったらしい。完全に手脚から力が抜けている。すべすべとした腕、胸、下腹部……。そこに浮かんでいる朝露のような汗が、曇りガラスごしの月明かりを受けて光っている。僕は、あきることなくその光景を眺めていた。あそこは、痛いほど勃起《ぼっき》していたけれど……。

2、3分して、凛がうっすらと目を開いた。が、目の焦点が合っていない。その目《め》尻《じり》に涙が浮かびはじめた。瞳《ひとみ》に涙があふれた。濡れた目で、ぼんやりと僕を見た。

「どうした？」

「嬉《うれ》しい……。信じられないぐらい、気持ち良かった……」

と言った。その無防備に自分をさらけ出した言葉が、僕の胸にしみた。

僕は、凛にキスをしようとかがみ込んだ。そのとき、自分の勃起が彼女の体のどこかに、ぬるりと触れた。とたん、僕はあっけなく射精していた。発射寸前だったのだ……。

凛が、ゆっくりと上半身を起こした。その太ももの上には、僕が射精してしまったものが流れている。

「おれが、ちびっちゃったぜ」僕はひきつった笑い顔で言った。凛は、まだ焦点の合

ってない目で、自分の太ももを見た。指先で、そこに流れている半透明のものに触れ、

「リンスみたい……」と無邪気につぶやいた。

10分後。シャワーを浴びた僕らは、また湯船に浸《つ》かっていた。僕は凜の肩を抱き、彼女の頰は僕の胸に密着していた。

「そんなに、気持ち良かったか」と僕。凜が、ゆっくりとうなずいた。月明かりが斜め上から差し、濡れた彼女の髪と横顔を照らしていた。画家フェルメールが描いた絵のようだった。

「フィッシング甲子園？」僕は思わず訊き返していた。Nテレビの東海林さんが、うなずいた。

誕生日の2日後。土曜なので僕と凜は、釣り船の営業をした。店に戻ってくると東海林さんが待っていたのだ。

「まあ、早い話、高校生の釣り大会ってことなんだけど、初めから説明するよ」

と東海林さん。

「〈チャージ〉を発売したM食品は、創業当時から業績が順調な企業だ。日本を代表する食品会社ともいえる。なので、昔からさまざまな社会貢献をしてきたんだ。たとえばどこかで災害があれば、いち早く被災地に食料を届けたりね……」

僕は、お客に貸した釣り竿《ざお》の手入れをしながら、話を聞いている。

「特に、現在のCEOつまり社長である酒井さんは、母子家庭への支援に力を入れている」

凜は、東海林さんに紅茶を淹《い》れている。その手が、ふと止まった。

「というのも、その酒井CEOは、子供の頃に、交通事故でお父さんを失くしてね……。母子家庭で経済的にかなり苦労したらしい。彼はそれでも頑張って国立大学を卒業し、M食品に入社し、社長にまでなったんだ」

凜が、東海林さんの前に紅茶を置いた。

「なので、酒井さんが社長になった15年前、M食品は、〈オレンジリボン基金〉というものを立ち上げた」

「オレンジリボン……」凜が、つぶやいた。

「それは、母子家庭や父子家庭を援助する基金なんだ」と東海林さん。「いまの世の中、交通事故や離婚などで、シングルマザー、シングルファーザーになってしまった人は多い。その家庭が経済的に困っている割合はかなり高いようだ。そんな家庭を援助するのが、このオレンジリボン基金の目的なんだ。経済面での支援はもちろん、M食品の商品を無償で提供したりね」

凛が、じっと東海林さんを見ている……。

「という事で、このオレンジリボン基金、かなり知られてきたらしいが、酒井CEOとしては、もっと広く社会に浸透して欲しいと考えている。困っているシングルマザーやファーザーの家庭をより手厚く援助するためにね」

「……そこで、フィッシング甲子園？」僕は訊いた。

「ああ、オレンジリボン基金活動の一環として、この大会を開催出来ればと思っているようだ」

僕はうなずいた。ヨーロッパの超一流サッカーチームが、あのユニセフに協力しているのは知っていた。いまも世界中に存在している貧困……。そういう事がより必要な時代なのだろう。

「だが、こういう社会貢献事業は、ともすれば堅苦しくなったり、偽善的な匂いがしたりもするよね。そこをなんとか楽しく若々しいものに出来ないかと、以前から、うちのテレビ局に頼まれてたんだよ」

　と東海林さん。

「この前、銀座で食事した時、君たちの高校でフィッシング部を作るって話が出てたよね。それを聞いて、ピンときたんだ。たまたま、M食品が、凜ちゃんの釣りシーンを使ったCMを流してる最中だしね」

　と東海林さん。カラーコピーした書類をテーブルに出した。

〈フィッシング甲子園・企画書〉と表紙にある。僕はページをめくった。凜も覗《のぞ》き込む。

〈大会趣旨〉いま東海林さんが言った事が簡潔に書かれている。

〈開催日〉8月31日。(夏休み最終日)

〈参加資格〉公立・私立を問わずすべての高校。

〈チーム〉1校あたり3人から5人のチームで出場。

〈競技内容〉相模湾における白ギス釣り。

「第1回だから、とりあえず気軽に出場できるように、一番ポピュラーで手軽なキス釣りがいいと思う。そして日本で最も釣り船の多い相模湾に設定したんだ」と東海林さん。僕は、またページをめくる。


〈主催・オレンジリボン基金事務局〉

〈後援・M食品〉

〈協賛・Nテレビ　A新聞社　週刊釣りダイジェストなどのマスコミ各社。釣り具メーカー各社〉

となっている。


「M食品はもちろん、釣り具メーカー各社が、かなりな額の協賛金を出してくれると思う。そして、それらのお金は、母子家庭、父子家庭の援助に使われる」

と東海林さん。凜が、シングルマザーの家庭で育った事を知っているのだろうか……。僕はふとそう思ったが、その様子はない。漫画家の稲村さんも、凜の出生に関する話まではしていないようだ。

「大会のアウトラインは、こんな感じかな……。どうだろう」

と東海林さんは、凛を見た。

「この大会を開催するためのシンボルとして、君の存在は欠かせないわけで……」

陽が沈もうとしていた。防波堤に僕らの影が長く伸びている。

僕と凛は、防波堤に座りタコ焼きを食べていた。それは、なじみの釣り客が差し入れてくれたもので、美味《うま》いタコ焼きだった。それを突つきながら、

「あのオレンジリボン基金……わたし、それに助けられたかもしれない……」

凛が、ぽつりとつぶやいた。僕は、彼女の顔を見た。

「……確か小学4年の冬だった。その冬は、お母さんがやってる民宿にお客さんがこなくて、うちはお金に困ってたの」

凛の前髪を、初夏の海風が揺らしている。

「雪が降ってる寒い日だった……。わたしはお腹を空《す》かせて、近所のパン屋さんに行った……。そこで、いつもパンの耳をもらってたから」

と凛。そのパン屋では、切り落した食パンの耳をタダでくれたという。

「でも、その日、パンの耳は誰かがもらって行っちゃって、もうなかった……。わた

しは、がっかりして雪の中を歩いて帰ったわ……」

　しょんぼりと肩を落として雪の中を歩いている少女の姿を、僕は思い描く。ひんやりとした切なさが押し寄せてきた。

「でも、家に帰ったら、お母さんが何か段ボール箱を開けて食べ物を取り出してた。それは、レトルトのシチューだったわ」と凛。

「温めて食べたあのシチューの味は、忘れられない……」しんみりと言った。

「そのときの段ボール箱に、オレンジ色のリボンの形をしたシールが貼ってあったような気がするの。はっきりと覚えてるわけじゃないけど……」

「オレンジリボン基金？」

「そうかもしれない」と凛。

「……じゃ、このフィッシング甲子園に協力するか？」

　凛が僕を見た。

「お兄ちゃん、どう思う？」

「凛がその気になったなら、いいんじゃないか？」

　僕は言った。この大会の目的は決して悪くない。そして、凛にとってそれが昔の恩返しになるのなら、出場してもいい。凛が、うなずいた。

そのとき、猫の小さな鳴き声が聞こえた。

「あ、サバ……」

と凜。一匹の猫が近づいてきた。このあたりに住みついているノラ猫。まだ大人ではない。

痩《や》せたその体は、グレーの縞《しま》模様だった。海岸町では、こういう模様を〈サバ猫〉という。

「おいで、サバちゃん」と凜。猫は、彼女に慣れていて、警戒せずに近づいて来る。

凜は、爪楊枝《つまようじ》でタコ焼きをちぎる。タコ焼きの皮の部分を猫にやりはじめた。カツオ節がかかったタコ焼きの皮を猫は食べはじめた。

それを見守っている凜の横顔が、黄昏《たそがれ》の陽を浴びて夏ミカンの色に染まっている。

夕陽の海を、マリーナに帰って行くヨット。帆《セイル》のシルエットが、ゆっくりと動いていた。

28　ジミ辺

「それはいける！」と誠。紙パックのコーヒーを飲みながら言った。高校の昼休み。僕が、〈フィッシング甲子園〉の話をした時だった。

「で、フィッシング部ってどうなってるんだ」

「ああ、物理の日高は顧問になる事を了承した」と誠。いま現在、入部希望者は7人。全員が男だという。

「まあ、リンリン人気だな。希望者全員に入部はオーケーだと言ってある」

「それはいいが、フィッシング甲子園って、出場出来るのは5人までだぜ」と僕。

「リンリン、航一、おれ……あと2人か。どうやって決めるかだな」と誠。

「まあ、釣りの腕を見るしかないよ」僕は言った。

「こりゃ、ダメだ」僕はつぶやいた。凜と誠も苦笑いしている。
僕らは、入部希望者7人を船に乗せて、キス釣りをしていた。
釣りをはじめて約1時間。ほぼ全員が、船酔いでダウンしていた。
確かに、少しうねりがある。が、仕掛けをセットし、エサをつけ、釣りをしている
うちに、みな船酔いしていた。顔は、蒼白《そうはく》。船べりに突っ伏したり、仰向《あおむ》けにひっく
り返ったり、いわゆるマグロ状態になっていた。
「大会はおれら3人で出るしかないかな」誠が言ったとき、
「あいつ……」と僕はつぶやいた。1人だけ、まだ釣《つ》り竿《ざお》を握っている。船尾で、ぽ
つんと1人、釣り竿を握っているやつがいる。
「あいつ、凜の同級生じゃなかったか？」僕が訊《き》くと、凜がうなずいた。
「辺見《へんみ》君」と言った。その辺見は、じっと釣り竿を握って座っている。船酔いはして
いないようだけど、釣れてもいない。僕は近づいて、
「釣り、好きなのか？」と訊いた。
「それほどでもないんですけど、何も部活やってないから……」と小さな声で答えた。

痩せて小柄なやつだった。

「存在感の薄いやつだな、辺見」誠が苦笑まじりに言った。

入部希望者達は、もう全員帰っていった。僕、凜、誠の3人は、岸壁に舫《もや》った船の上にいた。

「彼、すごく地味で、名前が辺見だから、同級生からは〈ジミ辺〉って呼ばれてる」と凜。誠も僕も吹き出した。ジミヘンは、もちろん伝説のミュージシャン、ジミ・ヘンドリックスの略だ。

「ただ、あのジミ辺、なぜか船酔いしないから、大会の時にマネージャーとして乗せる手があるかも」僕は言った。

東海林さんからは、すでに大会の開催要項をざっと聞いていた。釣りをする選手以外に、マネージャーを乗船させてもいいという。

「無線で大会本部とやりとりしたり、選手に弁当や飲み物を配ったり、マネージャーはいた方がいい気がする」僕は言った。

「ぼくが、マネージャーに？」とジミ辺。かなり驚いた顔をしている。昼休み。2年3組の教室。凜の姿はない。相変わらず浜弁をしてるらしい。ジミ辺は、教室の隅で弁当を食べていた。

「ああ、そういうわけ。詳しくはまた打ち合わせするけど、とりあえずよろしくな」と誠。ジミ辺の肩を叩《たた》いた。

「大会は8月31日だ」と僕はジミ辺に言った。僕と誠は教室を出て廊下を歩きはじめた。

「あいつ、男にしちゃ、やたら可愛い弁当食ってなかったか？」と僕。ジミ辺は、サンドイッチと果物の弁当を食べていた。

「確か、あいつの母さんが逗子の商店街でサンドイッチがメインのカフェをやってるんだ。息子のあいつが店を手伝ってるの、よく見かけるよ。だから普通の部活は出来ないんだろう」と逗子に住んでる誠。

「親父はいないのか？」

「そうみたいだな」誠が言った。僕は、かすかにうなずいた。

「凜が、何か変な事してる」と父が言った。夕方の5時だ。

「凜が？……どこで」

「店の外」父が言った。僕は、釣り船の店から外に出た。そして、苦笑い。

店のすぐ外には、飲み物の自動販売機がある。凜は、そのわきにしゃがんで自販機を、ぞうきんで拭《ふ》いている。

理由は、すぐにわかった。

この自販機は、昨日入れ替えられた。あの〈チャージ〉を中心にした自販機だ。

そして、自販機のわきには〈チャージ〉の広告が印刷されている。凜が〈チャージ〉を手にほっとしてる写真。もちろん沖縄で撮ったものだ。

凜は、その広告を消そうと、ぞうきんでこすっているらしい。僕は苦笑したまま、

「あのさ、それ無駄だと思うぜ」と言った。凜は、しゃがんだまま振り返る。

「だって、恥ずかしい……店の前にこんな……」

が、それは金属の自販機に直接印刷されている。ぞうきんでこすってもとれる訳がない。

凜は、それでも、ぞうきんで広告をこすっている。この天然ボケ……と僕は苦笑。

自販機にぞうきんがけしてる凜を眺める。

ふと、凜のヒップに目が行った。ぴちぴちのショートパンツをはいてしゃがんでいる、いわゆるウンコ座りのような恰好《かっこう》だ。僕の視線は、そのヒップに……。

まだ少女っぽいヒップだけれど、初めてうちに来た時に比べ、体の線がほんの少しだけ女らしくなったような気がした。

ヒップのボリュームが少し増したのか、逆にウエストが細くくびれたのか……。体つきが、〈幼い少女〉から〈十代の女の子〉に成長したような感じがした。僕の心拍数は上がっていた。誕生日の夜がよみがえる……。

その時だった。ビッと小さな音がした。

すぐにわかった。釣り船の仕事でさんざんはき古してきた凜のショートパンツ、その尻《しり》の縫い目がほつれて裂けたのだ。

「なに？　いまの音……」と凜。

「もしかしたら、パンツの尻が裂けたかな」

2秒後。自分のヒップに片手を回した凜が、あわてて立ち上がる。

店の前には、そこそこ人通りがある。凜は、体を反転し、自販機に背中を押しつける。両手をお尻に当てて、じりじりと店の出入り口に横ばい……。

「大丈夫。誰も見てないぜ」と僕。凜は、紅潮した顔を左右に振る。

「やだ……こっぱずかしい……」と小声で言った。へっぴり腰で店の入り口へ……。

僕は、ただ苦笑いしていた。


「凜をあの番組に？」僕は訊き返していた。

東海林さんから、僕のスマートフォンに電話がきた。Nテレビでやっているシリーズ番組〈ザ・ブレーク〉というドキュメントに、凜に出て欲しいという。

その番組は、人気急上昇いわゆる〈ブレークした〉芸能人やスポーツ選手などを毎回取り上げている。かなりの人気番組だ。

「凜ちゃんは、もしかしたら今の日本で一番有名な女子高生かもしれないからね……。局のチーフ・プロデューサーからも、ぜひ彼女を出せないかと言われて」

と東海林さん。確かに、凜のＣＭは毎日流れ続けている。しかも、〈悲しい……〉と〈生きてて良かった〉は、国民的な流行語になりはじめているようだ。

テレビでコメディアンのギャグがうけないと、〈悲しい……〉と言って泣くふり。

番組でよくあるレストランのレポートで、タレントさんが高級なものを食べると、

〈生きてて良かった〉と口にする。

その言葉をテレビで聞かない日はないほどだ。

「それに、凜ちゃんが〈ザ・ブレーク〉に出てくれると、〈フィッシング甲子園〉の強力な宣伝になるしね」

と東海林さん。もし凜が〈ザ・ブレーク〉に出るのをオーケーしたら、これまでに撮った映像プラス、これから高校生活のシーンを撮って、それを合わせて編集するという。

「私が凜ちゃんに直接話すより、航一君から話してくれた方がいいと思うんだ」と東海林さん。夏の終わりにある〈フィッシング甲子園〉……。僕も、どうせやるなら成功して欲しいと思う。

「今夜でも、話してみます」と僕。「くれぐれも、よろしくね」東海林さんが言った。

その6日後だった。

「凜ちゃん、オーケーしてくれたよ。さっき電話があった」と東海林さん。嬉《うれ》しそうな声がスマートフォンから響いた。

「そうですか」と僕。凜にその話をした時も、これまでほど嫌がってはいなかった。母子家庭を支援するフィッシング甲子園のPRになる、その事を考えたのだろう……。

凜の学校生活を撮るのは10日後になったと東海林さんが言った。

「はい、カメラ回りました！」とスタッフの声。

制服で校門を入っていく凜に、肩にかついだカメラが向けられている。凜は、緊張した表情で校門を入っていく。その姿を、カメラが追う……。Nテレビの撮影スタッフは、今日一日、凜の高校生活を撮る事になっている。


3時限目。うちのクラスは、たまたま自習になった。僕は教室を出た。廊下を行くと、5、6人の若い撮影スタッフたちがくつろいでいた。スタッフと少し離れて、東海林さんがいた。僕を見ると微笑した。

「つぎの4時限目は、凜ちゃんの授業シーンを撮るんだ」

「教室にカメラを入れて？」

と僕。東海林さんは、うなずいた。

「学校側は、とても協力的だよ。学校名をちゃんと出すという条件でね」と言った。

僕は、少し考える。やがて、

「やっぱり少子化の時代……」とつぶやいた。東海林さんが、僕を見る。

「さすがは、高校3年だ」と言った。「そう、日本の少子化は進む一方だ。子供達はどんどん減っていく。かなりの高校や大学が、学生の確保に苦労しはじめている。だから、学校名をPRできる取材・撮影はたいていの学校でウエルカムなんだ。昔と違ってね」

「なるほど」

「僕らテレビ局の人間には好都合だけど」と言って軽く苦笑い……。

僕はうなずいた。うちの学校は、これという特徴がない。偏差値が高いわけではない。話題になるようなスポーツ選手がいたり、甲子園をめざす野球部があるわけでもない。早い話、売り物のない高校なのだ。それで、凜の撮影に協力的なのだろう。

東海林さんはふと、僕を真っ直ぐに見た。

「そう言えば、音楽をやってるんだってね」

僕は、〈え？〉と思った。

「もちろん凛ちゃんさ。今回、〈ザ・ブレーク〉に出る条件は、〈お兄ちゃんにレコード会社を紹介してくれれば〉だったよ」

「それを誰から？」

微笑したまま東海林さんが言った。

僕は、しばらく無言でいた。去年から僕が曲を作っているのを、凛は知っている。

この撮影をわりと簡単に引き受けた理由は、それが大きかったのだろうか……。

「いいじゃないか。凛ちゃん、本当にお兄さん思いで、心の優しい子だね」と東海林さん。「もちろん、音楽出版社に知り合いはいるし、紹介はできるよ。で、曲は出来てるの？」

「……作ってはいるんですけど、まだまだな感じで……」

僕は、控えめに言った。自分で作詞作曲した〈きみは灯台〉〈防波堤に吹く風は〉という2曲は、いちおう完成している。家で、凛に聞かせた事もあるのだが……。

東海林さんは、軽くうなずいた。

「これはという曲が出来たら、いつでも持ってきてくれればいい。音楽出版社のプロデューサーに紹介するよ」と言い僕の肩を軽く叩《たた》いた。

昼休み。僕と誠は、凜の教室に行ってみた。

撮影スタッフは、昼休みの弁当シーンを撮る準備をしているようだ。教室の片隅。凜と2人の同級生がひとつの机で弁当を開けようとしていた。が、凜は自分の弁当を前にして、フリーズしてしまっている。その頰が赤く、いまにも泣き出しそうだ……。

29　心が火傷《やけど》した日

その理由が、僕にはわかっていた。凜が持ってきたのは今日も〈おっさん弁当〉なのだ。

凜の友達は2人とも女子高生らしい可愛い弁当を開けている。が、凜は弁当の蓋《ふた》を開けない。教室の隅にいる僕と視線が合うと、〈どうしよう、助けて……〉という表情になった。

凜の弁当に入っているのは、アジの干物だ。

父が釣ってきたアジ。それが余ると凜はよく一夜干しを作っている。彼女は絶対に食べ物を無駄にしない娘だった。しかも、凜が作る一夜干しは、身がほくほくと厚くて美味《うま》い。ご飯にとても合う。

今朝も凜は、その一夜干しを火であぶり、僕や父の弁当に入れていた。そして、自分の弁当にも……。

なにせ間抜けなので、弁当を作るとき、今日、テレビの撮影があるのをふと忘れていたのだろう。僕も、弁当を食べるシーンを撮るとは知らなかったので、あえて何も言わなかったのだけど……。

テレビのスタッフ達は、まだカメラや録音機材の準備をしている。そのとき、僕は教室の隅に行く。弁当を開こうとしているジミ辺に近づく。

「よお、マネージャー。サンドイッチも飽きただろう」と言う。彼の弁当を手にとり、凜のところに持って行く。

凜の〈おっさん弁当〉とジミ辺の弁当を取り替える。そしてジミ辺の前に、一夜干しの弁当を置いた。「まあ、食べてみな。これも悪くないぜ」

「じゃ、カメラ回します」とスタッフの声。凜と友達は、もう弁当を食べはじめている。友達の1人が、

「リンリン、今日のお弁当はお洒落《しゃれ》だね」とささやいた。事情がわかっていて、半ばからかっている。凜は頬を赤くしたまま、

「ま、まあね……」と言う。照れ笑いをしながら、サンドイッチを口にした。

撮影は5分ほどで終わった。僕は、ジミ辺のそばに行き、「弁当、どうよ」と言った。彼は、一夜干しの弁当を食べながら、「これ、美味いです……」と小声で言った。


「ユニフォーム?」僕は、秀美に訊《き》き返していた。

「そう、フィッシング甲子園に出場する時、チームのユニフォームがあった方がいいでしょう?」と秀美が言った。

火曜日の放課後。僕らは、廊下で話していた。

「あの大会、かなり大きく報道されるみたいだから、ユニフォーム姿の方が絶対いいと思うけど」と秀美。

確かに、〈フィッシング甲子園〉その募集は大々的にされている。

一番大きいのは、凜が出ている〈チャージ〉のCMだ。CMの後半、画面の下に告知が流れる。

〈フィッシング甲子園・出場校受付中。詳しくは『F甲子園』で検索〉の文字が流れる。大会のオフィシャル・サイトもかなり充実している。

ポスターも、あちこちに貼られている。〈週刊釣りダイジェスト〉には大会の告知が毎週1ページで掲載されている。

東海林さんによると、もうかなりの出場申し込みがきているという。

「ユニフォームの件、明日《あした》でも校長先生に相談してみるわ」と秀美。

「しかし、あの堅物の校長が……」僕はつぶやいた。

「大丈夫、任せて」

秀美が自信たっぷりに言った。僕は、〈そうか……〉と胸の中でうなずいていた。

秀美は、女子で初めての生徒会長。しかも、うちの高校から国立大学に合格しそうなただ一人の生徒だ。

彼女の偏差値だと、東大も十二分に射程圏内らしい。誰かにそれを言われた秀美が、「東大でもいいかな……」とクールに答えたのは、校内で有名なエピソードになっている。もし秀美が東大に合格すると、うちの高校の歴史で初めてになるという。大島秀美の名は、神奈川県内の他校にも知られている
そんな秀美の提案を校長が断われないとは想像できる。

「まして、この大会で優勝でもすれば、学校の名前が報道されるしね。学校としては

名前を売るチャンスでもあるわ」と秀美。「ところで、リンリンの身長、何センチだっけ」と訊いた。

「この1年で伸びたから、160センチを少し超えてると思う」

「ウエストは何センチ？　ユニフォームはショートパンツも作るから」

「ウエストまでは、わからないなあ」

「わかった。明日でも本人から訊くわ」と秀美。

「おれら、男子のサイズは訊かないのか？」

「男子はMかLでいいでしょう。少しダブダブしてても問題ないんじゃない？　でもリンリンのは、体に合ってないとかっこ悪いわよ」秀美は言った。

「……凜のこと、気を遣ってくれるんだな……」と僕。秀美は、しばらく無言でいた。やがて、微笑んだ。

「リンリンには、ちょっと教えられた事があってね」

「あいつに教えられた？」訊くと、秀美は、また無言で微笑していた。そして、

「航一、口は堅いわよね」

「もちろん」

「あれは、去年の秋だったわ」秀美がつぶやいた。僕らは、逗子海岸の砂浜を歩いていた。

「覚えてるでしょう？　文化祭で演奏するんで、私達が練習をはじめた頃……」

僕はうなずいた。

「私と航一があやしいって噂が流れて……」

「そうらしいな」

「その頃、私、リンリンと二人で話した事があるの。放課後の屋上だった」

「へえ……なんの話を……」

「私と航一の事は、単なる噂だから気にしないで。そう言うつもりだったの。でも、口を開く前に、リンリンが泣き出しちゃって」

「あいつが？」

「そう、〈お兄ちゃんをとらないで！〉って言われた」

「とらないで……」

「そう。秀美さんにはいくらでも相手がいるだろうけど、わたしにはお兄ちゃんしかいないから、お願いだからとらないでって言われたわ、思いっ切り泣きながら」

秀美は言った。僕は、言葉を見失っていた。

「もちろん、〈何、バカなこと言ってるの!〉って突っ放すのは簡単だった。でも、涙で顔をくしゃくしゃにしてるリンリンを見て、私、ドキッとしたの」秀美がつぶやいた。

海岸には、初夏の海風が吹いている。沖では、ウインドサーフィンのセイルがいくつも動いている。

「私、小学生の頃から、発達が早いというのか早熟な女の子だったわ。中学2年の頃には高校生に間違われて……。中3で初体験をした。それから、何人かとつき合ってきた……」

僕は、歩きながらうなずいた。

「もちろん、そこそこ気に入った相手だったんだけど、その相手にどれだけ本気だったかというと、ちょっとね……」秀美は苦笑い。

青いセイルのウインドサーファーが反転に失敗してこけた。

「でも、リンリンは本当に航一の事が好きなのね。血の繋《つな》がった兄妹《きょうだい》といっても、15年以上も別々に生きてきたんだから、恋愛感情に似たものがあっても不思議じゃないし……。とにかく、リンリンは航一の事が好きで好きでたまらないのよ。そんな彼女を見てると、私、ちょっと動揺しちゃって……」

「動揺？」

「そう。人があんなに懸命になる姿って初めて見た気がして……。心が火傷《やけど》したみたいな……とにかく、かなり気持ちがヒリヒリしたのは確かよ」

　僕らは足を止めた。

「本当に好きになった相手じゃないのにつき合っても、あとで振り返って何が残るんだろう……。リンリンを見てて、その事に気づいたの……。〈恋愛もどき〉と〈本物の恋愛〉を混同しちゃいけないって思ったわ。セックスなんて、大人になってからいくらでも出来るんだし……。私達の年頃にはもっと大切な事があるような気がする……」

　海を見つめて、秀美が言った。

「で……それは？」

「とりあえずは、高校を卒業してから先の事かしら……」

「東大……」

「まあ、それもありかなぁ……」秀美がつぶやいた。このとき、彼女が見つめている未来に僕は気づいていなかった。

どこかの高校の運動部が、波打ち際をランニングしている。

「いまの話、もちろんリンリンには内緒よ」

「わかってる」

僕はうなずき、明るい陽射しに目を細めた。相模湾を渡って来る風が、制服のネクタイを揺らす。高校生活最後の夏がはじまろうとしていた。


「出場校が、出揃ったよ」と東海林さん。プリントアウト用紙を僕らの前に置いた。

関東地方が梅雨明けした翌日だった。僕、誠、凜の3人は、その出場リストを見た。

主に神奈川県の高校だ。そして、東京から3校、静岡県の伊東《いとう》から1校、千葉県の館山《たてやま》から1校、計15校がフィッシング甲子園に出場する。

それぞれ、相模湾の釣り船に乗り参戦するという。

「まあ、第1回大会だから、この規模でいいと思う」と東海林さん。

大会のルールもプリントされている。

〈各チームが釣った白ギスの総数を、選手の人数で割り、順位を決定〉となっている。

「3人の少数精鋭でいくか、4人5人で出場するか、それは自由だ。どちらが有利という事はない」と東海林さん。僕らは、うなずいた。

「あいつら、やけに腕がいいな」僕は、小声で凜に言った。

8月前半。今日も僕と凜は、釣り船の営業をしていた。満員の釣り客を乗せて、葉山沖で白ギス釣りをしていた。

季節がら、家族連れが多い。その中、男子高校生らしい3人がいた。3人とも褐色に陽灼《ひや》けしている。そして、やたらに釣りが上手《うま》かった。次つぎとキスを釣っている。

やがて、午後3時半の沖上がり。僕らは、船を港に着岸させた。降りていく釣り客の殆《ほとん》どが、凜と並んで記念写真を撮っていく。

その高校生らしい3人は、最後に船を降りた。一番背の高いやつが、僕と向かい合った。

「中町だな」と言った。濃い褐色に陽灼けし、目つきが鋭い。

「そうだけど、何か用か」僕は相手をまっすぐに見て言った。

「おれは、網代《あじろ》。三浦《みうら》水産高校の3年だ。そういえば、わかるだろう」

2秒ほどして僕はうなずいた。

「大会に出場するわけか」と言った。〈フィッシング甲子園〉の出場リストに、三浦水産高校があったのがすぐ頭に浮かんでいた。三浦半島の先端近くにある高校。東海林さんによると、水産高校だからもちろん釣りは得意で、うちと並ぶ優勝候補だという。

「で、何の用だ。わざわざ偵察に来たのか。ご苦労だな」

「偵察なんかじゃない。提案に来た」

「提案？」

「ああ、大会の日、全く同じポイントで釣りをする、その提案だ」と網代。

「なるほど」と僕。

どんな釣り大会でも、決め手は2つある。釣りの腕とポイント選びだ。だが、同じポイントで釣るとなれば、あとは純粋に釣りの腕比べになる。

「どうだ」と網代。きつい目で僕を見た。「逃げやしないよな……」

30　17歳の夏をしめくくる

「いいだろう」と僕。「お互いの顔が見えるぐらいの距離で勝負しよう」と言った。

網代の灼けた顔がにやりとした。

「その約束、忘れるなよ」と低い声で言った。ちらりと、そばにいる凜を見た。そして、連中は歩き去る。その後ろ姿を、凜が見ている。

「いるんだよ、ああやって、勝ち負けにカッカするやつが」苦笑いしながら、僕は言った。

「なるほど、こうなるのか……」僕はつぶやいた。

8月中旬。夜10時過ぎ。凜の出ているNテレビ〈ザ・ブレーク〉を観ていた。真夏の暑い夜なので、僕と凜はアイスキャンディーの〈ガリガリ君〉をしゃぶりながらテレビの前にいた。

まず凜の登校シーンからはじまった。そこで〈神奈川県立逗洋高校〉の文字がしっかりと入る。学校側の希望通り……。

つぎに授業を受けている凜のカット。

「この一見普通の女子高生が、いま日本中の注目を浴びている」のナレーション。

そして、〈チャージ〉のCMが流れた。

CMで使われなかったカット。沖縄の撮影現場での凜の自然な表情……。

さらに、初めて〈悲しい……〉と口にしたカワハギ釣りのシーン。

〈生きてて良かった〉と口にした、稲取でのヒラメ釣行など、凜のシーンが手際よく編集されている。

やがて、社会心理学者だというおじさんが映る。〈悲しい……〉と〈生きてて良かった〉の言葉がなぜ今の世の中で流行してるかという分析……。

そして、また学校生活。昼休みの教室で、凜が女友達と弁当を食べてるシーン。

最後は、学校の掲示板に貼ってある〈フィッシング甲子園〉のポスターの前。凜が、いつもの恥ずかしそうな笑みを浮かべて、ポスターのわきに立っているところへ、「彼女は、この大会で17歳の夏をしめくくる」というナレーションが流れ、45分のドキュメントは終わった。〈フィッシング甲子園〉の告知をからめて締めくくるのは、狙い通りだろう。

僕は、〈なるほど……〉とつぶやいた。凜は頰を赤く染め、少しうつむいて〈ガリガリ君〉をしゃぶっている。

〈フィッシング甲子園〉まで1週間。僕らは、夏休みの学校に集まっていた。

秀美が、出来たてのユニフォームを段ボール箱から取り出した。まず、釣りをする時のTシャツ。男子のは濃いブルー。凜のだけは淡いピンクだ。

学校名〈逗洋高校〉をローマ字にした〈ZUYOU〉の文字が、背中に大きく、胸に小さく入っている。洒落《しゃれ》た書体だった。ショートパンツは、全員が白だ。

夕方から行われる表彰式用は、半袖《はんそで》のポロシャツ。シャツの色や文字はTシャツと同じだ。

「いいじゃないか」と誠。みな、うなずく。

「まあ、生徒会長に感謝だな」僕は秀美を見て言った。メンバーにユニフォームを渡す。凜、誠、そしてジミ辺にも……。

彼が、「僕にも？」と訊《き》き返した。

「もちろん。マネージャーもチームの一員なんだから」僕は言った。ジミ辺は、渡されたユニフォームをじっと見つめている……。

「大会、頑張って。校長先生や教頭先生も期待してるって」と秀美。僕はちょっと肩をすくめ「せいぜい学校のＰＲをしてくるよ」と言った。


「指を骨折⁉」僕は思わずスマートフォンを握り直した。

大会の前々日。夕方の5時だ。誠が左手の人差し指を骨折したと、引きつった声で連絡してきたのだ。誠の家は、逗子の商店街で焼き鳥屋をやっている。

「何があった」

「ドジな配達のやつが、生ビールのボンベをおれの左手の上に落として、人差し指が骨折。包帯でグルグル巻きだ。まだ外科にいるよ」

「釣り竿《ざお》は握れそうもないのか？」

「無理だな。すまない航一。何とかなるか？」

「わからない……やってみるけど」

　僕はすぐ東海林さんに電話をかけた。事情を説明する。出場選手の交代は、いつまで可能かを訊いた。

〈当日朝の開会式で、最終的なメンバー表を出してくれればいい〉という。電話を切ると、そばでは凜が少し心配そうな顔をしている。

「どうするの？　お兄ちゃん」

「ジミ辺を選手にするしかないな。誠はマネージャーだ」

「でも、辺見君、釣りの経験がほとんど無いはずだけど……」

「誰にでも初体験はあるさ。覚えてもらうしかない」

「明日《あした》一日で？」と凜。

「特訓だな、しょうがない」僕はスマートフォンで、ジミ辺の番号をタッチしはじめた。やがて、彼が電話に出た。「緊急事態だ、辺見。明日来てくれ」

「とりあえず、エサをつけて仕掛けを海底に落とす。それだけ覚えてくれないか」

と僕。ジミ辺に言った。

翌日。午前9時。僕らは、キス釣りの客を乗せて海に出ていた。その船の片隅。凜が、ジミ辺にキス釣りの基本を教えはじめた。凜は、優しくていねいにリールの使い方から教えている。


……そして一日が終わった。

「どうだ？ジミ辺の調子は」僕は凜に訊いた。船を岸壁に舫《もや》い、釣り客やジミ辺が帰って行ったところだ。

「仕掛けを落として当たりを待つ、そこまではなんとか。でも、魚の当たりがなかなか分からないみたい。エサをとられてばかり……」と凜。僕はうなずく。

「まあ、仕方ないかな。やるだけやって駄目ならしょうがない」と言った。

「勝ち負けにはこだわらない？」

「ああ。この大会の意味は認めるけど、優勝するかどうかなんてあまり関係ないな」と僕。「だいたい、釣りって楽しみでやるものだろう？勝った負けたにこだわるのは違う気がする。もちろん、大会だし、スポーツマンシップとして全力はつくすけど、結果にはこだわらない」

凛が、大きくうなずいた。

「わたしも、そう思う。明日は、全力で楽しめばそれでいいと思う……」と言った。

僕の腕を両手で抱きしめ、肩にそっと頭をのせた。

その時、歩いて来る人影……。近所の人が散歩しているらしい。僕らは体を離した。いくら兄妹《きょうだい》でも、体を寄せているのを目撃されるのはまずい……。僕らは無言で黄昏《たそがれ》の港を眺めた。涼しくなってきた風が水面を渡っていく。


「船の事故か……」

箸《はし》を止めて父がつぶやいた。夕食時、テレビが事故のニュースを流していた。海での事故があったようだ。

逗子のマリーナから出た小型のプレジャーボートから釣り人が誤って落水した。そして、回っている船のプロペラに巻き込まれたという。

落水したのは33歳の男性。プロペラで脇腹を損傷。救急搬送されたが、出血多量により搬送先の病院で死亡が確認されたとアナウンサー。

「そういえば、保安庁のヘリが飛んでたな……」

僕はテレビを観ながら言った。今日、ジミ辺に釣りの特訓をしている最中だった。海上保安庁のヘリが、かなり低空で飛んでいくのが見えた。あれは、怪我人の救急搬送のためだろう。

「私たちも気をつけないと……」父がつぶやいた。釣りに夢中になり船から落ちる人は、けして少なくないのだ。


「へえ、そんなもの買ったんだ」僕は、凜に言った。

朝の6時半。船を舫ってある岸壁だ。そこで、凜がいわゆる〈自撮り棒〉を取り出し、自分のスマートフォンをセットしはじめたのだ。

「きのう、逗子の100円ショップで買ったの」と凜。「お揃いの服なんて初めてだから」と無邪気な笑顔を見せた。

そうか……。今日は大会なので、僕も凜もユニフォームを着ている。色は違うが、お揃いのデザインのTシャツだ。凜は、それが嬉《うれ》しいらしい。スマートフォンを自撮り棒にセットしている。やがて、

「あれ？」とつぶやいた。僕は苦笑。

「あのさ、カメラの向きが逆だぜ」と言った。自撮り棒にセットしたスマートフォンが逆向きだ。

「あ……」と凜。口を半開き。僕は、それをちゃんとセットしてやった。凜は、左手を僕の右腕にからめ、顔を寄せた。自撮り棒の先のスマートフォンを自分たちに向け、シャッターを切った。そのとき、

「おお、仲がいいなぁ、さすが兄妹」という声。誠だった。ユニフォームを着ているが、左手には包帯を巻いていた。その左手を見せ、

「これだよ。すまないな」と言った。

「まあ、しょうがない。マネージャーをやってくれ」と僕。

車の停まる音。軽自動車が停まり、助手席からジミ辺がおりてきた。運転席から、お母さんらしい中年女性も降りてくる。

お母さんは、整った顔立ちをしていた。が、急いで出てきたらしく髪型は乱れている。

「これ……」と言い、大きめのタッパーを僕らに差し出した。サンドイッチだろう。

釣り大会なので、ゆっくり昼飯を食べる時間がない。そこで、ジミ辺のお母さんがサンドイッチを作ってくれる事になっていた。僕はお礼を言い、それを受けとった。「あの……」とお母さん。頭を下げ「息子をよろしくお願いします」と言った。僕は微笑した。

「大丈夫、まかせてください」

そう言いながら、ふと思った。母親はやはり母親なのだ。凜のお母さんも、癌の闘病中、こんなふうに〈凜をよろしく〉と僕の父に言ったのだろうか。数秒、そんな思いが胸をよぎった……。

「あれ？　眼鏡かけてたっけ？」誠がジミ辺に訊《き》いた。船のエンジンをかけていた僕も振り向いた。確かに、ジミ辺が眼鏡をかけているのは初めて見た。

「あの、いつもはコンタクトなんだけど、その度があまり合ってなくて」とジミ辺。

「でも、今日は大事な大会だから……」と言った。

僕は、うなずいて船のエンジンをかけた。凜が、舫いロープをといた。船は離岸し、大会会場に向かう……。

31　言葉に気をつけろ

「ほう、思ってたより盛大だな……」と誠が声に出した。

葉山から船を15分走らせて、江ノ島に着いたところだった。港に船を舫《もや》って陸《おか》に上がる。

江ノ島のヨットハーバー内に〈フィッシング甲子園〉の会場が特設されていた。さまざまな釣り具メーカーの旗が朝の風になびいている。

〈オレンジリボン基金〉の立て看板が、ステージの脇にある。

出場する高校生たち。そして、マスコミ……。Nテレビのカメラが5台ぐらい。

〈PRESS《プレス》〉という腕章をつけたカメラマンが、あちこちでシャッターを切っている。

新聞や雑誌のカメラマンだろう。

Nテレビの東海林さんや、〈週刊釣りダイジェスト〉の榊原さんも、もちろんいる。会場に入った僕らのチームに、カメラが向けられた。正確に言うと、凜にテレビやスチールのカメラが向けられる。凜は、相変わらず困ったような恥ずかしそうな顔……。

「……昨日は、この相模湾で痛ましい船の事故がありましたが、出場者の皆さん、安全にはぜひ気をつけて……」

とステージに立った大会の運営委員長。マイクを通して話す。落水者がプロペラに巻き込まれて、出血多量で死亡した事故のことだ。開会式がはじまって5分。僕は、船の魚探を点検していた。

エントリーのために大会本部のテントに行っていた誠が戻って来た。手にうちのチームの出場者リストを持っている。

「大会本部から言われた。出場者の緊急連絡先の電話番号と、わかれば血液型を書いてくれとさ」

僕は、うなずいた。万一の事故が起きた時の連絡や輸血に対処するためだろう。僕は、オイルの点検をしながら、出場者リストに走り書き。誠に返す。

「ポイントは葉山沖か？」と三浦水産高校の網代。鋭い目つきで僕を見た。

開会式が終わり、それぞれのチームが船に乗りポイントに向かうところだ。

「そうだ。ついてくればいい」僕は言った。僕らのチームは、船に乗り込む。Nテレビのスタッフ、〈釣りダイジェスト〉のカメラマンたちも乗り込んだ。スタート・フィッシングまであと30分。誠が、大会本部から渡された携帯用のVHF無線機の感度を試している。


「スタート・フィッシング、5分前です」大会本部からのアナウンスがVHF無線機から響いた。葉山沖。水深15メートル。快晴、微風。僕らの船と、三浦水産高校の乗った船は、約20メートルの距離を置いてスタンバイしていた。やつらも選手は3人だ。

やがて、午前9時ジャスト。

「スタート・フィッシング！　安全に注意して頑張ってください！」の声が無線機から響いた。三浦水産の3人も僕らも、仕掛けを海に投げ入れた。

予想通りの展開になった。三浦水産の3人は、順調なペースでキスを釣っている。

凜も、次つぎとキスを釣っていく。釣り竿《ざお》を握った指の感触で、魚の当たりをとっている。誰かが言った〈絶対触感〉のようなものがあるのだろう。

凜の華奢《きゃしゃ》な手がリールを巻き、次つぎとキスを釣っていく。テレビカメラがその姿をとらえている。

僕も、まずまずのペースで釣っていた。問題は、ジミ辺だった。やはり、魚の当たりをとれないらしい。汗だくになり必死でやっているが、1匹目がなかなか釣れない。

2時間が過ぎ、午前11時になった。大会本部から、無線でのロールコールがはじまる。

各チームの安全確認、それと釣果の確認だ。

本部から各チームに次つぎと無線が入る。どのチームもほどほどの釣果のようだ。

やがて、

「チームナンバー8、逗洋高校、どうぞ」の無線。誠が応答する。

「現在位置は、葉山沖1海里《マイル》。釣果は32匹です」と無線で伝える。うちが釣った32匹の20匹は凜だ。僕が、12匹。ジミ辺はまだ0匹だ。

やがて、三浦水産高校に本部からの無線が入る。現在の釣果は48匹だという。出場校のトップだ。三浦水産もうちも、選手は3人。つまり釣ったキスの総数がそのまま勝敗になる。

無線のやりとりが続いている間に、僕は凜に耳打ちをした。凜が、うなずいた。

「目を閉じる？」

ジミ辺が訊《き》き返した。凜がうなずく。

「目を閉じて、竿を持った指先に神経を集中して」と言った。

それは、苦肉の策だった。ジミ辺は、もともと視力が良くない。しかも、かけている眼鏡が熱さと汗で曇っている。それでは、竿先がかすかに動く魚の当たりがわかる訳がない。

「とにかく、やってみて」と凜。ジミ辺は、釣り竿を握り目を閉じた。

10分後。

「あっ」とジミ辺。釣り竿をしゃくり上げた。そしてリールを巻く。竿は曲がって震えている。やがて、中型のキスが上がってきた。

「釣れた……」とジミ辺。手にした白ギスを見つめている。

「その調子、頑張れ！」と僕らは彼の肩を叩《たた》いた。

ジミ辺がそこそこ釣れるようになって、三浦水産との差はじりじりと確実に詰まっていく……。

やがて、3時間後。午後2時のロールコール。

三浦水産は、74匹。うちは、72匹。その差は2匹。

ただし、ストップ・フィッシングつまり競技終了の3時まで、あと1時間だ。

そこで、ぱたりと釣れなくなった。

理由はわかっていた。それまでは満ち潮。だが、これから引き潮に変わっていく。その潮止まりの1時間ぐらい、魚の食いはひどく落ちるのだ。三浦水産もうちも、釣れない時間が過ぎていく……。

2時35分。凜が竿をしゃくり上げた。いいサイズのキスが釣れた。やつらとの差は、わずか1匹。

三浦水産の網代が、ほかの2人にもはっぱをかけている。が、連中の竿は、動かない。

3時まで、あと10分、5分、3分、1分……。

「ダメかな……」僕がつぶやいた時だった。ジミ辺が、竿をしゃくり上げた。竿が曲がっている。

「急げ！」と誠。ジミ辺は必死でリールを巻く。ストップ・フィッシング5秒前、キスが海面から姿を見せた。ジミ辺がそのキスをつかんだ瞬間、

「ストップ・フィッシング！」のアナウンスが無線から響いた。


30分後。江ノ島の大会会場。各チームの釣果の審査が行われていた。トータルで50匹台の高校が多い。うちの釣果を審査員がカウントする。誠が数えた通り。

「逗洋高校、74匹！」と審査員。

そして、三浦水産高校の審査。

「三浦水産高校、73匹！」

僕と誠は、少し驚いて顔を見合わせた。三浦水産の方が、釣果の数え違いをしていたのだ。周囲からどよめきが起こった。

うちが優勝。そのとたん、テレビのカメラが凜をとらえる。新聞社のカメラマンも凜に向けてシャッターを切る。

やがて、三浦水産の網代が歩いてきた。僕らと向かい合う。ジミ辺を見る。

「最後は、その眼鏡の坊やにやられたか……」と言った。

「言葉に気をつけろ」と僕。まっすぐに網代を見た。「こいつは坊やじゃない。名前は辺見、うちの選手だ」と言った。網代が明らかにひるんだ。やがて僕から視線をそらした。ごまかし笑いをして、仲間の方に戻っていく。

凜は、カメラマンたちに囲まれている。そのすきをついて、三浦水産高校の連中も凜と記念写真を撮っている。網代まで、凜とのツーショットを撮っている。僕と誠は、苦笑した。

「なんだ、あいつら」


「優勝、神奈川県立逗洋高校！」というアナウンス。会場から、ぶ厚い拍手がわき上がる。僕らは、ステージに上がる。

ジミ辺は、4人の端に立とうとした。が、僕が真ん中にいる凜のとなりに立たせ、僕と誠が、両端に立つ。

大会の運営委員長が、銀色の優勝トロフィーを持ってくる。迷わず凜に渡そうとした。当然だろう。出場全選手の中でも、だんとつの数を釣ったのだし……。

凜は頬を染め、〈どうしよう〉という表情で僕を見た。〈受けとれよ〉とうなずいてやる。凜は、はにかんだ顔でおじぎをしてトロフィーを受けとった。その瞬間。カメラのストロボが連続して光った。


日が暮れようとしていた。会場では、立食パーティーが始まっていた。僕のそばにいたジミ辺が、

「これに出れて良かったです。何も思い出のない高校生活だったのに……」

ぽつりとつぶやいた。僕は、彼の肩に手を置いた。

「思い出のない高校生活なんて、ないんじゃないか。たとえどんな高校生活でも、いずれ懐かしく思い出すと思うぜ」と言った。ジミ辺は、しばらく考える。

「そうかな……。きっと、そうなんですね……」と言った。

その時、会場のそばで打ち上げ花火が上がった。僕らは、それを見上げた。凜……僕……誠……ジミ辺。それぞれの感慨を胸に、夜空に散る花火を見上げていた。夏休みが、終わろうとしていた。

9月1日。朝。

「お、やってる」と僕は言った。Nテレビがさっそく〈フィッシング甲子園〉のニュースを流しはじめた。

突然、〈凜ちゃん、優勝！〉の文字がテレビに。そして、〈第1回フィッシング甲子園！〉の文字が画面に踊った。凜は、目玉焼きに醬油《しょうゆ》をかける手を止めてしまった。

やがて、昨日の大会のシーンが流れる。東海林さんのNテレビだから、圧倒的に凜が映る。キスを釣っている彼女。ジミ辺のお母さんが作ってくれたサンドイッチをくわえたまま、テキパキとリールを巻いている彼女……。

そして、表彰式。トロフィーを受けとる凜。そこで、やっと僕らも映る。〈神奈川県立逗洋高校〉の文字も画面下に流れた。凜は、うつむいて目玉焼きを食べている。

「おめでとう」と秀美。笑顔で言った。登校したところだった。

「ユニフォームが良かったからさ」僕も笑顔を見せた。彼女と拳《こぶし》と拳を合わせた。

「そういえば、出場したメンバー全員で校長室にこないかって」

「……やめとくよ。職員室や校長室は性に合わないんだ」

「相変わらずクールなのね」と秀美は苦笑い。

「じゃ、リンリンだけでもどう？　あとで彼女に神奈川新聞の取材が来る事になってるの。学校としては、その取材インタビューを校長室でやりたいみたい」

「へえ……」

　僕は、つぶやいた。少し考えた。僕が卒業した後も1年間、凜はこの高校に通う。妬《ねた》みや何かでいじめられないためにも、校長や教頭と仲良くしておくのは有効だろう。

「いいんじゃないか？」

「わかった。じゃ、リンリン本人に直接話していい？」

「ああ、よろしく」僕は秀美に手を振って教室に向かう。


「航一」誠が声をかけてきたのは放課後だった。

「ちょっと話を聞いてくれないか」

「話？」

「ああ、大事な話だ。お前とリンリンの事で」と誠。やけに真剣な表情で言った。僕の胸が、ざわついた。

32　あの頃の面影が、そのままだったから

「お前、血液型、ABだよな」と誠。

「ああ、大会の前に出場者リストに書いただろう」僕らは、逗子海岸を歩いていた。

「で、親父さんは？」

「同じAB」

「間違いないか？」と誠。僕はうなずいた。船で仕事をする人間は、万一にそなえ自分の血液型をきちんと知っている。

「そうか……」と誠。

「それが、どうかしたか？」

誠は、しばらく無言で歩いていた。高校は二学期に入った。が、季節はまだ夏。海

には多くのウインドサーファーがいた。そのセイルが、左右に動いている。

「お前が、出場者リストに書き込んだ後、ほかのメンバーにも書き込ませたんだ、ジミ辺やリンリンにも」

「で？」

「リンリン、血液型をOと書いた」と誠。

「……おれんち、お袋が再婚で、以前いろいろなゴタゴタがあってさ……その頃に、ちょっと血液型の事を調べたんだ」誠が言い、僕はうなずいた。誠の家にもいろいろな事情があるのはなんとなく知っていた。

「AB型って、わりと少ないんだよな」

「そうらしいな」

「で、両親のどっちかがAB型だと、O型の子供は生まれないんだよ」

僕は、思わず足を止めた。誠がポケットからスマートフォンを出した。まだ包帯を巻いた左手に持ち、右手で操作する。あるサイトにアクセスした。

「ほら」と僕に見せた。血液型に関するサイト。僕は、それをスクロールしはじめた。

10秒後に、止めた。

確かだった。両親のどちらかがAB型だと、O型の子供が生まれる可能性はゼロ……

呼吸をした。

「リンリンは、お前の親父さんの子供じゃない事になる……」誠が言った。僕は、深

「とすると……」

「リンリンがデタラメを書いたとは思えない」と誠。僕は、うなずいた。

…。僕は少し呼吸が速くなるのを感じていた。

その10分後。誠と別れた僕は、ゆっくりと海岸道路を歩いていた。陽は傾きかけ、自分の影が長い。混乱しそうな頭の中をクールダウンしていた。

いまの誠の話が本当だとすると、いや、凜が自分の血液型を間違えていなければ、彼女は父の娘ではない事になる。

いくら間抜けな凜でも、自分の血液型を間違える事があるだろうか……。まず、ないだろう。

とすると、僕と凜に血の繋《つな》がりはない事になる。しかし、どうして……。

銀色のポルシェが、かなりのスピードで海岸道路を走っていく。僕は、われに返った。とにかく、事実を確かめるしかない。バス停に向かって歩きはじめた。その時、スマートフォンにラインの着信。凜からだった。

〈優勝のお祝いに、今夜は焼き肉です〉そして笑顔の顔文字……。

家に入ると、すでにいい匂いがしていた。

テーブルに焼き肉用の電気ロースターがある。凜が、焼き肉の準備をしていた。釣り船の仕事をしていても、たまには焼き肉など食べたくなるのだ。もう、玉ネギが焼き網にのせられている。父は缶ビールをグラスに注いでいた。

「お兄ちゃん、遅かったね」と凜。

「ああ……」と僕。冷蔵庫を開け、缶ビールを取り出してた。

こういう話をする場合、お互い正座をして……というのが正しいのかもしれないが、何事も正しくいくとは限らない。少しは飲んだ方が、父も話しやすくなるかもしれない。僕も、ビールに口をつけた。

ビールを、グラス半分飲んだ。そろそろ切り出すタイミングだろう。

「あのさ、昨日の大会の開会前に、自分の血液型をOって書いたよな」僕は凜に言った。「それ、間違いないか？」

「うん」と凜。カルビを網にのせながら言った。僕は、誠に聞いた事を切り出した……。やがて、凜の手がぴたりと止まった。

「そろそろ話すべきかもしれないな」と父。うろたえた様子はない。落ち着いた声で言った。僕を見る。

「食いながらでいいか？　せっかく凜が小遣いで買ってきてくれた材料だし」

僕は、うなずいた。凜が自分の小遣いで買ってきてくれた食材を無駄にする気にはなれない。

父は、ビールで喉《のど》を湿らす。

「……凜のお母さん圭子と私は、葉山の中学で同級生だったんだ」

と口を開いた。凜も、父を見た。

「その頃、圭子の家族は葉山に住んでいた」と父。凜のお母さん、その弟、そして両親は葉山の高台に住んでいたという。

「そんなわけで、私と圭子は中学校1年の時に同級生だった」

凜は、話を聞きながらカルビをひっくり返した。

「圭子は、飾り気はないが可愛い少女だった。同時にしっかり者という感じだったな。そんな彼女に、私は恋をしてしまってね」

凜が、焼けたカルビを父や僕のとり皿にのせた。

「ありがとう」父は凜に言う。

「それは初恋ってやつかな？」と僕。

「まあ、中一だからやや遅い初恋かもしれないが」と父。少し、照れた表情を浮かべた。

「あれは、中一の夏休みだった。圭子が、すぐそこの岸壁でスケッチをしてたんだ。たまたま釣り船の手伝いをしていた私と出会ってね。その時、彼女が絵を描くのを好きだと聞いたんだ」と父。

「それから、よく海辺でスケッチをしてる彼女と話すようになったよ」

僕はうなずく。カルビを口に入れた。ビールに口をつけた。

「で、その恋は？」と僕。父は、苦笑い。

「まあ、私の片想いで終わったという事かな……。というより、中二になる前の春休みに圭子の家は引っ越してしまったんだ。初恋は宙ぶらりんで終わった」

凜のお母さんの家族は、祖父母と一緒に住む事になり、鎌倉にある大きな家に引っ越して行ったという。

「私が圭子と再会したのは、大人になってから……30歳の時だった」

と父。

「私が27歳の時、お前が生まれ、そのときお母さんが医療事故で死んでしまった」父は、僕を見て言った。僕は、うなずく。

「家内が死んでも仕事をやめるわけにはいかなくて、私は毎日釣り船で海に出ていたよ。その頃、お前の世話はじいさんがしてくれてて……」

と父。母が死んだ3年後のある日、海で荒天《しけ》にあったという。海上は大荒れ。父は葉山に戻るのを諦《あきら》めて、近い腰越の港に緊急入港したという。

「船を港内に舫《もや》って、ほっとしたよ」と父。たまたま顔見知りの漁師が港にいたので、その日泊まれる所を訊《き》いたらしい。

「知り合いの漁師は、〈永野〉という民宿を紹介してくれたよ」

「永野……その民宿が、もしかして？」と僕。

「ああ、圭子がやっている民宿だった」

「それが再会……」

父はうなずいた。凜が父をじっと見た。

「中一の時から数えて17年ぶりぐらいになる。けど、ひと目見て、圭子だとわかった。苗字《みょうじ》は昔のまま永野だったし……」

父は、しみじみとした声で言った。

「圭子は、一人で民宿をやっているらしかった。そして、幼い娘がいたよ。その頃、2歳だった。無邪気によく笑う子だった」

「それが凜……」と僕。父は、うなずいた。

「圭子も、私の事がすぐにわかって、温かく迎えてくれた」

凜が、カルビや玉ネギをゆっくりと網にのせていく。

「その夜、私と圭子は、いろいろな話をした。彼女は、画家をめざしたものの、大手銀行の役員をやっている親の猛反対にあい、大学生の時に家を出てしまった。勘当されたという感じかな……。空き家だったその家を借りて民宿をやっている事などを話してくれた」と父。

凜が、冷蔵庫から新しい缶ビールを出して、父と僕の前に置いてくれた。

「圭子は、いわゆるシングルマザーとして娘を育てているという。その暮らしは、楽ではなさそうだったが……」

父は、2缶目のビールをグラスに注ぐ。

「その日以来、私はよく圭子のところに行くようになった。釣ったアジやサバを届ける、そのついでに圭子とよく話したよ」

「彼女にまだ未練が？」と僕。父は、かすかに苦笑した。

「正直に言ってしまえば、そうだな。圭子は、あの頃の面影を残していたし……。私も、家内をなくしていたし……」

「お母さんは、凜にはどう説明をしてた？」と僕。

「私の事は、そのまんま中学の同級生と凜には言ってたと思う」

凜が、玉ネギを焼く手を止め、小さくうなずいた。

「凜のお母さんに、告白したりはしなかったのかな？」僕は訊いた。グラスを口に運ぶ父の手が止まった。父は、しばらく宙を見つめていた。

「あれは、凜が7歳で小学校に入った頃だな……。私は圭子に結婚を申し込んだよ。家内をなくしてもう5年以上が過ぎていたし……」

「で？」と僕。父は、少しホロ苦く笑った。

「断られた。というより、凜の産みの父になる人への恋愛感情がまだ消え去っていないと言ったよ。その状態で私と結婚しては、私に申し訳ないという。とにかく何事にも一途《いちず》な彼女らしかった……」

と父。その頃を思い出すような表情。僕は、しばらく無言でいた。思い切って、

「その産みの父親って？」と訊いた。

「それは、わからない。たぶん圭子本人しか知らないと思う。私も訊かなかったし、彼女もあえて言わなかった。凜にも明かしていないと思う」と父。凜がうなずいた。

「で、その相手は凜が自分の子供だと認知しなかった？」と僕。

「結果はそうなるが、圭子は相手に認知を求めたり、子供の養育費を求めたりしなかったと思う。たとえ相手が認知すると言っても断わった可能性がある。自分がした恋には自分で責任を持つ。そういう女性なんだ。意地っ張りとも言えるし、不器用とも言える。もしかしたら相手の事情を考えたのかもしれないし……」

と父。

「凜をうちの養女にする時にもちろん戸籍は確認したが、凜の出生に関して父親の名前は空欄になっていた。父親の認知がされていない非嫡出子《ひちゃくしゅつし》という事になる」と言った。僕は、漫画家・稲村あさきさんの言った事を思い出していた。お母さんが凜を産む時に迷っていたと……。

父親に認知されていない子供を産み、そして育てる、その将来への迷いや不安……。さまざまな思いがあったのだろう。

それでも、お母さんは産む事を選んだ。

「凜の産みの父が誰であっても、私はかまわなかった」と父。

「じゃ、プロポーズを断わられた後も彼女のところに？」と僕。父は、うなずいた。

「圭子と話しているだけで心は満たされた。だから、彼女が生きてる間は2ヵ月に1回ぐらい、腰越に行ってたよ。まるで小学生みたいだな」と言い苦笑した。

「だが、彼女は突然、重い病気にかかってしまった……」

「圭子が末期癌だとわかった時、私は提案した。凜の面倒を見たいと……」と父。

「圭子は最初迷っていたが、結局は同意してくれて、凜を頼むと言った。彼女にとっては凜の事だけが心配で、しかも、もう時間がなかった……」

「その事を凜にはどんな風に？」

「実は私が産みの父だと凜に明かす、そう圭子は言った。凜が生まれた時は、私には認知できない事情があった。が、いま状況が変わり、私が凜を養女として迎え入れてくれると……。そう話すのが一番無理がないだろうと圭子が言った……」と父。箸《はし》を動かしている凜を見た。凜はかすかにうなずく。

「お母さんが余命宣告されてしばらくして、その事を聞かされた……」と小さな声で言った。

「結果的に、凜に嘘をつく事になってしまってすまない。が、まだ中学生なのに身寄りがなくなるお前の事が心配だった。そして、私が圭子にしてやれる事は、凜の父親になる事しかなかったんだ。圭子の命を助ける事はもう出来なかったし……」

と父。その目が潤んでいる。赤く潤んだ目でぼんやりと天井を見上げた。凜が、箸を持っていない左手で目尻《めじり》をぬぐい鼻をすすった。

「お母さんが亡くなった後の凜は、大変だった。物が食べられないどころか、声も出なくなって……」

「声も出ない……」と僕。凜がうなずき、

「お父さんが、病院に連れて行ってくれた……」とつぶやいた。

「医師は、お母さんの看病と死による極度の心身疲労と診断し、薬を処方してくれた。凛は、3週間学校を休んだけど、なんとか中学に復学して卒業できたよ」

その頃を、僕はあらためて思い出していた。凛がうちに来る前の秋から冬、確かに父は忙しそうにしていた。外出する事も多かった。いま聞けば、その事情がわかった。

「お前たちが惹《ひ》かれ合っているのは、私も気づいていた。兄妹《きょうだい》の垣根をこえて恋愛感情を持ちはじめているのも感じていた」と父。

僕と凛の動きが止まった。父が気づいていたとは……。

「恋愛は自由だが、血の繋《つな》がった兄妹という事は、大きな障害になる。だから、そろそろ事実を打ち明けるべきかなと思っていたんだ」と言った。「少し遅すぎたかな？」

僕と凛は、顔を見合わせた。

そして思い返していた。凛と一緒に風呂《ふろ》に入った彼女の誕生日、父は一泊旅行に行った。娘の誕生日にわざわざ旅行に行かなくてもいいのに……。

あれは、もしかしたら僕らに気を遣っての一泊旅行だったのかもしれない。そんな事をふと考えていた。

ロースターでは、玉ネギの一切れが黒焦げになっている。

夜の海が、光っていた。

夜光虫が発生していて、海の中に青いライトを入れたようだった。

僕と凜は岸壁に立ち、そんな港の海面を眺めていた。舫《もや》ってある船が揺れると、蛍光ブルーの波紋が広がっていく。美しい光景だった。凜は、僕の胸に頭をあずけている。

「世界一のお父さん……」とつぶやいた。

「中一の初恋をえんえん引きずってる、世界一純情で世界一不器用な親父」

と僕。凜が、小さく笑い、

「でも、わたしにとっては最高のお父さん。産みの父親かどうかなんて関係なく……」と言った。

「けど……もしかして、気づいてたのか？　親父が産みの父親じゃない事に」僕は、訊《き》いた。

さっきの父の告白。凜がひどく驚いた表情をしていなかったように見えた。

「なんとなくだけど、そんな感じもあった……」

「なんとなく、か……。いつ頃から？」

「この家に来て、しばらくしてから……」凜は、軽くため息をついた。

「お母さんが癌で入院した時からこの家に来るまで、わたしボロボロだった。何も考えられなかった……。お父さんが言ってたけど、全く食べられなくなったり、声が出なくなったり……一時的に生理も止まってしまって……」と言った。自分でそう言っておきながら、頰を赤くした。その無防備さが、僕の心にしみた。

僕は、凜の肩を抱いた。中学3年で唯一の肉親を失った彼女の気持ちを想像していた。

「お母さんが余命宣告をうけて、そのあと、中町のお父さんが産みの父親だと聞いた……。その時は頭がぼうっとしたまま、その話を聞いてたわ。何も考える余裕がなかった」

とつぶやいた。

「……でも、この家にずっといられると分かって、ほっとした……。それから落ち着いた暮らしをはじめて、あらためて、これまでの事を思い出してた……」

「自分の両親について？」

「そう……。お母さんが生きてたあの頃、お父さんとお母さんは、いつも楽しそうに話してたわ。楽しそうだったけど、でも……恋人同士って感じかっていうと、ちょっとどうかな……」

「違う感じ？」

凜が、首を縦に振った。

「小学生、中学生だったわたしから見ても、少し違う感じがしてた」

「で……もしかしたら、うちの親父が産みの父親ではない可能性があると？」

凜は、かすかにうなずいた。

同時に、僕も胸の中でうなずいていた。僕らが血の繋がった兄妹でないかもしれない……。凜がそう感じていたとすると、なるほどと思える出来事……。

ハゼ釣りの取材で泊まった東京の高層ホテルで、ファーストキスをした。

台風の夜、僕のベッドに入ってきた。

沖縄では、ひどく恥ずかしそうにしながらも全裸になった。

そして誕生日、一緒に風呂に入り、僕の指を受け入れて……。

たとえ漠然とでも、血の繋がった兄妹ではない可能性を凜が感じていたら、そんな出来事がうなずける。

「嬉《うれ》しい……」と凜。僕の胸に顔を押し当てた。そして、ぐすぐすっと泣いていた。

うちの父が産みの父親ではなかった。それはそれとして、僕らに血の繋がりがない事がはっきりとした。

それは、僕らが正々堂々と恋人同士になれる、さらに将来、望めば結婚も出来る事を意味する。

それが嬉しいのだろう。凜は、僕の胸で泣き続けている。

混乱していた僕の頭も、だいぶクリアになってきた。そして、胸が熱くなっていた。これからは、遠慮なく凜を抱きしめられる……。その実感が湧き上がってきた。

僕は、凜の体に両手を回した。彼女がやっと泣きやんで、顔を上げた。海からの光が、涙で濡《ぬ》れた頰を照らしている。

僕らは、そっとキスをした。岸壁に舫っている船が小さな波に揺れ、蛍光ブルーの波紋が海面に広がっていく。岸壁を渡る海風が、火照った頰を撫《な》でていく。

「そうか……やっぱり」と誠。紙パックのコーヒーを飲みながら言った。

翌日の昼休み。僕は、誠に昨夜の事を話した。父が告白した事を、簡潔に説明した。誠は、聞き終わると、〈そうか……〉と言った。そして、

「しかし、よく考えると、いい親父さんだな」とつけ加えた。僕は、うなずく。

その時だった。僕のスマートフォンが鳴った。かけてきたのは、Nテレビの東海林さんだった。

「航一君、急ぎの話がある。放課後、会えないか」と言った。東海林さんにしては珍しく早口だった。


家に帰る。ちょうど、紺のBMWが釣り船の店の前に止まった。東海林さんが、車から降りてきた。ちらりと周囲を見回し、店に入ってきた。父はまだ釣り船の仕事中らしく、店には誰もいない。

「凜ちゃんは？」

「同級生と、逗子のマックに寄ってるみたいで」

「そうか。じゃ、とりあえず航一君に話そう」と東海林さん。「プロ野球のH監督、

知ってるよね」

僕は、うなずいた。日本中の誰でも知っているだろう、

「知り合いのフリーライターから情報が入ったんだが、H監督にいまトラブルが起こっている」

「トラブル……」

「そう。奥さんとの離婚騒動なんだ。明日《あした》発売される週刊誌で報道されるらしい」

東海林さんは、その週刊誌名を言った。これまで、いろいろな芸能人や政治家のスキャンダルを暴露してきた週刊誌だ。

「明日発売の記事では、H監督の離婚騒動がかなり大きく報じられるという。そして、H監督に隠し子がいると……。その隠し子がなんと凜ちゃんだというんだ」

34　おしゃべりラーメン

「それって……」

缶コーヒーを口に運ぼうとした僕の手が、思わず止まった。

「知ってるかもしれないが、H監督の奥さんは現役の女優さん。二人に子供はいない」と東海林さん。「この二人が不仲だという噂は、2年ぐらい前から流れてた」

「不仲……」

「ああ、明日発売される週刊誌によると、H監督夫妻は半年前から別居中。そして、いま離婚の話し合いに入っているという」

「原因は？」

「まあ、性格の不一致とか、すれ違い生活とか、そんなよくある話らしいが、最近出てきたのが隠し子の問題だという」

「……それが、凜？」

「ああ……18年ほど前のことだ。当時は現役のホームラン・バッターだったH監督は、ひどいスランプに陥ってしまった。打率も2割を切る状態で、ベンチにも入らなくなった」と東海林さん。マスコミに追い回されたH監督は、その夏、1ヵ月近く行方をくらましたという。

「スター選手の失踪《しっそう》だから、マスコミも騒いで、私も記憶してるよ。で、週刊誌によると、失踪していた約1ヵ月のうちの2週間は鎌倉の小さな町にいたという」

「腰越……」

と僕。東海林さんは、うなずいた。

「凜ちゃんが腰越で育った事を週刊誌が探り当てたらしい。そして、H監督が、凜ちゃんのお母さんがやっている民宿に泊まっていたことも……」

僕は、大きく息を吐いた。

「私も、まだ記事の詳細は知らないんだが、腰越にある中華食堂の店主がそのあたりを記者に明かしたという」

「もしかして、腰越ラーメン……」僕は、つぶやいた。腰越ラーメンで見たH監督のサインと写真を思い出していた。

「ああ、ラーメン屋かもしれない。その店主が喋《しゃべ》ったらしい。H監督が凜ちゃんのお母さんの民宿に泊まっていたと……」

「それで、監督とお母さんが？」

「それから先はあくまで推測だろうが、その時に監督とお母さんが親しくなったとしたら、凜ちゃんが監督の隠し子だという可能性がある……記事にはそう書かれているようだ。凜ちゃんがいま17歳という事を考えると、あり得る推測かもしれない」

と東海林さん。僕は、かすかにうなずいた。お母さんの命日に、凜と腰越を訪れたときの事を、手短かに話した。

「そうか……。当時のH監督が、追いかけてくるマスコミから逃げるために、2週間ほど腰越に滞在してたのは事実なんだね……」

「そうらしいです」

「もしよかったら、教えてくれないか。凜ちゃんの出生に関して、知っている事を」

と東海林さん。僕はしばらく考えた。が、東海林さんには、わかっている事を話しておいた方がいいと思えた。僕は、話しはじめた。

「なるほど……」と東海林さん。「いまのお父さんは、凜ちゃんの産みの父親ではないんだ……。もちろん絶対に他言しないけどね」

僕は、うなずいた。

「それじゃ、ずばり訊《き》くけど、凜ちゃん本人は、自分の産みの父親が誰だか知らないのかな？」

「そう思います。産みの父親について、お母さんから何も聞かされてないようだし」

「……そうか」と東海林さんは、軽くため息。

「そうなると、自分がH監督の隠し子などではないと主張する根拠もないのかな……。凜ちゃんの口から、監督の名前が出たことは？」

僕は、首を横に振った。

「全くないですね」そして、「今後は、どんな事に？」と訊いた。

「隠し子について、H監督はもちろん否定するだろう。週刊誌の方も、監督に隠し子がいるという確かな証拠を握ってはいないようだ。今のところ憶測の記事に過ぎないが、世間は注目はするだろう」

と東海林さん。

「H監督はもちろん有名人だが、凜ちゃんも、いまや国民的な人気があるからね。その組み合わせが、ミーハー的な興味を引くのは確実だな」

「マスコミが、追いかけてくる？……テレビや雑誌が？」

「いや、テレビは凜ちゃんを追いかけないよ」東海林さんは、きっぱりと言った。

「テレビ局、つまり民放の経営は、どうやって成り立っていると思う？」と東海林さん。僕は、一瞬、無言。

「考えるまでもなく、提供スポンサーから出稿されるコマーシャルの放映料が民放を支えているわけだ」

なるほど……。

「凜ちゃんは、M食品〈チャージ〉の、いわばキャラクター・ガールだ。そして、コマーシャルはまだ流れている」

確かに、凜が出ている〈チャージ〉のCMはまだ流れている。〈チャージ〉の売れ行きは相変わらず好調らしい。

「そんな凜ちゃんをテレビ局が追いかけ回して、M食品サイドが怒ったらどうなる？」

「CMを流すのをやめる……」

「その通り。凛ちゃんを追いかけてるテレビ局では〈チャージ〉のCMを流さなくなるだろう。そうしたら、テレビ局にとっては何千万、今後を考えると何億円という収入を失う可能性がある。M食品は、今後も凛ちゃんをCMのキャラクターに起用するらしいから」

「そうか……」僕は、つぶやいた。

「どの民放も、そんなリスクを冒《おか》してまで凛ちゃんを追いかけたりしないよ。H監督の方はかなり追いかけると思うが……」と東海林さん。「ただ……」

「ただ？」

「M食品の広告が出稿されていないスポーツ紙や週刊誌は、凛ちゃんを追いかけてくるだろうね。絶好のネタだから」

そのとき、東海林さんのスマートフォンに着信。メールらしい。それをちらりと見て、

「局に戻らなきゃならない。もし、凛ちゃんへのマスコミの攻勢がひどいようなら、すぐ連絡をくれるかな？」

東海林さんは、立ち上がった。

「その人の名前は聞いた事がある」と凜。「腰越ラーメンにその人のサインが飾ってあるでしょう？　で、ラーメン屋のオジサンから、ちらっと名前を聞いた事がある……」と言った。

凜が家に帰って来て30分。さっき東海林さんから聞いた事を話したところだった。

「そのH監督が、お母さんの民宿に泊まってたと聞いた事はあるか？」訊くと、首を横に振った。

「一度も聞いた事がない……」と凜。彼女が子供だった頃から、お母さんの民宿に、スポーツ選手や大学の運動部員が合宿のように泊まることはあったという。近くの砂浜を走ったりしてトレーニングするために……。

「でも、お母さんからその人の名前を聞いた事ないわ」と凜は言った。

そこで、父が口を開いた。

「H監督は、確か二十代の半ばで結婚したはずだ。相手の女優さんはかなり人気のある人だったたな」

さすがに野球ファン。かなり詳しい。

「彼が、スランプになったのは、結婚から4、5年たった30歳ぐらいのときだった。確かに全くホームランもヒットも打てなくなって、しばらく試合に出場しなかったと思う。そのスランプのときに、腰越に身を隠していたとは……」

「凜のお母さんから彼の名前を聞いた事は?」僕は父に訊いた。

「ないな。もしH監督が圭子の民宿にひっそりと泊まっていたとしても、私が圭子と再会する3年以上前の事だし……」と父。少し複雑な表情でいる。

「どうしよう……」

凜が、か細い声で言った。夕食をつくる手が止まっている。

「心配するな。お前には何の責任もないんだから」父が凜に笑顔を見せた。そして、凜の肩にそっと手を置いた……。

馬鹿野郎……。僕は、胸の中でつぶやいていた。

翌日の早朝。僕は、コンビニで例の週刊誌を買った。家に帰りページをめくっていた。それは、トップの記事になっていた。

〈H監督、離婚の危機！〉

〈隠し子、発覚か〉

〈それは、あの釣り少女の凜ちゃん⁉〉

そんな見出しが目に飛び込んできた。

記事をざっと読む。

〈かねて不仲説が流れていたH監督夫妻だが、半年前から別居している事が判明〉

〈離婚に向けての協議に入っているようだ〉

〈その過程で浮上したのがH監督の隠し子問題〉

〈約18年前、現役の選手だった監督はシーズン初めから深刻なスランプに〉

〈約1カ月、ベンチ入りもせず、姿を消していた〉

〈その1カ月の前半は、球団のキャンプ地である宮崎のホテルに1人で滞在〉

〈そこをマスコミに嗅《か》ぎつけられたH監督は宮崎から姿を消した〉

〈その後の2週間、鎌倉市腰越にある民宿にひとり身を潜めていた、家族にも滞在先を明かさず……。だが、つい最近、その事実を夫人が確認し、本誌に明かした〉

とある。H監督の夫人が、調査会社を使い、それを突き止めたと書かれている。腰越の民宿は、以前、同じチームの若手選手が滞在した事があり、その紹介だったと…

…。

そこで、

〈当時を知る有力な証言が〉として、〈腰越ラーメンの店主、濱田《はまだ》一郎〉の名前が出てきた。彼が監督と店の前で撮ったあの写真もページに掲載されている。

〈H監督は、ここ腰越の民宿に2週間ほど泊まってましたね。そう、あの凜ちゃんのお母さん圭子さんが一人でやってた民宿ですよ〉

〈当時、その民宿に泊まっていたのはHさんただ一人です。圭子さんとはかなり仲よさそうにしてましたね……。濱田さんはそう語る〉

〈凜ちゃんは現在17歳。そのときに出来た子供だという可能性は否定できない〉

〈なお、お母さんの圭子さんは一昨年《おととし》に悪性の癌で亡くなっているが、凜ちゃんはいまや人気の釣り少女。「生きてて良かった」のCMで大ブレーク中〉

〈監督夫人としては、凜ちゃんが監督の隠し子だと証明したい模様〉

〈この離婚協議、隠し子騒動は今後どんな展開を見せるのか……〉

そんな内容だった。まず読み取れる事……。H監督の夫人は、監督に隠し子がいた事を認めさせて、離婚の協議を有利に進めたい。

そして、腰越ラーメン店主の発言が効《き》いているのも事実だった。記事の最後、

「凜ちゃんがH監督の娘だとしても、私は驚きませんがね。凜ちゃんのお母さん圭子さんは、きれいな人だったし……」と腰越ラーメン店主のコメント。雑誌に名前や顔が出るのが嬉《うれ》しくて、ペラペラ喋《しゃべ》ったようだ。

「おしゃべりオヤジが……」僕はまたつぶやいていた。


「こんな……」と凜。週刊誌のページをめくる手が、小刻みに震えている。いまにも泣き出しそうだ。

「でも、凜は正々堂々としてればいいよ」と父が言った。

「学校に行って大丈夫かなぁ……」と凜。

「学校を休んだりしたら、やましい所があるみたいだから、行った方がいい。何かあってもおれがいるし」僕は言った。


まずいな……。僕は、胸の中でつぶやいた。

校門が見えるところまで来た。が、校門の前には30人ほどの男達がいる。スポーツ紙や週刊誌の連中らしい。カメラを持ったやつも多い。

「こっちだ！」

僕は、凜の手を引っ張った。学校の裏手に通用門がある。そっちに走りはじめた。後ろで、何か叫ぶ声。やつらが、凜に気づいた。一斉に追いかけてくる。僕は、凜の手を引っ張って走る！

35　二人だけの逃避行

が、凛は走るのが遅い。通用門まで6、7メートルのところで、連中に追いつかれてしまった。

「凛ちゃん！　H監督はお父さんなんですか!?」の声！

連中が僕らを取り囲む。僕は顔を伏せた凛を守りながら、取り囲んだ連中をかき分けていく。カメラが容赦なく向けられ、シャッターが続けざまに切られる。

「H監督はお父さんですか!?」

「どうなんですか!?」

の声が、矢継ぎ早に浴びせられる。僕は、凛をかばいながら、やっと通用門から校内に入った。早足で、校舎の中へ！

廊下に駆け込んだところで、凛が転んだ。つまずいて前のめりに廊下に転んだ。あわてていたので、かなりの勢いで、顔を廊下の床に打ちつけたようだ。目を閉じて倒れている。動かない。

「大丈夫か！」と僕。しばらくして凛は、

「なんとか……」とかすかな声で答えた。うつ伏せに倒れて、まだ起き上がれない。

20分後。僕らは、保健室にいた。ほかには、誰もいない。凛は、ベッドに寝ていた。額に小さなすりむき傷が出来ている。唇をかんで何かに耐えている。その目尻《めじり》には、涙がにじんでいた。

「ショックだったか……」

「……少しは覚悟してたけど……」

そうつぶやくと、凛はゆっくりと上半身を起こした。ベッドからおりた。そのとき、少しふらついた。

「あ、トイレ行きたい……。トイレの前まで、ついて来てくれる？」頬を赤く染めて、凛が言った。僕はうなずく。

た。

　1時限目がはじまっているので、誰もいない。僕と凜は、トイレの方に歩きはじめた。

　廊下に出た。

　廊下の角を曲がると女子トイレだ。その角を曲がったとたん、1人の男と鉢合わせした。

　背の低い中年男。手にはカメラを持っている。凜にカメラを向けようとした。

　僕は、やつの胸ぐらをつかんだ。廊下の壁に押しつけた。凜に、目で、〈トイレに入れ！〉と言った。凜は、素早くトイレに駆け込む。

　壁に押しつけられた男は、もがく。が、体格が貧弱だ。ただ、もがいている。僕は、左手でやつの襟をつかんで、右の拳《こぶし》をかためた。

「暴力はやめろ！　警察ざたになるぞ」と相手。

「よく言うよ。あんた学校関係者じゃないのに、校内に侵入した。警察ざたになって困るのはそっちだろう」と僕。右の拳を叩《たた》きつけようとした。

「やめてくれ！」と相手。手で自分の顔をかばう。その場にしゃがみ込んでしまった。

「やめてくれ！　見逃してくれ！　おれだって好きでやってるわけじゃないんだ。金のために……」と相手。しゃがみ込み、両手で顔をかばっている。

やがて、僕は、構えていた拳をおろした。殴る気も失《う》せていた。

「このゴキブリ！」と言い相手の尻《しり》を軽く蹴《け》った。やつは、あわてて立ち上がる。転がるように、廊下を走り去って行った。

しばらくして、トイレのドアが少し開き凜が顔を見せた。

「大丈夫。追い払った」と言うと凜が出てきた。僕は、その肩を抱いた。


「そうか、やはり……」

と東海林さんが言った。2時限が、はじまろうとしていた。凜は、自分の教室に入って行った。僕は、東海林さんに電話をかけ、状況を説明したところだった。

「わかった。下校時までになんとかいい手を考えるよ。決まったらすぐ連絡する」


「しつこいな」と誠がつぶやいた。

6時限目が、終わったところだった。僕、凜、誠の3人は、二階の窓から校庭とその向こうの校門を見ていた。

校門の外には、相変わらずカメラを持った連中が20人ほどいる。凜が出て来るのを待ちかまえている。

バンド仲間の洋次が早足でやってきた。

「通用門にも、10人ぐらいいるぜ」と言った。偵察してきてくれたのだ。

部活のない生徒たちは、校門を出ていく。その両側には、カメラを持った連中が並んでいる。

少しでも、背たけや髪型が凜に似ている子がいると、やつらはカメラを持って近づく。カメラを向けられた子は、早足で逃げていく。

「みんなに迷惑かけちゃってる……」凜が、表情を曇らせ、か細い声でつぶやいた。

「来た」僕は言った。

校門の前に、大きな車が止まった。テレビの中継車。しかもNテレビの中継車だ。車から、カメラをかついだスタッフがおりてきた。

校門の前にいた連中が、緊張した顔になる。凜といえば、Nテレビ。その中継車が来たということは、凜が校門に姿を現わす……。そう思って当然だろう。

「通用門を見てきてくれ」僕は、洋次に言った。やつが、一階におりていく。2分ほどで、洋次からスマートフォンに着信。

「通用門には、誰もいないぜ」

「わかった」

通用門を見張っていた連中も、みな急いで校門の方に行ったらしい。東海林さんが考えた陽動作戦は成功したようだ。

「行こう」僕は、凜の肩を叩いた。窓ぎわから離れた。二階の廊下から、階段をおりる。一階におりたところで、凜の担任、守部と鉢合わせした。

「学校に迷惑がかかるから、しばらく登校しません」僕は、早口で言った。

「……あ、それは……」と守部。完全にうろたえている。もともと気が小さい教師だ。

そんな守部は無視。僕らは、通用門に行く。洋次が外を見ている。

ちょうど、東海林さんのＢＭＷが走ってきて、通用門の前に止まった。打ち合わせ通りだった。

「じゃ、ずらかるわ」僕は、洋次に言った。凜と、車に乗り込んだ。ミラーの中で、学校が遠ざかっていく。

「油壺《あぶらつぼ》?」

僕は、訊《き》き返した。東海林さんが、スマートフォンを持ったままうなずいた。

逗子海岸の端。海に面した駐車場に僕らはいた。停めた車の外にいた。夕方の陽射しに僕らの影が長い。

東海林さんは、さっきから忙しく電話でやりとりをしている。その話が、やっと終わったところだった。

「油壺湾の奥に行った事は?」と東海林さん。僕は、うなずいた。

超大型の台風が来た場合、うちの港の船は、油壺湾に避難するのだ。

油壺湾は、奥が深く入り組んだ地形になっている。湾の奥までは波やうねりが入って来る事が少ない。なので、海が大荒れになるときは、その湾奥に船を避難させるのだ。

「油壺の一番湾奥にある別荘、見た事があるかな? コンクリート二階建てで、ペパーミント色の別荘だ」

と東海林さん。僕は、うなずいた。

その別荘なら、見覚えがある。特徴的なデザインと色だからだ。

「あれは、M食品の酒井CEOの別荘なんだ」と東海林さん。「酒井さんは、仕事の疲れを休めるために、あの別荘を作ったらしい」

　僕は、うなずいた。入り組んだ油壺湾の湾奥……隠れ家のようにひっそりとある別荘は、大企業の最高責任者が疲れを癒《いや》すのには向いている。

「いまの凜ちゃんには、身を隠すところが必要だ。そこで、すぐあの別荘を思いついた」と東海林さん。「一度だけ、酒井さんに招待された事があるんだが、あそこなら、少しの間、身を隠すにはうってつけだ」

　僕も、その別荘を思い起こしてうなずいた。

「酒井さんに相談したら、ぜひ使ってくれという。彼も凜ちゃんの事を心配してるんだ」

　と東海林さん。

「今日中に、M食品の社員が行って、当面の食料などを別荘に運び込んでくれる」と言った。東海林さんが電話で忙しくやりとりしてたのは、その事だったらしい。

「で、葉山の家の方はどうかな。騒ぎになってないか？」

　と東海林さん。僕は、家に電話してみた。父が出た。

「10人以上のマスコミが店の外に来ていたが、引き取ってもらった」

「……どうやって？」

「凜はいないと言っても引き下がらないんで、ホースで水をかけてやった」と父。

「そしたら、さっき急に姿を消した」と言った。

ホースで水を……。だが、父の口調は淡々としていた。

マスコミの連中は、家をあきらめて、高校の方に駆けつけたのかもしれない。

「オーケー、じゃ、家に送ろう」と東海林さん。車のドアを開けた。


「親切なんですね」僕は助手席で言った。車は、夕方の海岸道路を走っていた。凜は、リアシートでうとうとしている。

「彼女、凜ちゃんを人気者にしたのは確かに私達だが、彼女をこんな目に遭わせたのも私達だ」

「責任感？」

「うーん……。というより、当然の事だよ」と東海林さん。「テレビ局の人間というと、スマートだがやや軽薄というイメージを持たれがちだ。もちろんそういう社員はいる。が、すべてがそうじゃない」

信号ストップ。

「たとえばの話、高校生がすべてスマホでのゲームなどに夢中かというと、そんな事はない。現に凜ちゃんみたいな女子高生もいるわけだ。世の中、実は例外だらけ。そういう事だろうね」

微笑して、東海林さんが言った。そしてアクセルを踏む。車は、また黄昏《たそがれ》の海岸道路を走っていく。

「H監督！」という声が、テレビから聞こえた。デイパックに服を入れていた僕は、思わずテレビを見た。夕方のニュース。H監督に、テレビのレポーターがマイクを向けていた。彼が自宅から車に乗り込もうとしているところだ。

「離婚協議に入っているんですか⁉」とレポーター。

「その件は、近々話します」と監督。

「隠し子の事は、本当なんですか⁉」とレポーター。

「馬鹿馬鹿しい」と監督。それだけ言うと車に乗り込む。大勢のレポーターたちをおし分けるように、車はゆっくりと走り出した。

ふと気づくと、凜もバッグに服を入れながらテレビを見ていた。

「服は、多めに持っていけよ」と僕。「油壷に何日いる事になるか、わからないから」と凜に言った。しばらくすると父がそっと僕を呼んだ。封筒に入ったお金を渡した。

「くれぐれも凜を頼む……」とだけ言った。僕は、うなずいて封筒を受け取った。

「お兄ちゃん、大変だ」と凜。「この台所、ガスコンロがない！」と言った。油壷の別荘に着いた5分後だった。

36　人生でただ一度の出会いかもしれない

朝8時に葉山を出港。

順調に航海して油壺湾に入った。湾の一番奥。目的の別荘には、しっかりとした桟橋がある。そこに船を舫《もや》い、別荘に荷物を運び込んだところだった。

広いキッチン。それを見て、凜が声を上げたのだ。

〈台所に、ガスコンロがない！〉と……。そして、

「コンロ、盗まれたのかなぁ」と言った。

凜は、口を半開きにして、まっ平らな調理台を見ている。やがて、僕は苦笑い。

「あのさ、これ、IHクッキングヒーターっていって、電力で煮炊きが出来るんだよ」と言った。誰かの家で見た事がある。が、凜にとっては、未知のものらしい。

「電力で……」と凜。口をぽかんと開いて、まっ平らなＩＨヒーターを見ている。まだ理解出来ないようだ。僕は、ヤカンに水を入れＩＨにのせた。スイッチ、オン。やがて、ヤカンの水が沸きはじめた。

「はぁ……」と凜。不思議そうにそれを見ている。

「すごい……」と凜。冷蔵庫を開けて言った。冷蔵庫はアメリカ製で、見た事がないほど大きい。肉、野菜、飲み物などがぎっしり入っている。グレープフルーツやパパイヤまである。かなり気をきかせてくれたらしい。

「なんか外国に来たみたい……」凜がつぶやいた。


秀美から電話がきたのは、夜の8時過ぎだった。とりあえずステーキを焼いてサラダを作り、夕食をすませた。凜は、風呂《ふろ》に入っているところだ。

「どう、逃亡生活は？」と秀美。

「なんとかなってるよ。連中は、今日も学校に？」

「校門で、リンリンを張り込んでるわ」

「そうか……」

「それはそれとして、かなり驚いたわ、航一とリンリンの事。血の繋《つな》がりがなかったのね……」

「誰に聞いた？」

「誠君。わたしが無理やり訊《き》き出したから、彼を責めないで。でも……なんとなく感じてた事が的中したわ」

「感じてた？」

「そう。話したでしょ。去年の秋、リンリンに泣きつかれた事……お兄ちゃんを取らないでって……」

「ああ……」僕は、コーヒーを手につぶやいた。

「あのときのリンリンの様子、はっきりと覚えてるんだけど、あれは〈わたしの恋人を取らないで〉って必死に訴えてる目だったわ。お兄ちゃんじゃなくて、恋人……。リンリン本人が、航一と血の繋がりがないかも……と感じてたら、あの必死さもうなずけるわ」

「まあ……」僕はコーヒーに口をつけた。

「この騒ぎがどうなるか誰にもわからないけど、一つだけわかってる事がある……」

「それは？」

「リンリンみたいに純粋で無垢《むく》な女の子、世界中探してもいないと思う。少し羨望《せんぼう》を感じるほど……。彼女を絶対に離しちゃだめよ。人生でただ一度の出会いかもしれない」

「わかった……ありがとう」

「うん、また連絡するわ。学校の状況を知りたければ、いつでも電話して」

そう言って電話は終わった。〈相変わらず、いい女っぷり〉と僕は胸の中でつぶやいていた。人生でただ一度の出会い、か……。僕は、S・ワンダーが歌った〈For《フォー・》 Once《ワンス・》 In《イン・》 My《マイ・》 Life《ライフ》〉という曲を思い出していた。

さすがに、このところの疲れが出たのか、凜は9時過ぎにベッドで寝息をたてていた。

「暑いな。泳ごうぜ」僕は言った。

2日後。朝から気温が高い。9月初めだから、驚く事もないのだが……。

僕と凜は、水着姿になり別荘の前で泳ぎはじめた。別荘の前には狭い砂浜がある。澄んだ海水は、まだ真夏の温度だった。まわりの木立からは、セミの鳴き声が切れ間なく聞こえていた。

奥まった入江に人の姿はない。僕らは、2匹のラッコのように浅瀬で泳いだ。ときには抱き合い短いキスをした。遅れてきた夏休みという感じだった。水から上がると、並んで桟橋に寝転がった。シオカラトンボが、つーっと視界をよぎっていく。

「ずっと、こうしてたい……」と凜がつぶやいた。

それは、簡単な昼食を食べているときだった。凜が、何かもじもじしている。

「どうした？」と訊いた。

「あの……ラインしていい？」と凜。どうやら、口に出すのが恥ずかしい事らしい。

僕は、うなずいた。凜は、二階に上がっていった。僕は、あのときを思い出していた。

〈一緒にお風呂に入りたい〉と凜がメールしてきたときの事を……。

やがて、ラインがきた。

〈本当の恋人になりたいです〉とあり、冷や汗をかいている顔の絵がついている。

〈本当の恋人になる〉とは……つまり……そういう事なんだろう。

いまの僕らに、そうなっていけない理由はない。僕は、〈いいよ〉と返した。

午後2時過ぎ。僕は短い昼寝から目覚めた。ベッドから出て、窓ぎわに行った。見下ろす砂浜に、凜がいた。水着姿。自撮り棒にセットしたスマートフォンを手にしている。

凜は、あたりを見回す。誰もいないのを確かめているようだ。

やがて、ゆっくりと水着を脱ぎはじめた。二階の窓から僕が見ているのには気づいてないらしい。

少し苦労した様子で濡《ぬ》れたワンピースの水着を脱ぎ、裸になった。僕からは、斜め後ろ姿が見える。

手脚はココアのような色に陽灼《ひや》けしている。水着の灼けあとは、むいた茹《ゆ》で玉子のようにすべすべと白い。白い水着をつけているようだった。

肩や腕、ウエストなどはほっそりとしている。腰の幅も、大人のものではない。まだ傷つきやすさを感じさせる少女の躰《からだ》だった。

凜は、自撮り棒を目一杯伸ばす。そして、自分を撮りはじめた。

もしかしたら、と僕は思った。彼女は、今夜、僕とひとつになる決心をしている。

だから、ヴァージンでいる最後の姿を撮っておきたいのかもしれない……。

僕のそんな想像は、それほどはずれていない気がした。

砂浜に裸で立っている凜。その細い影が砂地に伸びている。セミの鳴き声が、シャワーのように彼女に降り注いでいる。


キャベツを刻む音がしていた。

凜は、キッチンで夕食の支度をしている。冷蔵庫には、クレソンやチコリなど、洒落《しゃれ》た野菜もある。が、凜にはその使い方がわからないのかもしれない。とりあえず、キャベツを切っている。

見れば、凜はあのTシャツを着ている。

初めて、二人で、横須賀のユニクロに行った。そのとき、僕が選んでやったTシャツだ。買ったのに、ずっと箪笥《たんす》にしまってあった薄いブルーのTシャツ。それを着て、包丁を使っている。

凜が、ふと包丁を置いた。トイレの方に行った。しばらくして戻ってきた。また、包丁を手にした。が、じっと動かない。肩を落として、うつ向いている……。やがて、「わたし、ついてない……。予定より早く生理が来ちゃった」しょんぼりとした声で言った。

少しして、僕は立ち上がる。凜の肩に手を置いた。

「気にするなよ。おれたちには、いくらでも時間があるんだから」と言った。

凜は、小さくうなずき、目尻《めじり》をぬぐった。

パチパチと木が燃えている。

夕食のあと、僕らは砂浜で焚《た》き火をしていた。

あたりには、流木がたくさんあった。入江の一番奥にあるせいで、多くの流木が流れ着いたのだろう。そんな流木の中で、よく乾燥したものを選び、焚き火をしていた。

夜になると、さすがに気温がかなり下がる。僕らは、ヨットパーカーを羽織っていた。

僕は、家から持ってきたギターを軽く弾いていた。

とりあえず、〈In My Life〉のコードを弾き、口ずさんでいた。

東海林さんの紹介で、音楽出版社のプロデューサーとは、すでに会った。〈自信作が出来たら、いつでも持ってきてくれ〉と言われていた。

けれど、自信作というほどの曲はまだ出来ていない。急ぐ事はないだろう。まだ、高校生なのだから。

ビートルズの曲をやっている僕の肩に、凜の頭がのっている。曲が終わると、

「お兄ちゃんが唄《うた》う声、好き……」と凜がつぶやいた。

僕は、少し照れて、なんとなくC_7のコードを弾いた。

「……今日、ごめんね」凜が、ふと言った。予定より早く生理が来てしまった事だろう。

「気にするなよ。というより……よかったじゃないか」と僕。Dmのコードを弾いた。

「お母さんが亡くなったあと、一時的にそれが止まっちゃったって言ってただろう？」

凜が、小さくうなずいた。

「そのときのひどい状況を考えれば、ちゃんと来るだけいいじゃないか。体調が戻ったって事だから……」僕は言った。それは、嘘ではない。

「ありがとう……」

凜が僕の肩に顔を押しつけた。ぐすっという声。なま温かいものを肩に感じた。目の前では、流木が燃えている。近くの茂みでは、シーシーという虫の鳴き声がしていた。夏が過ぎていく……。


その2日後だった。朝の8時過ぎ。卵とベーコンの朝食をとっていると、僕のスマートフォンに着信。東海林さんからだった。

「テレビ、つけてる？」

「いや……」

「つけてみたら」と東海林さん。僕は、一度電話を切る。リビング・ダイニングにある大型テレビをつけた。朝のニュースショーをやっている。

〈H監督夫人に不倫疑惑！〉の文字が、画面一杯に映っていた。

37　過剰反応

キャスターが興奮ぎみにしゃべっている。

〈H監督の夫婦が現在別居中である事はすでに知られている〉

〈二人は、離婚に向けて協議中とされていた〉

〈監督夫人は、現在、自宅を出て麻布《あざぶ》のマンションで暮らしている〉

〈そのマンションから、朝の6時に人気俳優（45歳）が出てくるのを写真週刊誌がとらえた〉

〈その俳優は、4カ月前に公開された映画で、監督夫人と夫婦役で共演……〉

ざっと言えば、そんなニュースだ。写真週刊誌に載った写真も画面に映る。マンションらしいエントランス。一人の中年男性が出てくる画像だった。

そこまで観て、僕は東海林さんに電話した。

「私も、さっき報道局の連中に確かめたんだが、この噂は3カ月ほど前からあったらしい」

「へえ……」

「その決定的な瞬間を、張り込んでいた写真週刊誌がスクープしたという事だな」と東海林さん。「はっきり言ってしまえば、よくある芸能人のスキャンダルだがね……」

と苦笑している雰囲気。

「なんか、うんざりしてません？」僕はつい言っていた。

「確かに、うんざりしてるよ。テレビ局に入って以来、何十回となく見てきた事だからね……。ただ、凜ちゃんにとっては、逆に幸いかもしれない」

「幸い？」

「ああ、この先しばらく、マスコミは一斉にこの不倫疑惑を追いかけるよ。本当かどうか確証のない隠し子問題などより、こっちの方が面白いし、何倍も視聴率を稼げる」

「そうか……」

「監督夫人は離婚の協議中だし、相手の人気俳優には妻子がある。２人とも、簡単に関係を認めるわけがない。が、写真はスクープされてしまった。となると事態はドロ沼化するだろう」と東海林さん。「ドロ沼化するほどニュースとしては刺激的になる。そして視聴者は喜ぶ」

そう言い、また苦笑している雰囲気。

「今後、マスコミも世間の目も、そっちに集中するだろう。だが、君たちは大人のドロドロしたスキャンダルなど放っておけばいい。そろそろ、油壺に隠れている必要がなくなるかもしれないな……」

東海林さんは言った。

しばらくすると、〈週刊釣りダイジェスト〉の榊原さんから電話がきた。

「そっちは大変だね。凜ちゃん、またうちの雑誌に出てもらおうと思ってたんだけど、いましばらくは無理かな……。マスコミの連中が押し寄せてるんだろう？」

「ええ……。でも、東海林さんがいろいろ親切にしてくれてて……」

「そうか……。でも、わかるよ。東海林さんにとって、凜ちゃんは特別な存在だからね」

「特別な？」

僕は訊《き》いた。榊原さんは、少し無言でいた。やがて、

「実は、東海林さん、Nテレビを辞めるつもりだったんだ」

「辞める……」

「ああ。彼は、高い水準のドキュメンタリー番組を作る夢を抱いてテレビ局に入った。だけど、いつまでたっても、思うようなドキュメンタリーは作れなくて、もう辞めようと思ってたようだ。ああ見えて、かなり一本気な性格だから」

「へえ……」

「そんな時に凜ちゃんと出会ったんだ。その後しばらくして、彼は言ってたよ。もう少しテレビ局で仕事をしてみようかと……」

榊原さんは、ひと息つく。

「凜ちゃんも、東海林さんとの出会いで人生が少し変わったと思うけど、東海林さんにとっては凜ちゃんとの出会いが大きな人生のターニングポイントになった、それは確かだね」

榊原さんは言った。僕は、ふと思い出していた。さっきの電話。監督夫人のスキャンダルについてしゃべっている時の東海林さんの、うんざりした口調を……。

その事を話すと、榊原さんは苦笑い。

「まあ、彼が一番嫌いなたぐいの話かもしれないね。テレビ局の社員だから、自分たちがそんな騒動を煽《あお》っているのは分かっていながらも、同時にうんざりしてるって所かな……。私だって、釣り雑誌の仕事をしていても、一部の釣り人のマナーには嫌になる時もあるよ、正直言って」

「……仕事って、いろいろ大変なんですね」と僕。

「そうなんだけど……まあ、みんな多かれ少なかれ、矛盾や悩みを抱えて仕事をしてるんだろうね」

榊原さんは、少し、しみじみとした声で言った。

僕はスマートフォンを手にして、ふと無言になった。心に抱く夢とか、矛盾とか悩みとか、人生のターニングポイントとか……。それらを、自分にとってリアルなものとして考えはじめていた。

翌日、夕方、誠に電話してみると、

「もう、マスコミの連中は学校に来てないよ。昨日で姿を消した」

「やはり、そうか」僕は、つぶやいた。やはり、連中は不倫疑惑の方を追いかけはじめたらしい。

「もう、リンリン登校しても大丈夫だと思うぜ」と誠。僕は、礼を言い電話を切った。

　確かに、そう長く学校を休んでいるのもまずい。釣り船の仕事も休んではいられない。

　翌日、僕は学校に電話した。凜の担任、守部と話しはじめた。来週の月曜から登校すると伝えた。

「それはそれとして、日曜に緊急の保護者会が開かれる事になった」

「緊急の保護者会？」

「ああ、今回の一連の不祥事について話し合うために」

「不祥事……」

「そう。もちろん凜君に関する騒動だよ。一部の生徒から、今回の件に関する非難の声が上がっている。保護者の中からも、〈どうなってるんだ〉という声が届いている。われわれ学校側としても、この状態を放置する事はできない。そこで緊急保護者会を開いて話し合いをすることになった」

と守部は言った。

「一部の生徒って？」

僕は、秀美に訊いた。

守部と話したあと、彼女に電話をかけたところだった。僕は、さっきのやりとりを簡単に話す。

「確か、モリベエのやつが〈一部の生徒〉と言ってたな……」

担任の守部は、生徒たちから馬鹿にされていて、〈モリベエ〉と呼ばれている。

「そうね……。ほとんどの生徒達は、マスコミが学校に押し寄せたこの騒ぎを〈やばいよ〉とか言って実は面白がってるくせに、口先ではそれを非難してる子っているみたい。確かに、ごく一部だと思うけど」

「で、緊急保護者会か……」

「そうみたい。保護者たちの中にも、リンリンがああしてメディアの人気者になってる事を面白くないと思ってる人もいるんじゃない？」と秀美。「大人だ保護者だといっても、しょせんそんな人はいるでしょうね。中には、この騒ぎに過剰反応して、リンリンに対する厳しい処分を要求してる保護者もいるとか……」

「厳しい処分……何の理由で……H監督の噂？」

「それによる騒動、あと、リンリンの産みの父親が誰なのかわからない。その事を非難してる保護者もいるらしいわ」

「余計なお世話だ……」

「わたしもそう思う。そういう人って、自分が持ってる偽善性に気づいていないんだと思う……。自分の中にも実はよからぬ願望があるのに、有名人の不倫などには厳しい目を向け、もったいぶった倫理感を振り回す……そんな大人ってよくいるじゃない？」と秀美は苦笑い。彼女らしい言葉だった。

「確かに……」

「とにかく、その緊急保護者会にはリンリン本人や航一も出た方がいいと思うわ。校長はともかく、教頭も担任のモリベエも、自分の保身しか考えてない人達でしょう。保護者の顔色ばかりうかがってて……。だから、そういう過剰反応した保護者に、押し切られてしまう可能性もないとは言えないわ」

「そうかもな……」

「へたすると、欠席裁判になりかねないわ」

「でも、凜やおれは呼ばれてないみたいだぜ」

「わたしから、生徒会長として校長先生に話しておくわよ。そんな大事な場に本人を呼ばないのは、おかしいって……。それはそれとして、リンリン、大丈夫かしら……。場合によっては、保護者から厳しい発言がでるかも……。あの子、気が弱いからちょっと心配」

「その辺は、おれが何とかするよ」

「そうね、頑張って」

「わたしを処分？」と凜。パステルを動かしながら言った。

午前11時。別荘の前の桟橋に僕らはいた。午後になれば、船の舫《もや》いをとき、油壺を後にする予定だった。

それを惜しむかのように、凜は桟橋に腰掛けスケッチをしていた。僕としばらく過ごした別荘と、その周辺の風景を描いている。手を動かしながら、

「学校にいられなくなるのかなぁ……」とつぶやいた。

僕は、思い出していた。まだ中学校の制服を着てうちにきた凜の姿を……。

お母さんが亡くなってしまった後、目の前は暗闇で、自分の将来など考えられない状況だったのだろう。

だから、初めて高校の制服を着て登校する時は、無邪気に喜んでいた。あの日の姿を、僕は鮮明に思い出していた。

「そんな心配、しなくていいよ」僕は言った。凜は、黙々とパステルを使っている。

凜が描く絵は、独特だ。

普通、海はただ青く塗るだろう。が、いま、凜は別荘の前の海をブルー・グリーンに塗っていた。

それは、リアルな色調だった。海は、周囲の木立を映して緑がかったブルーだ。先入観ではなく、正直に見たままを描いているのだ。

僕は、凜のお母さんの事を思い出していた。

あの稲村あさきさんが言っていた、不器用だが一途《いちず》だったお母さん……。その血は、凜に受け継がれているらしい。

「もし退学になっても、わたし、お兄ちゃんと一緒ならそれでいい」と凜。

僕は、無言でいた。凜が、美術系の大学に進む夢を持っているのは知っていた。高校2年生のいま、その学費がかなり貯金できている事も、僕は聞いていた。

もし万一、高校を退学になったりしたら、その夢は断たれてしまうのだろうか……。
僕は目を細め、ひと気のない入江を見つめていた。
飛んでいるトンボは、秋の訪れを告げる赤トンボだった。陽射しは透明で明るいが、
風が少しひんやりとしてきていた。

38　涙流れるままに

日曜日。午後1時。高校の講堂で緊急保護者会がはじまった。

講堂の一角。50脚ほどの椅子が並べられ、30人ぐらいの保護者が座っている。

父親と母親が半々だろうか……。

校長、教頭、凜の担任教師の守部。そして、凜と僕が保護者たちと向かい合っている。

父もここに出席する事を考えたようだ。しかし、下手すると、凜のお母さんとの事情を問い詰められて、逆効果になりかねない。そこで、凜と僕だけが出席したのだ。

「それでは、臨時保護者会をはじめます」と教頭。

僕の隣りにいる凜は、ひどく緊張しているのがわかる。

「まず、本校においてこのような混乱を招いた事は、まことに遺憾です」

と教頭。すると、最前列にいた男の保護者が立ち上がった。

「教頭、そんな政治家の答弁みたいな話を聞きたいわけじゃない」

と高飛車に言った。はげ頭で、黒ぶち眼鏡をかけている。口うるさそうな中年男だった。

「こんな騒ぎになった原因をあなたたち学校側はどう考えているんだ」

「それは……私どもとしては予測ができない事態だったわけで……。もともとは、ご存知のように、ここにいる中町凜君に端を発した混乱でありまして……」

と教頭。半ばしどろもどろだ。校長は、腕組みをしたまま目を閉じている。

そこで、女性の保護者が、口を開いた。緑のブラウスを着ている。

「うちの娘は、校門の外でカメラマンに追いかけられたのよ。どれだけ迷惑だったか」

と昂《たか》ぶった口調で言った。秀美が言ったように、自分の娘が言った事に過剰反応してるようだった。

「それは、娘さんが中町凜君と間違われたわけで……」と教頭。

「つまり、原因のすべては中町凜さんにあると?」と黒ぶち眼鏡。

「……まあ、私どもとしては、そう認識するしかないわけで……」と教頭。ハンカチで広い額を拭《ふ》く。

僕は、そのやり取りに、むかつきはじめていた。

「仕方ないな……。自分の子供の同級生にきつい事は言いたくないが、中町凜さん本人に話を聞くしかない」と黒ぶち眼鏡。凜を見た。

「今回の騒動については、君はどう思っているのかな？」と言った。

凜は、ゆっくりと立ち上がった。その肩が、緊張で小刻みに震えている。

「あの……わたしのせいで、学校や同級生たちに迷惑をかけた事は、申し訳ないと思っています」

そういう声も震えている。保護者達の多くがうなずいていた。

「じゃ訊《き》くけど、君の産みの父親は、マスコミで報道されてるようにプロ野球のH監督？」

凜は、しばらくうつ向いていた。

「わかりません」と、消え入るような声で言った。

「それは、どういう事なのかしら」と緑のおばさん。「じゃ、あなたは、自分の産みの父親が誰なのか、知らされてないの？」と言った。

しばらくして、凜は小さくうなずいた。

「お母さんからは、聞いてません」と答えた。保護者達から、軽いざわめきが起きた。

「それは、おかしくない？　自分の娘に、父親が誰かを教えないなんて」

と緑のおばさん。

僕は、むかつきながらも、まずいなと思った。のらくら逃げている学校側への保護者の不満が、凜とお母さんに向けられはじめていた。やがて、

「……お母さんは、相手の事を考えて、その人が誰か、教えなかったんだと思います」と凜。

「つまり、言えないような相手だったわけ？」と緑のおばさん。

凜は、うつ向いたまま無言……。その頰が涙で濡《ぬ》れはじめている。

僕は、両手を握りしめた。

「どんなお母さんだったのかしらね」と緑のおばさん。

その場が、ざわつき、やがて静まり返った……。５秒……10秒……15秒……。

やがて、凜が涙で濡れた顔を上げた。両手の拳《こぶし》を握り、そして言った。

「……お母さんは、立派な人でした。世界一のお母さんでした！」

声は震えているが、この子と出会って以来初めて聞くはっきりした口調だった。

その数秒後、

「立派な？」と黒ぶち眼鏡。「誰にも言えないような相手との間に子供をつくるのが、立派？」と言った。

凛は、唇を噛《か》んでうつ向いている。その頬から、涙がぽたりと落ちた。

涙が床に落ちた瞬間……僕の中で、何かがぷつりと切れた。

「知りもしないくせに……」と声に出していた。彼を睨《にら》みつけた。黒ぶち眼鏡も僕を見た。

「君、いま何て言ってた……」

「知りもしないくせにと言ったんだ」

「君は、この子の兄だな……。知りもしないでだと……」黒ぶち眼鏡が、僕を睨みつけた。

「そうさ。凛の事も、お母さんの事も、何も知らないのに、わかったような事を言うなよ」

僕はついに言ってしまった。これ以上、凛が問いつめられるのに我慢が出来なかったのだ。

黒ぶち眼鏡の顔も、はげた額も赤くなった。かん高い声で、

「生徒のぶんざいで！　誰に向かって言ってるか、分かってるのか！」と叫んだ。

〈わからず屋のタコおやじに言ってるんだ〉の台詞《せりふ》は、さすがの僕も口に出さなかった。

　が、黒ぶち眼鏡は、校長や教頭に振り向く。

「妹も妹なら、兄も兄だ。保護者に対して暴言を吐くこんな生徒を放っておくのか⁉」と言った。

「それはその……」と教頭。その顔が蒼《あお》ざめている。

「何をぶつぶつ言ってるんだ！　こんな生徒を許すわけにいかない。保護者として、断固、厳しい処分を要求する！」と言った。

　その2秒後、僕のとなりで凜の声が響いた。

「わたしはどんな処分をされてもいいけど、お兄ちゃんは悪くない！」

　と涙声で言った。そのときだった。

「そこまで」という声が聞こえた。


　興奮した言葉が飛び交っていたその場が、静まり返った。

一人の男が歩いてくる。椅子が並んでいる、その間の通路をゆっくりと歩いてくる。背の高い男だった。175センチの僕と同じぐらい……。夏物のスーツを着て、渋いネクタイを締めている。

「いい年をした大人が、高校生とこんな言い争いして、恥ずかしくないのか」

彼は、落ち着いた声で言った。

まっすぐ歩いていく彼に、黒ぶち眼鏡がたじろいで一歩下がった。男を見た教頭が、「大島さん……」とつぶやいた。彼は、うなずいた。保護者達の方を振り向く。

「保護者の大島です」と言った。そして、スーツのポケットから、たたんだ紙を取り出した。それを広げる。

「これは、私がデスクをやっている神奈川新聞の記事だ」と言った。それは、インタビュー記事の切り抜きだった。

フィッシング甲子園。その翌日、学校で凜にインタビューした記事だった。

優勝トロフィーを持っている凜。その両側に、校長と教頭がわざとらしく写っている。

そのとき、僕は気づいた。彼は、大島秀美の父親だ。神奈川新聞のデスクをしていると以前に聞いた事がある。高い鼻筋と、くっきりと濃い眉《まゆ》が、秀美によく似ていた。

大島さんは、そのインタビュー記事を、校長や教頭の方に見せる。

「こうして中町凜君を学校の宣伝のために利用しておきながら、ちょっとした騒動が起きると、今度はその責任を凜君に押しつける……。それが、あなた達のやり方なのか？」

と言った。教頭があせった表情で、

「いえ、そんなつもりは全くなく……」と口を開いた。

そのときだった。

「その通りです」という静かな声が響いた。

校長だった。腕組みをして目を閉じていた校長が、ゆっくりと立ち上がった。白髪頭で痩《や》せている。全員が、彼に視線を注いだ。校長は、教頭をちらりと見た。

「教頭先生がそう言わざるをえない立場も分かる……。だが、私は、あと2年で定年退職するので、後味の悪い思いはしたくない」

と校長。その場が静まり返った……。

「おっしゃる通り、私達は学校の知名度を上げるために、中町凜さんの人気に便乗しました。凜さんの人気を利用したと言われても仕方ないでしょう」

全員が、校長を見ていた。

「ただ一つ、わかっていただきたい事があります。私が、この高校の知名度を上げたいと思った理由は、学校のためです。言うまでもなく、うちは有名校ではない。そんな学校であっても、より志の高い優れた生徒たちにこの高校に来て欲しい、そのために、学校の知名度を上げたいと思ったわけです。間もなく私が教育の場を去った後も、この高校の校長であった事を誇れるような学校であって欲しいと……」

校長は、そこで少し言葉をつまらせた。一瞬、上を見上げ、ゆっくりと視線を凜に向けた。

「そんなわけで、君の人気に便乗した事……。そして、騒動の責任を君だけに押しつけるような事態を招いた。それに関しては、教職員を代表して、心から謝罪したい」

と静かな声で言った。

保護者達が、どよめいた。

「親の虐待で死ぬ子供は、この日本にどのぐらいいるか……」

と大島さん。保護者達の方を見て言った。

「年間50人以上。つまり毎週のように、子供達が親に虐待され死んでいる……」

会場が静まりかえった。

「そんな時代に、凜君のお母さんは、シングル・マザーとして自分が亡くなるまで必死に娘を育てた。そのお母さんは、言うまでもなく称賛と尊敬に値する。と同時に、不当に非難された自分のお母さんを、立派な人でしたと言い切った凜君の姿には、いまさらながら胸が熱くなった」

と大島さん。

「愛情だ、家族の絆だと、偉そうな事を言う気はないが、これがまっとうな人間の情というものじゃないかな？　同時に、いまこの国に一番欠けているものだと思う」

と言った。何人かの保護者が大きくうなずいている。

「この凜君のような娘さんが、私の娘と同じ高校の生徒である事を誇りに思うよ」

大島さんは凜の方を見て微笑した。そして、大きな手で小さく拍手をした。

しばらくすると、保護者達の中から、拍手が聞こえた。

ベージュのブラウスを着た中年女性だった。うなずきながら小さく拍手をしている。

また1人、ポロシャツを着た男の保護者が、ゆっくりと立ち上がった。そっと目尻《めじり》をぬぐい、拍手をしはじめた。

紺のスーツを着た女性が、目をうるませ、拍手をしながら、立ち上がる……。

拍手をする保護者は、しだいに増えていく……。3人……4人……5人……そして10人……15人……。

講堂に、分厚い拍手の音が響き続けている。

凜は、流れる涙を拭《ふ》きもせず、唇をきつく嚙《か》みしめている……。僕は、その肩をそっと抱いた。

講堂に響く拍手は、鳴りやまない……。やがて、保護者の殆《ほとん》どが、立ち上がって拍手をしはじめていた。凜の涙は、頰にあふれて止まらない……。

39　卒業

「凛の卒業式、もうすぐ終わるんじゃないか?」

船のエンジン・ルームを閉じながら、父が言った。岸壁にいる僕は、うなずいた。

「そろそろ迎えに行くよ」と言った。

3月21日。午前11時。

凛は今日、3年間通った高校を卒業する。

僕は、父の船の舫《もや》いロープを解《ほど》きはじめた。父が乗る〈第九ゆうなぎ丸〉は、エンジンを新しくした。

凛のおかげで、釣り船の収益は上がり、300万円をかけて古いディーゼル・エンジンの換装ができたのだ。

父は、その試運転で海に出るところだった。僕が舫いを解いていると、父が口を開いた。

「凛に、この時計の礼をまだ言ってなかった」と言い、腕のタグ・ホイヤーを見た。

「大丈夫……。あいつには伝わってるよ」

「そうかな……。たぶん、そうだな……。じゃ、卒業おめでとうとだけ言っといてくれ」と父。僕は、うなずく。

「試運転、気をつけて」と言った。丸めた舫いロープを、船べりの父にそっと渡した。父は、それを受け取る。一瞬目が合うと、父はかすかにうなずいた。

父がクラッチを入れ、〈第九ゆうなぎ丸〉は、ゆっくりと岸壁を離れていく。父の背中は、まっすぐに伸びていた。たとえ愚直であっても悔いのない日々を送ってきた人の背中だった。

それを見送り、僕は岸壁を歩きはじめた。


店のわきに、軽トラックが駐めてある。相変わらず増え続けている釣り客の、荷物や釣り道具を運ぶための軽トラだ。

僕が、その軽トラに近づいていくと、紺色の車が走ってきた。僕の前で停まり、誠がおりてきた。車は、ミニ・クーパー。誠が家業の焼き鳥屋を継ぐ事を条件に、親に買ってもらった車だ。

「これから、リンリンを迎えに？」と誠。僕は、うなずいた。

「しかし、プリンスホテルにお泊りだろう。その軽トラはないぜ」と誠。

「ほら」と言い、ミニ・クーパーのキーを僕に差し出した。

「それにしても、リンリンとプリンスホテルか……いいよなあ」誠は言った。

僕と凜はすでに彼女が言う〈本当の恋人〉になっている。が、凜の卒業という特別な日なので、七里ヶ浜にある鎌倉プリンスホテルに泊まる事になっていた。

僕は誠からミニ・クーパーのキーを受け取った。

「焼き鳥屋の若旦那《わかだんな》にしちゃ、粋だな」

「違う、焼き鳥バルだよ、バル」

と誠。お父さんが腰を痛めたのをいい事に、店を洋風の焼き鳥バルに改装するという。

「とにかく、ありがとよ」僕は言った。車に乗り込みエンジンをかけた。

ギアを入れようとするとスマートフォンに着信。東海林さんからのメールだった。

〈凜ちゃんに卒業おめでとうと伝えてくれ。それと、これからも《リアル・フィッシ

ング》の出演よろしくと……〉

僕は、〈了解です〉と返信した。

校門の前に車を駐め、おりた。ちょうど、卒業生達が校門から出て来るところだった。

凛が、同級生だった女子生徒達と出てきた。同級生達に手を振る。卒業証書の入った筒を持って、僕の方に歩いて来た。

「おめでとう」

と言うと、凛は嬉《うれ》しそうにうなずいた。ミニ・クーパーを見た。

「誠さんの車？」

「ああ、軽トラでプリンスホテルはあんまりだとさ。気前よく貸してくれたよ」

そんなやりとりをしていると、校庭で保護者達と談笑していた校長がこっちに歩いてきた。凛と向かい合う。

「私の教員生活、最後の卒業式だった。最後に君のような生徒に卒業証書を渡せた事は、今後とも忘れないよ」校長は静かに微笑み、凛を見つめている。

「事情があるだけに、君の事は入学当初から気にかけていた……。そして、これは私の個人的な思いだが、君はどこまでも無欲で、人生に多くを求めなかった。それだからこそ、人生が君に微笑みかけた、そういう事なんだろうね……」と言った。

「はぁ……」と凜。校長の言った事が、分かっているのかどうか……。

「……くれぐれも元気で」校長は、右手を差し出した。凜は、頰を赤くし、そっと握手した。そして、

「3年間、ありがとうございました」と言った。うなずき、ゆっくりとした足どりで歩き去る校長の後ろ姿を、僕も凜もじっと見つめていた。まっすぐに伸びたその背中は、どこか父に似ていた。


やがて、ジミ辺が歩いて来た。彼も今日、卒業だ。

「また連絡するよ、よろしくね」と凜に言った。

ジミ辺は、あのフィッシング甲子園がきっかけで、釣りに熱中しはじめた。そして、もうすぐ大手の釣り具メーカーに就職する。いずれ、〈凜モデル〉の竿《さお》やリールを開発するという。彼もまた、この高校で過ごした3年間で大切な何かを見つけたのだ。

ジミ辺は、僕と向かい合う。

「釣り具のテストをする時は、〈ゆうなぎ丸〉に乗せてくださいね」

と言った。僕はうなずき、彼の肩を叩《たた》いた。

「頑張れよ」

20分後。僕が運転する車は、国道134号を西に向かっていた。助手席の凜。その
スマートフォンに着信。
「秀美さんから、ラインがきた」
「なんだって？」
「リンリン卒業おめでとう……だって。嬉しい」
「ボストンは、まだ寒いんだろうな」と僕。凜が、返信している。
秀美は、入学した東大を半年で休学。アメリカ東海岸ボストンにあるハーバード大
に留学した。将来は、国際的なジャーナリストになるつもりだという。
高校時代から、彼女が見ていた将来は、僕らの想像をこえる遠いところにあったの
だ。
「ボストンはまだ雪が残ってる、でも魚やエビが美味《おい》しいわ、そのうちお兄ちゃんと
遊びに来て……」と凜。ラインを読む。また何か返信している。やがて、

「時差で眠いからまたね……だって」凜は、スマートフォンを見てつぶやいた。ボストンは地球の裏側だ。僕はうなずきながらステアリングを握っていた。

車は、腰越漁港に着いた。凜が命を救われ、釣りを教わった〈仁徳丸〉の夫婦に、卒業の報告をするためだ。

車を降りると、漁港の匂いがする風が僕らを包んだ。

〈第十三仁徳丸〉は、岸壁に舫われていた。もう、午前中の漁から帰って来たらしい。船の上に夫婦がいた。おかみさんが、生簀《いけす》からヒラメを掬《すく》い上げ、トロ箱に入れていた。

顔を上げ、

「凜ちゃん！」と言った。岸壁に上がって来る。凜が持っている卒業証書を見た。

「そうか、凜ちゃん、卒業なのね。おめでとう」と言った。凜がうなずく。おかみさんは振り向き、

「あんた、凜ちゃんよ。高校、卒業したんだって」と呼んだ。

船べりで仕掛けを点検していた旦那《だんな》のタダシさんが、立ち上がった。目を細め、卒業証書を持っている凜を見た。ゆっくりとうなずき、

「そうか……よかった」とだけ言った。気持ちのこもった声だった。彼は、しばらく目を細めたまま凜を見ていた。無口な人なので、言葉はそれだけだった。

「もうすぐ咲くのね」

凜が桜の木を見上げて言った。かつて彼女とお母さんがよく来ていた神社の境内にいた。

この前来たときは、イチョウの葉が散っていた。いま、桜の蕾《つぼみ》が膨らんでいる。

「仁徳さんとは、あれでよかったのか?」と僕。

ついさっきの腰越漁港。仁徳丸の夫婦とは、ごく簡単なやりとりで終わった。それでよかったのか……。凜は、しばらく考えている。やがて、

「……あれでよかったと思う」と言った。

凜の産みの父親が、誰なのか……。

その真実を僕が知ったのは、かなり前になる。H監督の隠し子騒動、そして緊急保護者会が終わったしばらく後だった。

H監督は、記者会見を開き、改めて隠し子について否定した。

「もし必要ならDNA鑑定でもなんでもする用意がある」と言い切った。それをテレビで見ていた父は、

「あれは、本物だな。もし自分に不安があったら、あそこまで言い切れない。DNA鑑定の結果、もし凜が自分の隠し子だという事になったら、彼は社会的に破滅するだろう……。彼には凜が自分の子供ではないという確信があるんだと思う」と言った。

監督夫婦はお互いを非難しあう泥試合をへて協議離婚。やがて、その話題はマスコミも取り上げなくなっていた。


そんな遅い秋の午後。凜の部屋。

彼女が、あのスケッチブックを開いた。お母さんの名前が入っている古いスケッチブック。その綴《と》じ紐《ひも》をほどき、表紙をめくった。僕の目は、それに釘《くぎ》づけになった。

濃い鉛筆で、男の姿が描かれていた。漁具の手入れをしているその人は、間違いなく仁徳丸のタダシさんだった。

凜が、ページをめくる。次も、その次も、描かれているのは、彼だった。

顔だけが描かれていたり、何かをしている姿が描かれていたり、さまざまだが、陽《ひ》灼《や》けした精悍《せいかん》で逞《たくま》しい男は、若い頃のタダシさんだった。夏らしく、上半身裸の姿もある。

「これって……」

僕は、思わずつぶやいていた。

「このスケッチブックを見つけたのは、お母さんが死んだ後よ」

と凜。お母さんが亡くなり、遺品の整理をしていた。その時、これを見つけたという。

「でも、わたし、その頃はボロボロだったから……」

凜は、スケッチブックのページを開かず、とりあえず段ボール箱に入れて、うちに持ってきた。開いたのは、うちに来て2、3カ月たってからだという。

「それにしても、すごい枚数だな……」

と僕。30ページ以上あるスケッチブックのすべてのページに、彼が描かれていた。

「たぶん間違いなく、お母さんはタダシさんと本気で恋愛してたと思う。すごく短い間だったかもしれないけど……」凜はつぶやき、スケッチブックを見つめた。

「これは、絶対に恋した相手を描いたものだから……」と言った。

もし、彼が凜の産みの父親だとすると、2つの謎が解ける。

凜が持っている〈絶対触感〉とも言える手先の感覚。それは、凄腕《すごうで》の漁師であるタダシさんから遺伝したものだった……。

そして、お母さんの一周忌に腰越を訪れたときの事。

仁徳丸の夫婦とも、簡単な言葉を交わした。その後の凜は、なぜか複雑な表情をしていた。帰りの江ノ電でも、その表情が硬く、口数が少なかった。

「あの時、タダシさんの奥さんの顔をちゃんと見られなかった……。子供の頃から可愛がってもらってたのに……」

と凜。僕は、うなずいていた。お母さんとタダシさんの事を知ってしまった後では、そうなるのだろう。

「タダシさんの奥さんは、お母さんとタダシさんの事を知ってる？」

「たぶん知らないと思う。そうでなければ、わたしをあれほど可愛がってくれないはずだから」

「そうか……」

小さな海岸町の片隅で、誰にも知られず、訪れ、過ぎ去った熱い恋について、そのときの僕は想いをめぐらしていた。……切なかった……。

「稲村あさきさんと親しくなったでしょう」と凜。スケッチブックを眺めたまま言った。

「で、あるとき稲村さんに訊《き》いてみたの。わたしの産みのお父さん、お母さんが恋した相手について、何でもいいから教えてくれないかって」

「それで？」

「はっきりと聞いた事はないと稲村さんは言ったわ。でも……わたしを産んだ直後に、メールに相手の事をぽつりと書いたって」

「それは？」

「ただ、〈地元の人よ〉とだけ書いてあったって」

そこで、凜は確信したという。

「99パーセント、お母さんが恋愛した相手はタダシさん……」

「残りの1パーセントは？」僕が訊くと、

「それは、18年前の、あの夏だけが知ってるんだと思う」

凜は、ぽつりとそう言った。そして、何かを胸の中にしまうように、スケッチブックをそっと閉じたのだった。閉じられたスケッチブックの表紙に、秋の陽射しが揺れていた。

凛の産みの父親が誰でもかまわない、はっきりとそう言った父には、あえてこの話をしない事にした。父のその言葉が本心だと思えた。そして、凪《な》いでいる父の気持ちにあえて波を立てる必要はないと感じられたからだ。

真実は、閉じたスケッチブックとともに、凛と僕の心にしまわれた。

そんな、過ぎた日の事を思い出しながら、僕はミニ・クーパーを運転していた。

やがて、鎌倉プリンスホテルが近づいてきた。車をホテルに乗り入れる。広い野外駐車場の一画に駐めた。

チェックインには、まだ少し早い。

僕と凛は、ホテルから出て、坂道を下りはじめた。坂道の彼方《かなた》に七里ヶ浜の海が見えている。

「来週になったら、大学に着ていく服を買いに行かなきゃ」

歩きながら、僕は言った。

4月から、凜は大学生になる。通うのは、上野にある国立の芸術大学。高校3年の1年間、彼女は必死に頑張って、そこに合格したのだ。

「お兄ちゃんと、東京でデート出来る」

凜は無邪気に言った。

僕は、去年から、御茶ノ水にあるギター教室で初心者にギターを教えている。ギターを教えるかたわら、シンガーソングライターという夢に向けて、曲を作り、録音もはじめている。

同じ海岸廻《まわ》りのバスで高校に通学していた僕と凜は、4月から横須賀線で一緒に東京に通う事になる。

そして、週末は葉山で釣り船の仕事をするのだ、これまで通りに……。

坂道を下ると、江ノ電の踏み切りがある。踏み切りを渡り、さらに国道134号を越えると、七里ヶ浜の海がすぐそこだ。

僕らは、長く続く砂浜におりていく。サーファー達の姿はなく、淡い春の陽が海面に反射していた。

頭上では、数羽のカモメが風に漂っている。チイチイという鳴き声が聞こえていた。

「今夜は何にする？」と僕。

「お兄ちゃんと初めて東京のホテルで食べた、ローストビーフのサンドイッチがいいなぁ」

と凜。彼女が、こうはっきりと言うのは初めて聞いたかもしれない。

僕は、うなずいた。ルームサービスで夕食をとり、その後は、かすかな波音が聞こえるベッドで、ゆっくりと愛を確かめ合うのだろう……。

僕らは、じっと相模湾の海を眺めていた。凜の右手は、僕の左腕をしっかりとつかんでいた。

27年前、高校生だった凜のお母さんと稲村あさきさんが夢を語り合った七里ヶ浜の砂浜に、いま凜と僕が立っている……。

「お母さんに、卒業の報告をしなきゃ」僕は言った。

お母さんは、亡くなったあと相模湾に散骨された。その魂は、いまもこの海にある……。

凜が、ゆっくりとうなずいた。深呼吸して海に向かう。

「……お母さん……」

と言うその声がすでに震えている。頬に涙がつたっている。

「お母さん……わたしを産んでくれて、本当にありがとう！」と涙声で言った。

そして、

「……わたし……いま幸せ！　最高に幸せだよ！」

凜は、涙で濡《ぬ》れた顔をくしゃくしゃにして、全身から声を絞り出した。僕の目頭も熱くなっていた。

彼方の水平線が、ぼやけはじめていた……。

今日で最後になる凜の制服姿、ブレザーとチェックのスカート……。海からの風が優しく吹き、彼女の胸元のリボンをかすかに揺らせていた。

もうすぐ、
凛は19歳に、僕は20歳になる。
人生という航海は、まだはじまったばかりだ。
けれど、幸運な事に、
その航海の途上で
けして見失ってはならない
大切なものについて、
僕らはすでに知りはじめていた……。

あとがき

あのスティーヴィー・ワンダーの曲に〈I Was Made To Love Her《アイ・ワズ・メイド・トウ・ラヴ・ハー》〉というタイトルのものがある。

訳せば〈彼女を愛するために、僕は生まれてきた〉という所だろう。曲のタイトルや歌詞では、よく使われる言い方だ。

これを小説の仕事に置きかえると、

〈この作品を書くために、僕は作家になった〉となるのだろうか……。

そのような思いを抱かざるを得ない作品が、作家人生の中で時にはあるものだ。

そして、僕にとって、今回の小説がそんな一作であった事をいま確信している。

さらに、この作品を書いている間、とても幸せな気持ちだった事もつけ加えておきたい。

担当編集者であるKADOKAWA文芸局の光森優子さんの応援が、作者を勇気づけてくれた事もここに記して感謝します。

この本を手にしてくれた全ての読者の方へ、ありがとう。また会える時まで、少しだけグッドバイです。

初夏の風渡る葉山にて　喜多嶋　隆

〈喜多嶋隆ファン・クラブ案内〉

長年にわたり愛読者の皆さんに親しまれてきたファン・クラブですが、2020年4月から、新しい形にリニューアルしたいと思います。そのインフォメーションは、〈喜多嶋隆のホームページ〉にアップします。よろしく！

★お知らせ

僕の作家キャリアも38年をこえ、出版部数が累計500万部を突破することができました。そんなこともあり、この10年ほど、〈作家になりたい〉〈一生に一冊でも本を出したい〉という方からの相談がきたり、書いた原稿を送られてくることが増えました。

その数があまりに多いので、それぞれに対応できません。が、そのことが気にかかっていました。そんなとき、ある人から〈それなら、文章教室をやってみてもいいのでは〉と言われ、なるほどと思いました。少し考えましたが、ものを書きたい方々のためになるならと思い、FC会員でなくても、つまり誰でも参加できる〈もの書き講座〉をやってみる決心をしたので、お知らせします。

講座がはじまって約3年になりますが、大手出版社から本が刊行され話題になっている受講生の方もいます。作品コンテストで受賞した方も複数います。

なごやかな雰囲気でやっていますから、気軽にのぞいてみてください。(体験受講あります)

喜多嶋隆の『もの書き講座』
（主宰）喜多嶋隆ファン・クラブ
（事務局）井上プランニング
（案内ホームページ）http://www007.upp.so-net.ne.jp/kitajima/〈喜多嶋隆のホームページ〉で検索できます
（Eメール）monoinfo@i-plan.bz
（FAX）０４２・３９９・３３７０
（電話）０９０・３０４９・０８６７（担当・井上）
※当然ながら、いただいたお名前、ご住所、メールアドレスなどは他の目的には使用いたしません。

★ファン・クラブ会員には、初回の受講が無料になる特典があります。

本書は、書き下ろし作品です。

夏《なつ》だけが知《し》っている

喜《き》多《た》嶋《じま》 隆《たかし》

令和元年 7月25日　初版発行
令和6年 11月25日　4版発行

発行者●山下直久

発行●株式会社KADOKAWA
〒102-8177　東京都千代田区富士見2-13-3
電話　0570-002-301(ナビダイヤル)

角川文庫 21711

印刷所●株式会社KADOKAWA
製本所●株式会社KADOKAWA

表紙画●和田三造

ISBN 978-4-04-108192-1　C0193

角川文庫発刊に際して

角　川　源　義

第二次世界大戦の敗北は、軍事力の敗北であった以上に、私たちの若い文化力の敗退であった。私たちの文化が戦争に対して如何に無力であり、単なるあだ花に過ぎなかったかを、私たちは身を以て体験し痛感した。西洋近代文化の摂取にとって、明治以後八十年の歳月は決して短かすぎたとは言えない。にもかかわらず、近代文化の伝統を確立し、自由な批判と柔軟な良識に富む文化層として自らを形成することに私たちは失敗して来た。そしてこれは、各層への文化の普及滲透を任務とする出版人の責任でもあった。

一九四五年以来、私たちは再び振出しに戻り、第一歩から踏み出すことを余儀なくされた。これは大きな不幸ではあるが、反面、これまでの混沌・未熟・歪曲の中にあった我が国の文化に秩序と確たる基礎を齎らすためには絶好の機会でもある。角川書店は、このような祖国の文化的危機にあたり、微力をも顧みず再建の礎石たるべき抱負と決意とをもって出発したが、ここに創立以来の念願を果すべく角川文庫を発刊する。これまで刊行されたあらゆる全集叢書文庫類の長所と短所とを検討し、古今東西の不朽の典籍を、良心的編集のもとに、廉価に、そして書架にふさわしい美本として、多くのひとびとに提供しようとする。しかし私たちは徒らに百科全書的な知識のジレッタントを作ることを目的とせず、あくまで祖国の文化に秩序と再建への道を示し、この文庫を角川書店の栄ある事業として、今後永久に継続発展せしめ、学芸と教養との殿堂として大成せんことを期したい。多くの読書子の愛情ある忠言と支持とによって、この希望と抱負とを完遂せしめられんことを願う。

一九四九年五月三日

角川文庫ベストセラー

キャット・シッターの君に。　喜多嶋　隆

1匹の茶トラが、キャット・シッターの芹と新しい依頼主、カメラマンの一郎を出会わせてくれた……猫によってゆっくりと癒され、結びついていく孤独な人々の心をハートウォーミングに描く静かな救済の物語。

地図を捨てた彼女たち　喜多嶋　隆

恋、仕事、結婚、夢……人生のさまざまな局面で訪れるターニングポイント。迷いや不安、とまどいと闘いながら勇気を持ってそれぞれの道を選び取っていく女性たちの美しさ、輝きを描く。大人のための青春短編集。

みんな孤独だけど　喜多嶋　隆

誰もがみな孤独をかかえている。けれど、だからこそ自然と心は寄り添う……。都会のかたすみで、南洋の陽射しのなかで……思いがけなく出会い、惹かれ合う孤独な男と女。大人のための極上の恋愛ストーリー！

かもめ達のホテル　喜多嶋　隆

湘南のかたすみにひっそりとたたずむ、隠れ家のような一軒のホテル。海辺のホテルに集う訳あり客たちが心に秘める謎と事件とは？　若き女性オーナー・美咲が彼らの秘密を解きほぐす。心に響く連作恋愛小説。

恋を、29粒　喜多嶋　隆

あるときは日常の一場面で、またあるときは非日常の空間で――恋は誰のもとにもふいにやってくる。その続きはときに切なく、ときに甘美に……。様々な恋のきらめきを鮮やかに描き出した珠玉の恋愛掌編集。

角川文庫ベストセラー

落下する夕方　江國香織

別れた恋人の新しい恋人が、突然乗り込んできて、同居をはじめた。梨果にとって、いとおしいのは健悟なのに、彼は新しい恋人に会いにやってくる。新世代のスピリッツと空気感溢れる、リリカル・ストーリー。

泣かない子供　江國香織

子供から少女へ、少女から女へ……時を飛び越えて浮かんでは留まる遠近の記憶、あやふやに揺れる季節の中でも変わらぬ周囲へのまなざし。こだわりの時間を柔らかに、せつなく描いたエッセイ集。

冷静と情熱のあいだ Rosso　江國香織

2000年5月25日ミラノのドゥオモで再会を約したかつての恋人たち。江國香織、辻仁成が同じ物語をそれぞれ女の視点、男の視点で描く甘く切ない恋愛小説。

泣く大人　江國香織

夫、愛犬、男友達、旅、本にまつわる思い……刻一刻と姿を変える、さざなみのような日々の生活の積み重ねを、簡潔な洗練を重ねた文章で綴る。大人がほっとできるような、上質のエッセイ集。

はだかんぼうたち　江國香織

9歳年下の鯖崎と付き合う桃。母の和枝を急に亡くした、桃の親友の響子。桃がいながらも響子に接近する鯖崎……〝誰かを求める〟思いにあまりに素直な男女たち＝〝はだかんぼうたち〟のたどり着く地とは――。

角川文庫ベストセラー

パイロットフィッシュ　大崎善生

かつての恋人から19年ぶりにかかってきた一本の電話。アダルト雑誌の編集長を務める山崎がこれまでに出会い、印象的な言葉を残して去っていった人々を追想しながら、優しさの限りない力を描いた青春小説。

アジアンタムブルー　大崎善生

愛する人が死を前にした時、いったい何ができるのだろう。余命幾ばくもない恋人、葉子と向かったニースでの日々。喪失の悲しさと優しさを描き出す、『パイロットフィッシュ』につづく慟哭の恋愛小説。

孤独か、それに等しいもの　大崎善生

今日一日をかけて、私は何を失っていくのだろう――。憂鬱にとらえられてしまった女性の心を繊細に描き出し、灰色の日常に柔らかな光をそそぎこむ奇跡の小説、全五篇。明日への一歩を後押しする作品集。

幸福な遊戯　角田光代

ハルオと立人とわたし。恋人でもなく家族でもない者同士の共同生活は、奇妙に温かく幸せだった。しかし、やがてわたしたちはバラバラになってしまい――。瑞々しさ溢れる短編集。

ピンク・バス　角田光代

夫・タクジとの間に子を授かり浮かれるサエコの家に、タクジの姉・実夏子が突然訪れてくる。不審な行動を繰り返す実夏子。その言動に対して何も言わない夫に苛つき、サエコの心はかき乱されていく。

角川文庫ベストセラー

あしたはうんと遠くへいこう　角田光代

愛がなんだ　角田光代

いつも旅のなか　角田光代

恋をしよう。夢をみよう。旅にでよう。　角田光代

薄闇シルエット　角田光代

泉は、田舎の温泉町で生まれ育った女の子。東京の大学に出てきて、卒業して、働いて。今度こそ幸せになりたいと願い、さまざまな恋愛を繰り返しながら、少しずつ少しずつ明日を目指して歩いていく……。

OLのテルコはマモちゃんにベタ惚れだ。彼から電話があれば仕事中に長電話、デートとなれば即退社。全てがマモちゃん最優先で会社もクビ寸前。濃密な筆致で綴られる、全力疾走片思い小説。

ロシアの国境で居丈高な巨人職員に怒鳴られながら激しい尿意に耐え、キューバでは命そのもののように人々にしみこんだ音楽とリズムに驚く。五感と思考をフル活動させ、世界中を歩き回る旅の記録。

「褒め男」にくらっときたことありますか？　褒め方に下心がなく、しかし自分は特別だと錯覚させる。ついに遭遇した褒め男の言葉に私は……ゆるゆると語り合っているうちに元気になれる、傑作エッセイ集。

「結婚してやる」と恋人に得意げに言われ、ハナは反発する。結婚を「幸せ」と信じにくいが、自分なりの何かも見つからず、もう37歳。そんな自分に苛立ち、戸惑うが……ひたむきに生きる女性の心情を描く。

角川文庫ベストセラー

西荻窪キネマ銀光座　角田光代・三好銀

ちっぽけな町の古びた映画館。私は逃亡するみたいに座席のシートに潜り込んで、大きなスクリーンに映し出される物語に夢中になる──名作映画に寄せた想いを三好銀の漫画とともに綴る極上映画エッセイ！

幾千の夜、昨日の月　角田光代

初めて足を踏み入れた異国の日暮れ、終電後恋人にひと目逢おうと飛ばすタクシー、消灯後の母の病室……夜は私に思い出させる。自分が何も持っていなくて、ひとりぼっちであることを。追憶の名随筆。

ロマンス小説の七日間　三浦しをん

海外ロマンス小説の翻訳を生業とするあかりは、現実にはさえない彼氏と半同棲中の27歳。そんな中ヒストリカル・ロマンス小説の翻訳を引き受ける。最初は内容と現実とのギャップにめまいものだったが……。

月魚　三浦しをん

『無窮堂』は古書業界では名の知れた老舗。その三代目に当たる真志喜と「せどり屋」と呼ばれるやくざ者の父を持つ太一は幼い頃から兄弟のように育つ。ある夏の午後に起きた事件が二人の関係を変えてしまう。

白いへび眠る島　三浦しをん

高校生の悟史が夏休みに帰省した拝島は、今も古い因習が残る。十三年ぶりの大祭でにぎわう島である噂が起こる。【あれ】が出たと……悟史は幼なじみの光市と噂の真相を探るが、やがて意外な展開に！

角川文庫ベストセラー

アーモンド入りチョコレートのワルツ　森　絵　都

十三・十四・十五歳。きらめく季節は静かに訪れ、ふいに終わる。シューマン、バッハ、サティ、三つのピアノ曲のやさしい調べにのせて、多感な少年少女の二度と戻らない「あのころ」を描く珠玉の短編集。

つきのふね　森　絵　都

親友との喧嘩や不良グループとの確執。中学二年のさくらの毎日は憂鬱。ある日人類を救う宇宙船を開発中の不思議な男性、智さんと出会い事件に巻き込まれる。揺れる少女の想いを描く、直球青春ストーリー！

DIVE《ダイブ》!!（上）（下）　森　絵　都

高さ10メートルから時速60キロで飛び込み、技の正確さと美しさを競うダイビング。赤字経営のクラブ存続の条件はなんとオリンピック出場だった。少年たちの長く熱い夏が始まる。小学館児童出版文化賞受賞作。

いつかパラソルの下で　森　絵　都

厳格な父の教育に嫌気がさし、成人を機に家を飛び出していた柏原野々。その父も亡くなり、四十九日の法要を迎えようとしていたころ、生前の父と関係があったという女性から連絡が入り……。

リズム　森　絵　都

中学一年生のさゆきは、近所に住んでいるいとこの真ちゃんが小さい頃から大好きだった。ある日、さゆきは真ちゃんの両親が離婚するかもしれないという話を聞き……講談社児童文学新人賞受賞のデビュー作！